「……随分、濡れてしまったな。
下着を取ろうか、ノーラ？」
蜜口から花芽にかけてじっとりと
撫で上げながら尋ねられ、
リオノーラはきゅうっと腹の底を収縮させた。
JN031455

王太子殿下が離縁してくれないため逃走したく思います

鬼頭香月

Vanilla文庫

王太子殿下が離縁してくれないため逃走したく思います

contents

イラスト／ウエハラ蜂

序章

雪が陽光に溶け消え、若葉が芽吹き始めた春先の夜――ブレンドン・アベラルド侯爵が治めるナハト州の州城では、宴が開かれていた。

二十六代にわたり女児に恵まれなかったアベラルド侯爵家がようやく授かった末娘、リオノーラの十六歳になる誕生日を祝う宴だ。

迎賓館内は贅《ぜい》を凝らした装飾がなされ、会場の脇に設けられた食事が並ぶテーブルは、クロスから食器に至るまで最上級品が揃《そろ》えられている。楽団も常より奏者が多く、来場した者には上等な酒や豪勢な食事が振る舞われた。

かねてより民衆との距離が近いアベラルド侯爵一家は、州城で開かれる宴にも分け隔てなく領民を招いており、今夜も多くの民が参加している。

月が中天を通り過ぎても人々が去る気配はなく、迎賓館は賑《にぎ》やかなままだった。

そんな中、迎賓館の扉がそっと開き、少女が二人、会場を抜け出した。

本日の主役だったリオノーラと、その侍女ダーラである。

目立たぬように侍女が扉を静かに閉めると、リオノーラはほうっと息を吐いた。

「せっかく私のために開いてくれた宴なのだから、最後までいたかったのだけれど……お酒を飲むとこんなにフワフワしちゃうのね。知らなかったわ」

続けて欠伸《あくび》が込み上げ、リオノーラは口を押さえる。

「……あと、眠たくなることも知らなかった」

彼女が住まうメルツ王国では、女性は十六歳、男性は十八歳で成人する。リオノーラは本日成人したため、宴が始まるや、早速酒が振る舞われたのだ。

お酒は思ったより飲みやすかったけれど、身体は想定外の変化を見せ、リオノーラは宴に長居できなかった。

最後までいられなかったことを悔やむリオノーラに、二年前に既に成人した、今年十八歳になった侍女ダーラは穏やかに応じる。

「もうすっかり夜も更けましたから、この辺りで下がっても気を悪くする方はいないでしょう。コーニリアス様も下がるよう仰《おっしゃ》ってくださいましたし、大丈夫ですよ」

コーニリアスとは、リオノーラの八つ年上になる実兄のことだ。

聡明《そうめい》で次期当主として多くの民に信頼を置かれた兄は、頭がフワフワして物事をよく考えられなくなりつつあった妹に気づき、「父上と母上には僕が伝えておくから、お前はもうお下がり」と言って、外に出してくれたのだった。

栗色《くりいろ》の髪に青い瞳をした侍女は、人のよさそうな顔に笑みを浮かべる。

「お部屋に戻る前に、お庭で夜風に当たられますか？　お顔が火照っていらっしゃいます」

「あら……そう？」

リオノーラはほんのりと赤くなった頬《ほお》を押さえ、考える。お酒が回って、いつものようにすぐ答えが出せなかった。

すると燭台《しょくだい》を手にした侍女は、彼女の手を取って歩き始める。

「ネルケの庭に参りましょう。お水をお持ちしますので、ガセボでご休憩ください」

ネルケの庭とは、リオノーラの私室がある東塔と迎賓館の間にある庭園だ。春先から秋にかけて咲き続ける小花が群生し、多くの花がまだ開かない今の時期から甘い香りを漂わせている。

リオノーラは歩きながら庭園で涼むのもいいと思い、大人しく彼女の提案を受け入れた。

真夜中の庭は、外灯が所々で灯《とも》され、日中と雰囲気が違う。白い石で作られたガセボは月光に照らされ、白く浮かび上がって見えた。甘い花の香りと相まって、どこか異世界にでも来たような気分にさせられる。

ダーラに勧められるままリオノーラはガセボに備えつけられた椅子に腰を下ろし、目の前に立った侍女を見上げてにこっと笑った。

「今夜はとっても素敵な宴だったわね、ダーラ。クリフォード殿下には、感謝してもしきれないわ。まだ春先なのに、会場中に溢《あふ》れるくらいお花が用意されていたし、お食事もどれも豪勢だった。それにこのドレスも。……王宮の宴に参加するわけじゃない私には、贅《ぜい》沢《たく》すぎる品ね」

僅かばかり寂しげな眼差《まなざ》しで見下ろした純白のドレスは、生地と少し色味が異なる白糸で緻密な刺繍《ししゅう》が施されていた。大輪の花の中を竜が泳いでいる模様だ。

薄布を重ねたデザインは、ダンスをすると裾がフワフワと揺れ、それはあたかも水中を優雅に泳ぐ魚のひれを彷彿《ほうふつ》とさせた。同時にあちこちにちりばめられた宝石が光を弾き、参加客らはまるで水の精霊が舞っているようだと、その神秘的な美しさを褒《ほ》め称《たた》えた。

ドレスを見るために俯《うつむ》いたリオノーラの髪が、肩口からさらりと一束垂れ落ちる。

月明かりを弾いて輝いたその髪は、青みがかった白銀色。その色は非常に珍しく、世界でもたった一つ――アベラルド家の者だけに受け継がれるとされていた。中でもリオノーラの髪は極めて美しく、光が注げばまるで水が煌《きら》めくような印象を与えた。

そんな彼女の肌は陶磁器が如く白く、藍の瞳は長い睫《まつげ》に彩られている。唇は紅を注《さ》さずともはっと目を惹《ひ》く鮮やかな朱色で、ドレスに包まれた身体は成熟した女性そのもの。

ほんのりと熱い吐息を零《こぼ》す彼女は、成人したばかりとは思えぬ色香を滲《にじ》ませていた。

ダーラは主人を見下ろし、小首を傾《かし》げる。

「クリフォード殿下が宴からドレスまで全てご負担なさったのは、姫様がそれを贈るに足る人物だと判じられたからでございましょう。どうぞ贅沢すぎるなどと思わず、ありがたく頂戴すれば良いのだと思います」

慎《つつ》ましく生きるのが常のリオノーラは、侍女を不思議な心地で見上げた。

ダーラはリオノーラと共に生活をしていて、金銭感覚はさして変わりない。その彼女が頂戴すれば良いだなんて、随分大胆な発言だと感じた。

「そうかしら……」

首を傾げると、ダーラは笑みを深めた。

「さようでございますとも。お水をお持ち致しますので、どうぞこちらでお待ちくださいませ」

膝を折って挨拶をし、彼女は淀《よど》みない足取りでガセボを出て行く。

一人取り残されたリオノーラは、庭園の先にある館の中に消えていく侍女を目で追い、いまだに現実味のない今日を脳裏に蘇《よみがえ》らせた。

州城での宴は毎年恒例だが、今夜の宴は特別だった。

大陸南東部にあるメルツ王国は、石炭や宝石が沢山取れる気候の温暖な土地だ。海に面した領地も多く、海水から高価な塩を作り、内陸の国々に輸出する事業も大々的に行っている、経済的にかなり豊かな国である。

けれどリオノーラの父、アベラルド侯爵が治めるナハト州は、他州と異なる。

ナハト州には鉱山がほとんどなく、海にも面していないのだ。民は主に農業で生計を立てており、誰もが季節毎の恵みに感謝しつつ細々と生きる、豊かさとは縁遠い土地だった。民を第一に思うアベラルド侯爵は、領民に課す税率も良心的で、領主一家の生活も贅沢さからはほど遠い。

州城で開かれる宴は例年派手さはなく、領主一家の誕生日を祝う名目で開けども、それらはいつも、招いた民の日頃の労を労《ねぎら》う色が濃かった。

そのアベラルド侯爵家が開いたリオノーラの成人を祝う宴は、これまでにない豪華さだった。まだ花も咲《さ》き揃《そろ》わない頃なのに、会場内は香《かぐわ》しい花で溢れ、給仕などをする使用人の数も普段以上に多い。揃えられた食事や食器、燭台やシャンデリアの数も常とは桁違いの多さで、どれも高級品ばかり。

見るからにお金をかけた様相に、当の主役であるリオノーラが面食らい、こんなに贅沢をして大丈夫かと心配したくらいだった。

慌てて両親に駆け寄って、宴を開いてくれた礼と共に懐具合を気にすると、彼らはこれを手配したのはクリフォードだと教えてくれる。

リオノーラは嬉《うれ》しさと驚きで、どんな反応をしたら正解なのかわからなかった。

クリフォードとは、リオノーラが十三歳の頃に出会い、すぐに恋に落ちた青年だ。

十八歳の若さで国王軍の統括指揮官を任じられ、臣下からの信頼は厚く、社交界では数《あま》多《た》の令嬢を虜《とりこ》にしてやまないと噂《うわさ》の次期国王。今年二十四歳になった、メルツ王国王太子――その人である。

本当なら、リオノーラは彼と関《かか》わりのない人生を送るはずだった。

なぜならリオノーラが生まれ落ちたアベラルド侯爵家は、建国時より爵位を賜りながら、一貫して政に関わらぬ姿勢を貫く一風変わった家だからだ。

アベラルド侯爵家の者は社交界にも決して顔を出さず、生涯を通して領地であるナハト州でのみ過ごす。そんな奇妙な伝統を持つ家だった。

それ故、リオノーラは一度も王都を訪れた経験はなく、成人しても社交の場に顔を出す予定もない。貴族子女はおろか、王太子とも知り合えるはずがない人生を送るはずだったのだ。

それが、リオノーラが十三歳になったばかりの頃、運命が少し変わった。

国境沿いの州を視察しに向かっていたクリフォードが、その道中、ナハト州に立ち寄ったのである。

リオノーラは、彼に出会うまで王太子に興味がなかった。

王都にも行けない身の上だ。お近づきになる機会があるはずもないし、そもそもできれば会いたくないとすら思っていた。

王都へ行けずとも、王太子の肖像画は地方まで出回っており、その外見は認識できる。

リオノーラは、その肖像画に描かれた彼が、大変苦手だったのだ。

描かれたクリフォードは、漆黒の髪に凜々《りり》しい眉、そしてアイスブルーの瞳を持つ、端整な顔つきをしていた。姿かたちは彫像が如く整い、知性も剣技も他の追随を許さない希代の次期国王陛下と名高い。

しかし彼の絵は、どれも真顔。瞳の色は氷を彷彿とさせ、眼差しは肌が粟立《あわだ》つほど冷たくこちらを見返していた。リオノーラは、昔からあの冷酷そうな表情が恐ろしく、見る度ぞくっと寒気を覚えた。父から彼がナハト州に訪れると聞いた日も、嬉しくはなかった。

実際会ってみた彼は、やはりイメージ通り温かみのなさそうな人だった。

十三歳の小娘だったリオノーラは、彼が纏《まと》う気配が恐ろしくてたまらず、挨拶を途中で投げ出してしまった程だ。

だがその後、非礼を詫《わ》びるために恐る恐る話しかけてみて、印象が変わった。

部下の前では変わらず恐ろしい顔をしているが、リオノーラを相手にする時、彼は優しく笑ったのだ。態度も鷹揚《おうよう》で、会話の中で垣間《かいま》見た、いずれ王として国を背負う気概は誰よりも熱く、恰好《かっこう》良かった。

幼いリオノーラはあっけなく彼が好きになり、懐いた。

彼が出立する日は別れを受け入れがたく、また会いに来てと駄々《だだ》まで捏《こ》ねた。

身分を考えれば、大それた振る舞いだ。しかしリオノーラも必死だった。

出会った時、クリフォードは二十一歳。とうの昔に成人していた彼は、十三歳のリオノーラを〝旅先で出会って懐いた子供〟としか認識してなかった。

出立すればそれまで。彼はリオノーラなどすぐに忘れ、王都で美しい令嬢と恋をし、つつがなく結婚するだろうことは想像に容易《たやす》かった。

幼くとも、一人の女性として恋に落ちたリオノーラは、なんとかチャンスが欲しかった。みすみすこの出会いをここで終わらせるのは惜しく、けれど生家の伝統により自分は王都に出て行けない。ならばこれはもう、彼に会いに来てもらう以外術はない――。

そう考えて、リオノーラは大胆にも『私は王都へは行けないのです。どうぞ、クリフォード殿下が会いに来ると仰って』と瞳に涙を浮かべてお願いした。

ナハト州は王都から遠く離れ、気軽に立ち寄れない土地だ。

いくらなんでもたまたま立ち寄った土地で知り合っただけの小娘に割くには、無理がある距離だった。

それなのに、クリフォードは逡巡《しゅんじゅん》の後、『約束しよう』と答えた。

その時は口先の約束だろうと思ったが、それから彼は生真面目にも毎年、遠征や視察の過程にナハト州を訪れてくれるようになった。

そんな破格の優しさを持つ青年から心が離れるはずもなく、リオノーラは彼に会う毎に恋心を深めた。成人した今や、もはや彼以外眼中にない。

一方彼の方はと言えば、出会った頃から一貫してリオノーラを子供扱いしていた。リオノーラがわざと抱きついても平静な顔で受け入れ、『大好き』と言葉にしても『そうか』と答えるだけ。女性として意識する気配は全くなく、無造作にリオノーラの頭を撫《な》でて髪を乱し、たまに気が向くと髪に花を挿して『似合うな』と笑いかけた。

その、たまに見せられる笑顔がこれまた素敵で、リオノーラばかり心揺さぶられる状況だった。

一人ガセボに座って侍女を待っていたリオノーラは、彼の笑みを思い出してぽっと頬を染める。そしてふと眉根を寄せた。

「……そう言えば私、今夜気持ちを伝えようと決めていたのに、まだできていないわ……。それにドレスや宴のお礼もまだ……」

リオノーラは、成人を機に本日クリフォードに正式な告白をするつもりだった。日頃の彼の態度からも、玉砕は覚悟の上。まずは自分が真剣に恋をしていると知ってもらい、その後、彼が会うのを拒まない限り何度でも挑戦しようと考えていた。

彼が距離を取ったら、それはそれで仕方ない。会ってもらえなくなるのはとても悲しいけれど、その後は想《おも》うだけに徹しようと心していた。

その意気込みを持って宴に参加したものの、肝心の王太子はパーティが始まってすぐに姿が見えなくなっていた。

王家とアベラルド家には少々因縁があり、彼は必ずお忍びでナハト州を訪れる。

リオノーラの誕生日に合わせて訪れてくれた今年も、民衆に王太子の来訪は報《しら》されておらず、彼はたまたま立ち寄った視察団の一騎士として宴に参加していた。

恐らく宴に長居すれば民に気づかれるので、すぐに下がったのだろう。

それはいいが、その彼に今夜告白するとなると、部屋を訪ねる他に方法はない。

――こんな真夜中に男性のお部屋を訪ねていいのかしら……。

淑女としてどうなのだろう。リオノーラが考えを巡らせ始めた時、コツリ、とガセボ前の敷石を踏む音が聞こえた。

ダーラが戻ったのかなと顔を上げたリオノーラは、そこに立っていた人物を見て、ドキッとする。

その人は、赤の差し色が入る、漆黒の騎士服を纏っていた。月明かりが射《さ》して、胸元に掲げられたいくつもの勲章が美しく輝く。瞳にかかる漆黒の髪が風に揺れ、アイスブルーの瞳が露《あら》わになった。視線が重なると、リオノーラの胸は恋情で熱を帯び、鼓動を速めた。

たった今、どうやって告白しようかと考えていた初恋の人――クリフォードが、ガセボの前に立っていた。

リオノーラは慌てて立ち上がる。

「クリフォード様……っ。会場にいらっしゃらなかったので、もうお部屋に戻られたのかと思っていました……」

咄嗟《とっさ》に今し方考えていたことを口にすると、彼は目を細め、ガセボ前の階段を上ってくる。目の前に立った彼を見上げ、リオノーラはドレスや宴のお礼を言わねばと思った。軽く酔っていた彼女は、一拍してから漂う濃厚な花の香りに気づき、彼が両手に花束を抱えていると気づく。

まだ咲く時期ではない花を見て、リオノーラは思わず呟《つぶや》いた。

「……まあ。まだ春先なのに、なんて立派な薔薇《ばら》……」

「宴では人目を集めてしまいそうだったから、下がらせてもらった。共に過ごせず、すまなかったな。……成人おめでとう、リオノーラ」

花束を差し出され、リオノーラは驚く。自分へのプレゼントだとまでは、思い至っていなかった。

「宴だけでなく、ドレスまでご用意頂いたのに……お花も……？　——ありがとうございます、クリフォード様。とても嬉しいです」

リオノーラは心から感謝の気持ちを込めて、クリフォードに笑みを浮かべる。彼はさりげなくドレスに視線を走らせ、柔らかく笑った。

「いいや、喜んでくれてよかった。本当に美しくなったな……リオノーラ」

リオノーラはそこでやっと、これは用意された時間ではないかと思い至る。

偶然で、こんなにタイミング良く彼が現れるはずがない。しかも花束まで用意していたのだ。

ダーラが、クリフォードにリオノーラがいる場所を伝えたに違いない。今朝方、ダーラに今夜告白すると決意を告げていたから、気を利かせて機会をくれたのだろう。

侍女から背を押された心地になり、リオノーラはこくりと生唾を飲み込む。薔薇の香りを胸一杯に吸い込み、少し頰を強《こわ》ばらせてクリフォードを誘った。

「あの……私、少しお話ししたいことがあるのです。お時間を頂けませんか？」

すぐに告白する勇気は出ず、リオノーラはガセボの中で話をしようと彼を促す。

けれど見上げた彼は、不意に足もとに崩れ落ちた。リオノーラはぎょっとして大丈夫かと確認しようとするも、直後、違うとわかった。

「……クリフォード様……？」

クリフォードは、片膝を折り、リオノーラに跪《ひざまず》いていた。

王族である彼が自分に頭を垂れるなんておかしい。リオノーラはわけがわからず、目を白黒させた。

クリフォードは戸惑うリオノーラを見上げ、彼女の左手を取る。されるがまま彼を見返したリオノーラは、いつになく真剣な眼差しに鼓動を乱した。

「――リオノーラ。其方《そなた》を永遠に慈しみ、何者からも守ると誓う。だからどうか、私の妻になってくれないだろうか」

「……」

酒が残る頭では処理しきれない情報が突如舞い込み、リオノーラはぼんやりとクリフォードを見返した。今何か、聞き慣れない――だけどとても大切な言葉を聞いた気がする。

アイスブルーの瞳はひたとリオノーラ一人を見つめ、返答を待っている。

答えなければいけない場面だ――と、徐々に理性が理解を深めていき、リオノーラは目を瞠った。

「――えっ」

――今……プロポーズなさったの？

思わず聞き返そうとして、なんとか思いとどまる。プロポーズを聞き逃されたとなれば、彼も気分が萎えるだろう。

リオノーラは必死に彼からの言葉を脳裏に蘇らせ、再び混乱した。

――ど、どうして？　今まで子供扱いのままだったじゃない。『大好き』と言っても聞き流すし、抱きついても欠片《かけら》も表情は変わらなくて、全く意識してくれなかったのに……！

そう考える彼女の頭の中に、別の思い出も浮かんでくる。

――だけど、たまに花を贈ってくださっていたわ……。髪飾りや、お菓子の類も。よく思い返せば、成長する毎にエスコートする仕草も丁寧になっていた気がする……。

こちらから誘わずともクリフォードから遠出に誘われた記憶もあるし、昨年は二人で美しい花園に出かけたり、ロマンチックな夕暮れを一緒に見たりもした。

リオノーラは次第にドキドキと期待に胸を膨らませ、クリフォードを見つめた。

――もしかして、クリフォード様も少しずつ私を異性として見るようになってくださっていたの――？

信じられないが、彼が密《ひそ》かに自分を想ってくれていたなら、これ以上の幸福はない。

彼に恋をし続けてきた胸はじわじわと熱くなり、リオノーラは嬉しさを抑えきれず、鮮やかに笑った。

「ありがとうございます、クリフォード様。喜んで、お受け致します」

硬い表情で返事を待っていた彼は、ほっと頬を緩め、立ち上がる。花束ごとリオノーラを懐深く抱き竦め、耳元で囁《ささや》いた。

「……ありがとう。何よりも大切にすると誓う」

彼の体温が全身を包み込み、自ら抱きついていた時と全く違う感覚に、リオノーラは心の中で叫んだ。

――嘘《うそ》、うそ……っ。妻になると約束するだけで、こんなに触れ方が違うの……っ？

今までは、背にそっと手を添えられるだけだった。それが、がっしりとした腕に肩まで包み込まれ、自分は彼のものになったのだと実感させられた。心臓はこれ以上ないくらい鼓動を打ち、リオノーラは喜びを堪えきれず、瞳を潤ませて彼を見上げる。

「……お慕いしています、クリフォード様……」

ときめきに瞳を潤ませて告白すると、クリフォードは腕を緩め、甘く微笑《ほほえ》んだ。

「……其方は会う毎に可愛《かわい》くなっていけない……」

アイスブルーの瞳が細められ、秀麗な顔が近づく。リオノーラの胸は喜びに震え、瞼《まぶた》を閉じる。唇にそっと温かな感触が重なり、リオノーラはこのまま時が止まればいいと願った。考えている内に、重なった唇が離される。

あっという間にキスが終わり、リオノーラは名残惜しく彼の唇を目で追った。

それを見たクリフォードは、おかしそうに笑う。

「……そんな顔をされては、すぐにも王都へ連れ帰りたくなるな。其方は本当に可愛い……」

どこか艶っぽさの滲む声で呟き、彼は再び顔を寄せた。細められたアイスブルーの瞳は熱っぽくリオノーラを見つめ、また唇が重なる。

今度のキスは、一度離しては再び重ねられ、何度も繰り返された。それは次第に情熱的になり、唇の感触を楽しむ肉感的なキスに変わる。何もかも初めてのリオノーラは、嬉しいけれど緊張して、呼吸が続かず少し身を離した。すうっと息を吸うと、クリフォードは優しく微笑んで手を引く。ガセボの椅子に腰を下ろし、リオノーラを自らの膝の上で横座りにさせた。さりげなく花束を取り上げて傍らに置くと、腰に手を回し、またキスを再開した。

結婚の約束をするや、あっという間に恋人として愛情深く触れられ、リオノーラの鼓動は乱れに乱れた。何度目かのキスの後、リオノーラははぁと息を吐く。彼は間近で息継ぎの様子を見つめ、不意に口を閉じる前に唇を重ねた。驚く間もなく口内に舌が滑り込み、リオノーラは目を丸くする。続けざまに舌が絡め合わせられ、それは初めての感覚なのに、リオノーラはあまりの心地よさに背筋を震わせた。

「……んぅ……っ、ん、ん……、はあ……っ、あ……っ、クリフォード様……っ」

彼の舌の動きは淫猥《いんわい》で、こんな気持ちになってはいけないと思うのに、下腹がじんと熱くなった。無意識に反らした腰をクリフォードの大きな手がしっとりと撫《な》で下《お》ろし、更に鼓動が乱れる。

ふと目を合わせれば、クリフォードの瞳は男のそれに変わっていて、リオノーラは嬉しさと恐ろしさに見舞われた。

獲物を逃さぬ猛禽類《もうきんるい》の眼差しにぞくぞくとして、瞳が潤む。胸の先がきゅうっと硬くなり、それを悟ったかのように、彼の大きな手が腰から胸に這《は》い上った。

「ひゃ……っ」

リオノーラは敏感に声を漏らし、身じろぐ。今夜は腰を覆うだけのコルセットを身につけていたリオノーラは、直に触れられたも同然の感覚に襲われた。

「……リオノーラ……其方は誰よりも美しい」

クリフォードは耳元で囁き、出会った頃とは雲泥の差で大きくなった胸を捏《こ》ね回《まわ》す。

「あ、あぅ……っ……ん……！」

彼はもう一方の手でリオノーラの足を割り開き、向かい合わせに座らせる。こんなはしたない恰好を――と、恥じらう間も与えず、耳朶《じだ》を舐《な》め、耳裏に口づけを落とされた。肌が粟立ち、胸を揉《も》まれる心地よさと合わさって、リオノーラはまたあえかな声を漏らした。

クリフォードは首筋にキスをしながらすうっと息を吸い、不意にびくっと肩を揺らす。

「……なんと甘い香りだ……リオノーラ……」

それは低く、妙に妖しげな声色だった。それまでの余裕が消えた、明らかに興奮した掠《かす》れ声。リオノーラは違和感を覚えるも、再び彼の手が胸を揉みしだき始め、そちらに意識が向かった。

クリフォードはリオノーラの首筋に舌を這わせ、鎖骨に、襟首から覗《のぞ》いた胸元にと口づけを落としていく。彼の息は僅かに乱れていて、その興奮はリオノーラを高揚させた。

「……あっ、あ……っ、クリフォード様……っ」

クリフォードは背中のリボンを解き、襟首の布地を緩ませて、肩を露わにする。もう少しで胸が零《こぼ》れ落《お》ちそうになり、頭の片隅に残った理性が、ここは外だと警告した。だが愛《いと》しい人に触れられる喜びの方が勝り、リオノーラは抵抗しなかった。もっと触れてほしいとさえ思い、身を委ねると、彼は勃ち上がった胸の先をきゅうっと摘《つ》まみ上《あ》げる。

「きゃう……っ」

びりびりと腹の底に電流が流れ、リオノーラは知らず下肢を彼の太ももに押しつけた。クリフォードは微《かす》かに笑い、ドレスの下に手を滑り込ませる。

「……もっと声を聞かせろ……リオノーラ。其方は声も反応も可愛い……」

滑らかな肌の感触を楽しむ手つきで太ももから尻まで撫《な》で上《あ》げ、いやらしい手つきで下着越しにリオノーラの花芽を転がした。

「ひゃあ……っ、ああっ、ダメ……っ」

リオノーラは初めて感じる強い快楽に目を瞠り、クリフォードに縋《すが》りつく。彼はリオノーラの首筋に口づけ、下着の隙間をぬって、足の間に指を忍ばせた。つっと不浄の場を撫でられ、リオノーラはびくりと肩を揺らす。

「ク、クリフォード様……っ」

子作りの方法は既に学んでいた。けれどさすがに外で最後までするのは憚《はばか》られ、リオノーラは躊躇《ためら》いを見せる。しかし彼の指は動きを止めず、花唇の下辺りを探り、指先を蜜壺の中へと入れかけた。その瞬間、リオノーラは彼の手を押さえた。

「――ダ、ダメ……っ。これ以上は、け、結婚してから……っ」

王太子のプロポーズだ。父も母も反対するはずはないが、まだ両親に報告も済ませていない。そんな状態で最後までするのは、いくら彼が好きでもできなかった。

嫌われてしまうだろうかと怯《おび》えつつも、淑女として一線は越えられないと首を振る。

快楽に瞳を潤ませ、赤い唇から微かに艶っぽい吐息を零すリオノーラを、クリフォードは真顔で見つめた。一度動きを止めた秘所に忍んだ指が再び動き、花芽の周りを撫でられる。

「あ……っ」

リオノーラはまた感じて震えてしまうも、クリフォードはそこで手を引いた。てっきりお願いを聞いてもらえず最後までするのかと思ったリオノーラは、ほっと肩の力を抜く。彼の眼差しも、穏やかなそれに戻っていた。

クリフォードはリオノーラを向かい合わせに座らせたまま、一度解いた背中のリボンを器用に結び直し、ちゅっと頬にキスをした。

「……怖かったか？　すまない。其方があまりに可愛くて、箍《たが》が外れかけた」

優しい声に、緊張して強張《こわば》っていた全身の筋肉も柔らかく解れ、リオノーラは首を振る。

「いいえ……その。少し怖かったけど……気持ちよかったです」

まだ酔いが残っていたリオノーラは、素直に感想を口にして、クリフォードはふっと笑う。膝の上でリオノーラを横座りに戻し、快楽で涙が滲んだ目尻に口づけた。

「そうか。……其方の両親には、既に結婚を申し込む意向を伝えている。いい加減な気持ちで触れたわけではないから、安心してくれ」

父や母に何も報告しない内に――と、やや過ぎた触れ合いに罪悪感が込み上げかけていたリオノーラは、驚く。次いで安堵《あんど》し、自分の勘違いに内心気恥ずかしさを覚えた。

つまり、ダーラはリオノーラが告白しやすいように協力したのではなかったのだ。

彼女は事前に彼の意向を知らされ、プロポーズを受けさせるために、リオノーラを庭園に誘導したのである。

家族を巻き込んでのプロポーズは、いかにも結婚を見据えた振る舞いで、リオノーラは若干心配になった。

「……本当に、私をお嫁にしていいの？　二番目とか、三番目とかじゃなくて……？」

何度『大好き』と言っても聞き流され続けてきたので、どうにもまだ、この状況が信じ切れなかった。実をいえば、想いを告白しても、はっきり断られるか、愛人枠が関の山だと諦観していた。

そう言うと、クリフォードは不快そうに眉を上げる。

「……其方は俺をどういう男だと思っているんだ？　俺は妻以外に逢瀬《おうせ》を交わす相手など

作る気はない。……それとも、妃《きさき》になどなりたくないか」

　王太子の妻は重荷で、愛人でいたいのかと聞かれ、リオノーラは首を振る。

「いいえ！　クリフォード様には、私だけを愛して頂きたいです」

　思わず欲深な本音を返すと、彼は頬を緩め、おかしそうに笑った。リオノーラの顎先を指の背でなぞり、眉尻を下げる。

「出会った年こそ、子供だと思っていたが……其方は年々恐ろしい勢いで美しくなっていく。正直、もう少し待ってから結婚を申し込んだ方がいいとはわかっていたが——其方が俺以外の男に大好きと言って飛びつく姿は見たくなかった。……時間を与えてやれず、すまない」

　他の男と恋をする間も与えず、成人と同時に娶《めと》るのは狡《ずる》いやり方だ。

　クリフォードは苦々しそうにそう言ったが、リオノーラの胸は一層ときめくだけだった。

「貴方《あなた》以外に恋をする予定はなかったもの。私はとても幸せです、クリフォード様」

　熱烈な恋情の籠もる眼差しで見つめると、彼は笑みを浮かべ、リオノーラをぎゅっと抱き締めた。

「……一生、其方を手放せそうにない……」

　意外なほど熱い言葉を囁かれ、リオノーラはこの幸せが永遠に続くと信じて、胸を躍らせた。

一章

月が煌煌《こうこう》と世界を照らす夜更け——寝室の扉が開く音が聞こえて、リオノーラは振り返った。

ノックをせず寝室に入ってきたのは、結婚後も仕えてくれている侍女、ダーラだ。

部屋の中央にある大きなベッドを一度確認した彼女は、主人がそこに横たわっていないと気づき、視線を巡らせる。そして開け放たれた窓辺に立つリオノーラを見つけ、驚いた。

「まあ、姫様。まだ起きていらっしゃったのですか？　夜は寒うございます。そのような薄着で風に当たられては、風邪を召されます」

主人が寝入った頃合いを見計らい、燭台の火を消しに訪れたのだろう。彼女は寝室に入ってすぐの場所にある椅子から素早くショールを摑《つか》み取り、歩み寄った。

広げたそれをリオノーラの肩にかけ、心配そうに顔を覗《のぞ》き込《こ》む。

リオノーラは侍女から視線を逸《そ》らし、ため息を零した。

「……今夜もクリフォード様は、私のもとへお渡りにならないのね……」

冷えた風が入り込み、リオノーラの髪がさらりとなびいた。

月明かりを弾いて輝いたその髪は、結婚当初から一切色褪《いろあ》せぬ、青みがかった白銀色。

透き通るように白い肌も、紅を注さずとも目を惹く艶《あで》やかな唇も健在で、絹のネグリジェに包まれた身体は成熟した女性そのもの。

今年十八歳になったリオノーラは、通り過ぎるだけで男性を振り向かせる、匂い立つような色香を漂わせていた。

長い睫を伏せた様は異様なまでに美しく、ダーラは一瞬、気を呑《の》まれる。

愁いを帯びたリオノーラの横顔は艶やかであり、月光を浴びたその姿は、まさに一幅の絵画だった。

しかし長く側仕《そばづか》えをしてその美貌に免疫をつけた侍女はすぐ我に返り、主人の気持ちに寄り添って背を撫でた。

「……クリフォード殿下は、今夜もお忙しいらしく……」

「また、軍部のお仕事だと仰ったの？」

リオノーラが口元を歪《ゆが》めて聞き返すと、ダーラは苦笑いをして頷《うなず》く。

結婚して二年――今年二十六歳になったクリフォードは、変わらず国王軍の統括指揮官を務めていた。彼が日夜軍部に公務にと忙しくしているのは、リオノーラも承知している。

しかし自らのもとを訪れない理由としては納得がいかず、リオノーラは目を眇《すが》めた。

「クリフォード様が私のもとへおいでにならない理由は、結婚してからずっと同じね。実際のところ、昨夜はご友人と自室でチェスをなさっていたようだし、一昨日は城下町で部下達と酒盛りをなさっていたと聞いたけれど。……今夜はどこでお忙しくなさっているのかしら。セシリオに頼んで、また教えてもらわなくちゃ」

自らの近衛騎士を務める幼馴染《おさななじ》みの名を挙げて嫌味《いやみ》っぽく呟くと、ダーラは眉尻を下げた。

「……セシリオを使われるのは結構ですが、彼はリオノーラ様のご結婚に合わせて召し上げられた近衛騎士に過ぎません。調査能力には限界があるかと……」

結婚当初、リオノーラは王都に全く知り合いがいなかった。クリフォードはそんな妻を慮《おもんぱか》り、幾人か地元の者を王宮に召し上げて良いとしたのだ。セシリオはそうして召し上げられた者の一人だった。

アレバロ伯爵家の次男であるセシリオは、リオノーラとは幼馴染みかつ従兄《いとこ》の間柄。彼は元々騎士としてナハト州の州城に勤めていたのだが、父がリオノーラの近衛騎士に推薦し、王都に同行することになった。

現在彼は、もっぱらリオノーラの護衛につけられている。

かねてから騎士として務めていたこともあり、セシリオの護衛能力は確かだ。とはいえ密偵として動く訓練は受けておらず、情報収集能力には疑問符がつく。

ダーラは手厳しくそう言って、首を振った。

「調べられるのでしたら、旦那様にお願いして、専門の者を雇われた方がよろしいのでは」

本職の密偵を雇った方がより確実だと助言されたリオノーラは、眉尻を下げる。

「……そこまでしなくていいわ。私、別にクリフォード様のご動向を全て知りたいわけではないもの」

リオノーラは、夫の何もかもを把握したい偏執的な探究心で調べさせているのではない。

ただ結婚以来、夫が自分を抱こうとしない理由を知りたいのだ。

結婚して二年――初夜すら手を出されず、いまだリオノーラが純潔を保つ羽目になっている、その原因を探っているのである。

プロポーズされた夜はあんなに性急に身体に触れられたのに、正式な夫婦になってみたら、全く手出しされない。こんな奇妙な事態は想像もしておらず、リオノーラは結婚当初、何か自分に不満があるのだろうかと憂い、何度も彼に気持ちを聞いた。

しかし不安に苛《さいな》まれる妻の内心を知ってか知らずか、クリフォードは仕事が忙しいだけだと答えるばかり。

その上セシリオに調べさせたところ、夫は忙しいと言いつつ、夜は飲み歩いたり友人と遊んだりしているという。

そんな嘘を吐いてまで自分を抱きたくないのかと、リオノーラは最初、深く傷ついた。その内、繰り返される嘘に寂しさや悲しさを通り越して苛立《いらだ》ちまで生まれ、近頃リオノーラは、心の中で悪態が止まらない。

――どうしてクリフォード様は、ちっとも私に興味を持ってくださらないの……？　私はこんなに愛しているのに……っ。

リオノーラは、結婚してからもずっとクリフォードに恋をしていた。一日とて想わぬ日はなく、顔を見るだけで胸はときめき、彼の一挙手一投足に目を奪われる。

リオノーラの恋の炎が消えないのは、夜伽《よとぎ》をなさぬこと以外では、クリフォードが実に素敵な夫だからだ。

彼は甘い笑みを惜しげもなくリオノーラに降り注ぎ、日中は腰に触れたり、ハグをしてくれたり愛情表現を欠かさない。お菓子や花などの贈り物もしょっちゅうある。

傍から見ても王太子夫妻は仲睦《なかむつ》まじく、そんな優しさを享受する日々だからこそ、リオノーラは意味がわからなかった。

なぜ彼は――自分と子作りをしないのだろうか。

「……やっぱり、私に何かお手を出したくない理由があるのかしら……」

不安が胸に渦巻き、リオノーラは深いため息を零す。

両手で顔を覆うと、ダーラが即座に首を振った。

「そんなはずはございません……っ」

なぜか力強く否定した侍女を疑わしく見返した時、コンと扉をノックする音が響いた。

「きゃ……っ」

月が中天に差し掛かる真夜中──無意識に侍女以外の来訪者があるはずもないと考えていたリオノーラは、驚いて振り返る。そして開け放たれていた扉前に立つ人物を見て、これまでの不安や不満など全て忘れて目を輝かせた。

平生通りの真顔でこちらを見ていた青年は、薄く微笑んだ。

「すまない、ノーラ。何やら話し込んでいる様子だったから、来訪を報せた方がよいかと思ってノックしたのだが、驚かせたようだな」

その耳に心地よい低い声を聞くだけで、リオノーラの胸はじんわりと温かくなった。まして愛称で呼ばれると、愛されている気がして、一層喜びが全身を包み込む。

寝室を訪れたのは、リオノーラがどうしたって愛しく思ってしまう夫──クリフォードだった。

「クリフォード様……今夜もおいでにならないのかと思っていました。来てくださって、嬉しい……っ」

軍服姿でいることも多い彼は、今夜は執務をしていたのか、王太子らしい煌びやかな青地の上下を纏っていた。

リオノーラが艶やかな髪を揺らし、満面の笑みで駆け寄ると、彼は慣れた仕草で抱き留めた。

「……其方の寝顔でも見ようかと思って来たんだ。今夜はどうした？　いつもなら、すっかり寝入っている頃だろう」

夫の甘い眼差しに、リオノーラは頬を染める。

妻を見下ろす夫の瞳は、冷たそうに見えるアイスブルー色。けれどそれらが細められると、酷《ひど》く優しい気配を纏った。眉はきりりとしていて、漆黒の髪は艶やか。鍛えられた身体は筋骨隆々でありながら、衣服を纏うとすらりとしていて見目麗しい。

抑えきれない恋心を瞳に乗せるリオノーラに、クリフォードはふっと笑った。

「……其方は今夜も可愛いな、ノーラ」

手慣れた仕草で身を屈《かが》め、額にちゅっとキスを贈る。間近に迫った夫の気配に、リオノーラの恋情は最高潮に達した。

——この世の誰よりも、貴方が好き。

結婚から二年、夫は人目を憚らずリオノーラに愛情を示した。二人の仲を疑う者はどこにもおらず、この調子で夜も愛してくれたら、どれほどよかったか——。

リオノーラは心の中で口惜しく呟き、恋情に染めた頬を徐々に冷ましていった。

どんなにときめかされようと、彼が発したセリフの意味がわからぬリオノーラではない。

夫は、今夜も夜伽をする気はない。寝顔を見に来ただけなのだ。

こんな時、いつもならリオノーラは悲しくなり、しゅんと項垂《うなだ》れるだけだ。けれど心に余裕がなくなってきていた彼女は、今夜は自らを鼓舞し、夫を軽く睨《にら》んだ。

「……ま、また、私の寝顔をご覧になりに来ただけなのですか？　寝顔をご覧になりたいのなら、夜明けにご覧になってはいかがです……」

リオノーラは遠回しに、夜伽をなしてから翌朝に寝顔を見てと言ってみた。

淑女としてあるまじき物言いで、己のはしたなさに、顔がどんどん赤くなる。だけどもはやなりふり構っていられない状況のリオノーラは、一縷の期待を込めて夫を見つめた。

妻に誘われた夫は、微笑んだまま黙り込む。しばらく何を考えているのかよくわからない表情で妻を見つめ、その後さらっと答えた。

「……今夜はまだ、仕事が残っている。また戻らねばならないんだ、すまない」

ふと抱き締めていたリオノーラの衣服に視線を向け、ネグリジェを着ていると気づくや、背から手を離す。それだけでなく、一歩下がって距離まで置かれ、リオノーラは嘆息した。

拒絶にも似たその振る舞いは、いつものことだ。

この二年、彼はまるで神に誓約でもしたかのように、決してネグリジェ姿のリオノーラには触れようとしないのである。今し方のように不意打ちをすれば抱き留めてくれるが、それでも長時間は触らない。

よほどリオノーラのしどけない姿が受けつけないのかと思うも、彼の眼差しや振る舞いに嫌悪感はなく、むしろ大切にされている空気が漂っていた。

リオノーラには、夫のこの態度も理解できない。

彼は正当な夫だ。その手でリオノーラのネグリジェを剝《は》ぎ、全てを自らのものにする権利があった。それなのになぜ、いつまでも眺めるだけでいるのだろう。

何はともあれ、今夜も触れてもらえないのだ。リオノーラは結局失望し、いつも通り俯いた。

クリフォードはそっと手を伸ばし、指先でリオノーラの髪を梳《す》く。

「それでは、良い夢を見るんだよ、ノーラ」

「あ……っ、待、お待ちになって……っ」

すぐにも退室する気配に、リオノーラは慌てて髪に触れていた彼の手を摑んだ。

「……どうした？」

彼は少し心配そうに首を傾げ、顔を覗き込む。優しい雰囲気に、リオノーラの胸がドキッと高鳴った。

彼を困らせたくない気持ちが込み上げ、引き下がろうかとも思う。でもそれではいつまでも問題を解決できない。

リオノーラは自らを奮い立たせ、はっきりと尋ねた。

「い……っ、いつもお仕事があると仰って帰られますが、クリフォード様は私をなんだとお思いなのですか？　私はもう、十八歳です。結婚してから、貴方は一度も私と夜伽をなしておられません。いつまで妻を、純潔のまま放置されるおつもりなのです……っ」

恥も外聞もない、赤裸々な質問だった。もっと婉曲《えんきょく》的に聞く術もあったものの、それらの言い回しは全てこの二年の間に使い果たした。

何度聞いても明確に答えを得られなかったリオノーラは、今夜こそは答えてほしいと、半ば泣きそうな心地で夫を見つめた。

夜伽はなさぬくせに、クリフォードは寝顔を見るためにリオノーラの寝室をたびたび訪ねる。これにより、リオノーラの立場は刻一刻と悪化していた。

王太子妃とは、妻として王太子の隣に立つだけが役目ではない。国の将来を支えるため、世継ぎを産むことも大切なお役目なのだ。

それなのに、足繁《あししげ》く通われているリオノーラはいつまでも懐妊しない。

内実を知らない周囲は、リオノーラの子を授かる能力に疑いを抱き、近頃妃の交代が囁かれ始めていた。

メルツ王国では、成人した王ないし王太子夫妻に子ができない場合、離婚して新たな妃を迎える伝統がある。子ができない理由は女性側にばかりあるわけではないらしく、妃を新たに迎えても子に恵まれぬ場合もあった。しかし現状、妃をすげ替えるのが慣例だ。

国にとって世継ぎは何より大事であり、妃達も覚悟を持って嫁いでいる。

王太子妃になった以上、リオノーラも離縁される可能性は承知していた。

しかし、一度も手出しされず捨てられるのは違う。子を成すために、クリフォードだって努力するべきだ。

何より、せっかく好きな人と結婚できたのだから、せめて純潔だけは捧《ささ》げたい。

リオノーラはそんな切実な願いを胸に、夫を追及した。

「今夜こそは、きちんとお話しください、クリフォード様。いつまで私は、お飾りの妃でいれば良いのですか……⁉」

眼差しに本気の意思を込めると、クリフォードは真顔になり、唇を引き結んだ。

彼の表情には常と違う冷静さがあり、リオノーラは嫌な予感に身を強ばらせる。

しばらく無言を貫いた彼は、やがて微かなため息を零し、ぼそっと答えた。

「……さて、いつまでだろうな」

「……え？」

まるで他人事のような言い方をされ、リオノーラは戸惑う。

クリフォードはリオノーラの藍の瞳をまっすぐ見つめ、無意識か、指の背で優しく頬を撫でつつ続けた。

「俺にもいつ、その時が来るのかはわからぬ。だが、少なくとも今ではない。——其方はいまだ幼く、青い」

リオノーラは目を瞠った。鋭利な刃で切り裂かれたような痛みが胸を貫き、全身から血の気が失《う》せていく。

成人して二年も経《た》つにもかかわらず、はっきりと、幼いからその気になれないと言われたのだ。

彼が自分を抱かない理由に、全く想像がつかなかったわけではない。

クリフォードに初めて淫らな触れ方をされた時、リオノーラは最後までするのが恐ろしくて、彼の手を止めた。本能的な恐怖と、倫理観からくる拒絶だった。

その反応を見て、幼いと判じて手出しを迷っているなら、今は違う。リオノーラは自らの胸に掌《てのひら》を置き、必死に言い募った。

「私はもう十八歳です。昔のままではありません。どうぞ私をよくご覧になって。もうすっかり、大人の女性になっております……！」

王太子妃となり、リオノーラは数多の視線を一身に浴びるようになった。中でも社交界は強烈だ。王太子妃に相応《ふさわ》しいか値踏みし、時に会話で知性を試そうとする貴族達。

それだけでなく、宴などでは、ダンスをしている最中や談笑している際に種類の違う視線も注がれた。

年若い青年らは、さりげなくリオノーラの身体のラインに目を走らせ、物欲しそうな顔をする。時には自らを遠巻きに見ていた男性陣の、小声で囁き合う声だって聞こえた。

『全く、クリフォード殿下が羨ましい』

『誠に。毎夜あの美姫《びき》を楽しめるのだから』

露骨な会話は、リオノーラが男達の目にどのように映っているのかをまざまざと感じさせた。決して心地よい経験ではなかったが、それらは自らが大人の女性として見られている証拠にはなる。

リオノーラは確信を持って詰め寄ったが、クリフォードは視線を逸らした。

「ノーラ、見た目の問題ではないんだ」

固い意志が感じられる返答に、リオノーラは震える吐息を零した。

――どうして、見てくださらないの……。

改めて見てくれさえすれば、大人の女性だとわかってもらえるのに――。

口惜しく項垂れた彼女は、少しして、違うと気づく。

彼は自分を見る必要などないのだ。今し方、はっきりと言ったではないか。

――『見た目の問題ではない』――と。

外見でないなら、問題は何。

リオノーラは思考を巡らせ、そして瞳にじわりと熱い涙を滲ませた。

「……見た目の問題でないなら……内面が問題なのですか……?」

リオノーラへの世間の評価は、現状、悪くはない。

所作は流麗であり、気品高い。見目麗しく、王太子妃に相応しい華があると褒めそやされている。

アベラルド侯爵家は、風変わりな伝統こそあれど格式高い名家だ。その家の娘であるリオノーラは、幼少期より高等教育を施され、完璧な振る舞いを身につけていた。

だが、いつ何時も完璧な妃として振る舞っていたわけではない。

クリフォードの前でだけは――リオノーラは素の自分を見せていた。

心を許し、臆さず喜怒哀楽を見せ、年相応の少女に戻った。

――夫婦とは、心を偽らず接し、理解し合うもの。

仲睦まじいリオノーラの両親は、どんな時も気持ちを伝え合い、互いを理解しようと努めていた。喧嘩《けんか》をした日とて相手を拒もうとはせず、会話で問題を解決する。

彼らはいつも家族には心を偽る必要はないと諭し、ありのままの自分を見せられる人と結婚しなさいと言って育てた。

だから教え通り、リオノーラは自らを偽らなかったが――クリフォードにとってそれは、いつまでも幼く映るだけだったのだ。

彼は私的な場でも、気品高く振る舞う妻が欲しかったのである。

彼に突き放された心地になり、リオノーラは泣いてしまいたい気分だった。けれど泣き顔なんて見せれば、クリフォードにやはり子供だと思われてしまう。

リオノーラは瞼を閉じ、深く息を吸う。

――これからは、私的な場でも品ある妃として振る舞うのよ。

愛されたい一心で、リオノーラは彼の望む妻になるのだと自らに言い聞かせた。

もう一度瞼を開けたその目には、もう涙はない。

リオノーラは公の場で見せるきりりとした王太子妃の顔で、夫を見上げた。

「私の振る舞いが至らなかったばかりに、夜伽をなさる気になれなかったとは存じ上げず、申し訳ございませんでした。今後は大人の女性だと認められるよう、努力致します」

公式の場と変わらぬ明朗な物言いに、クリフォードは眉根を寄せる。

「……ノーラ？」

「ですから、次に私の寝室を訪れる際は、貴方が真実、私と夫婦になるお気持ちになられた時だけになさってください。私は貴方の御子ではございませんもの。寝顔を見るためだけにおいでになる必要はありません」

――いつまでも子供だと思っているなら、もう会いに来ないで。

胸は潰れそうに苦しく、自らを受け入れてもらえなかった絶望感にくじけそうでも、リオノーラは前を向いた。――全ては、愛されるために。

新たな決意をしたリオノーラのセリフに、クリフォードは瞳を揺らした。

それは動揺して見えたけれど、瞬《まばた》きの後に見た彼は、普段と変わらぬ落ち着き払った表情に戻っていた。

「……そうか、わかった。では、次に其方の寝所を訪ねるのを楽しみにしていよう」

クリフォードは鷹揚に妻の要望を受け入れ、身を屈める。彼との距離が近づき、リオノーラは切なく瞳を潤ませた。

お休みのキスだ。結婚してから、クリフォードは何度もリオノーラにキスをした。額や頬、目尻や耳朶。だけど唇にだけは、キスをくれない。

──唇にキスをくれないのは、私を愛していないから……？

悲しい疑いを抱いていても、彼の纏う香水の香りをより強く感じると、鼓動が乱れた。

軽く瞼を伏せ、うっすらとリオノーラの目や唇を見つめる眼差しは艶っぽく、いつだって恋心がくすぐられる。彼の唇は形良く、視線を重ねたまま頬に唇を寄せる仕草は、一瞬たりともこちらの仕草を見逃さぬ意思を感じてぞくぞくした。間近に迫った夫の秀麗な造作に見惚《みと》れ、思わず唇から吐息を零すと、クリフォードはこくりと喉を鳴らした。リオノーラの首筋を艶《なま》めかしい仕草で撫で下ろし、彼は柔らかく頬に口づける。

──貴方が好き……。

幼い頃に抱いた想いは色褪せず、リオノーラは恋情を持って夫を見つめた。

彼は顔を寄せたまま、やんわりと笑う。

「……愛してるよ、ノーラ。良い夢を」

別れ際に贈られる、何度も聞いた甘い睦言《むつごと》に、リオノーラは愛しさと切なさを抱えて微笑んだ。

「……私も、貴方を愛しております。お休みなさい、クリフォード様」

もしも女性として認められないままなら、リオノーラは遠からず離縁される。未来を思うと不安でしかなかったけれど、感情はぐっと胸の奥に押し隠した。

クリフォードが寝室を後にすると、気配を消して主人達のやり取りを見守っていたダーラが、気遣わしく歩み寄った。気心の知れた侍女の気配に気が緩み、再びじわりと涙が滲む。彼女を見返し、リオノーラは情けなく笑った。

「……幼いから、お相手される気にならないのですって。私、もっと大人びた振る舞いをしなくちゃいけないわね」

リオノーラの声は、表情とは裏腹に震え、ダーラは自分の方が苦しそうに顔を歪めた。

「……姫様は十分、魅力的でいらっしゃいます。先程のクリフォード殿下のお言葉は、本心ではないでしょう。ダーラがセシリオと共にクリフォード殿下のお考えを突きとめて参りますので、どうぞ気落ちされませぬよう……っ」

必ず別の理由があるに違いない。自分達が事実を確認してこようと勇ましく約束され、リオノーラは首を振った。

「……いいの。クリフォード様は、私が真実の答えを求めた時には、嘘を吐かないもの。だからきっと、先程のお言葉も事実なの」

出会った頃からそうだった。クリフォードは時折嘘を吐くが、リオノーラが本気で尋ねた時は、偽らなかった。真顔になって、本当のことを答えた。

出会った頃、それは誠実な振る舞いだと感じていたけれど、今は果てしなく残酷に思う。

リオノーラは、なぜ自分を娶ったのか、彼に尋ねられない。

毎夜贈られる愛の言葉は偽りで、実際は別の目的があったと答えられたら、立ち直れない。もう——彼に笑顔を向けられなくなる。

開け放っていた窓から、さあっと風が吹き込み、髪を揺らした。何かに呼ばれた心地でリオノーラは目を向け、空に浮かんだ満ちた月に、ふと五年前の記憶を蘇らせる。

クリフォードと出会う前夜に見た月も、満月だった。

会う度恋に落ちていった甘い日々が思い出され、リオノーラは悲しく呟く。

「……クリフォード様は、やっぱりお国のために……私を娶られたのかもしれない……」

愛ではなく——自国の繁栄のために。

リオノーラが、『竜の末裔《まつえい》』と謳《うた》われるアベラルド家の娘だったから——……。

主人の物悲しい独り言に、ダーラは何も言えず俯いた。

◇◇◇

ナハト州にある州城では、十三歳になったリオノーラを祝うため、こぢんまりとした宴が開かれていた。宴ではいつも、大人達は月が高く昇った後も酒盛りを続けたが、リオノーラは切りのいいところで下がり、眠りにつく。

その夜もリオノーラは先に部屋に戻り、夜着に着替えて眠ろうとしていた。ところが、普段はブランケットを被ればすぐに眠れるリオノーラが、その夜はなぜか目が冴えて寝付けないでいた。

「……変なの。いつもはあっという間に眠れるのに。宴が楽しかったからかしら」

地元民も顔を出す祝いの席は非常に和気藹々《わきあいあい》としていて、家族同然に皆と笑い転げて過ごす。その興奮が残っているのだろうかと、リオノーラは眠るのを諦め、ベッドを降りた。靴は履き直さず、絨毯《じゅうたん》が敷かれた床を裸足《はだし》で歩き、窓辺に近づく。鍵を外して窓を開けると、温かな風が頬を撫で、誘われるように天上を見上げたリオノーラは瞳を輝かせた。

「……なんて綺麗《きれい》なの」

良く晴れた夜空に、これまで見たこともないほど明るく輝く月が昇っていた。続けて青葉の香りが鼻先を掠め、リオノーラは胸一杯に空気を吸い込む。

季節は冬の寒さがまだ残る、春の初め。

州城の足もとには若葉が芽吹き始めた田園が広がり、リオノーラはその光景を見下ろして笑みを浮かべた。

「――よかった。今年もきっと、豊穣《ほうじょう》になる」

もうすぐあちこちで花が咲き始め、小麦や果実が豊かに実る。風に乗って届いた香りは、色鮮やかな春の景色を脳裏に描かせ、リオノーラはわけもなく確信ある声で呟いた。

農業で生計を立てているナハト州の民にとって、秋に蓄えた実りのみで過ごさねばならぬ冬は恐ろしく、春の訪れは僥倖《ぎょうこう》だ。

領主の娘ながら、領民の農作業を手伝う日もあるリオノーラは、皆の喜ぶ顔を想像して気分を高揚させた。

だが妙に胸が騒がしく、彼女は意識を自分に向ける。ベッドに横たわっている時からドキドキしていた鼓動は、夜風に当たっても静まりそうになかった。

リオノーラは眉根を寄せ、胸を押さえる。

「変なの……。お食事を食べ過ぎちゃったわけでも、お酒も飲んだわけでもないのに」

未成年であるリオノーラは、一口もお酒を飲んでおらず、悪いものも食べた記憶はなかった。

「どうしよう。ちっとも眠れそうにないわ」

ドキドキしている理由がわからず、なんとなく気になる窓の外――正確には州城から隣の州へと繋《つな》がる街道に目を向ける。その時、カチャリと寝室の扉が開く音がした。

リオノーラは警戒心なく振り返り、来訪者の顔を見て、血色の良い唇に弧を描いた。

「――お父様。もう宴は終わったの？」

部屋を訪れたのは、燭台を手にした父、アベラルド侯爵だった。

リオノーラは既に寝ていると思って入室したのだろう。部屋の中央にある天蓋つきのベッドに視線を向けていた父は、リオノーラの声を聞いて視線を転じた。窓辺に立つ娘の姿に、眉尻を下げる。

「リオ、まだ起きていたのか。宴はもう終わったが……どうした、眠れないのか？」

青みがかった白銀の髪に藍の瞳を持つ父は、リオノーラを愛称で呼び、心配そうな顔をして近づいた。

父の背は高く、その肌は少し浅黒い。

貴族社会では、労働を庶民階級の象徴と考えて疎み、税収などで優雅に暮らすことを美徳としていた。だがアベラルド侯爵家の者は労働を全く厭《いと》わず、領民の農作業を気軽に手伝う、変わった一家だ。

日常的な剣術や馬術の訓練に加えて農作業までする父の身体は鍛え上げられ、大変逞《たくま》しかった。リオノーラを腕にぶら下げ、宙に浮かせて遊んでくれるくらい、力持ちである。

物言いは堅いものの、どんな些細《ささい》な相談にも真剣に向き合う真摯な姿勢から、民にも厚い信頼を寄せられている。

おまけに娘から見ても呆《あき》れるほどに整った造作をしているため、男達はもとより、女子供にも人気があった。眉はきりりとしていて鼻は高く、目元は涼しげ。白銀の髪と藍の瞳がそれらをより引き立てて、人間離れした秀麗さだった。

といっても、当人は妻以外眼中になく、言い寄られようと梨のつぶてだ。

伯爵家出身の母は、人形じみた陶磁器が如き白い肌に、滑らかなシルバーゴールドの髪を持つ。瞳は青く、唇は紅をぬらずとも鮮やかな紅色。華奢《きゃしゃ》な体つきの割に胸は豊満で、薄く微笑むだけで妙な色香がある美しい女性だ。

内面はいつまでも少女のように若々しく、二人の子を産み、三十四歳になった今も容姿は衰え知らず。誰もが羨む姿形をした彼女は、一身に父の愛を享受していた。

リオノーラは、八歳年上の兄と共に仲睦まじい両親を見て育ち、夫婦とはそういうものなのだと思っていた。

その愛情深さに定評のある父に夜更かししている理由を問われ、リオノーラは肩を竦《すく》める。

「胸がドキドキして、ちっとも眠くならないの」

どうしてかしらと話しかけると、父は一瞬、頬を強ばらせた。幼いリオノーラは、父の表情の変化に気づかぬまま続ける。

「ずっとそわそわして、落ち着かない気持ちなのよ。お月様が眩《まぶ》しいからかしらね」

美しい月を再度見上げると、父は小首を傾げた。

「宴の余韻で眠れないのかもしれないね。後で温かなミルクを運ばせよう。だが風邪をひいてもいけない。窓は閉めて、眠くなくともベッドで横になっていなさい」

「はい、お父様」

リオノーラは従順に頷き、窓を閉める。そして先程感じた春の訪れを思い出し、ぱっと表情を明るくして父を振り返った。

「――そうだ、お父様はもう気づいていらっしゃる？　風が春の匂いになっているの。今年もきっと豊穣になるわ」

深く考えずに伝えると、父は柔らかく微笑む。

「それは嬉しい報せだ。お前が豊穣になると言えば、その年は必ず実り豊かな秋になる」

まるで手柄でも立てたかのように大きな掌で頭を撫でられ、リオノーラはきょとんとした。

「……そうだった？　豊穣を約束する力なんて、私にはないと思うけれど……」

期待されて、もし不作の年になったら怖い。眉尻を下げて言《い》い淀《よど》むと、父は朗らかに首を振った。

「そんな意味で言ったんじゃないよ。お前はずっとこの土地で生きてきた子だから、気候の違いがわかっている。今年は暖かく穏やかな季節になるのだと、その小さな鼻が敏感に嗅ぎ取っているのだろう」

鼻先を指でくすぐられ、リオノーラはほっとした。

「そうなのかしら？　自信はないけど、今年も豊作になるといいわね。皆が笑顔になるもの」

豊かな実りを願うと、父は頷いて背を押した。

「そうだな。……明日はクリフォード殿下がおいでになる予定だ。恐らく昼過ぎに到着されるだろう。お前もご挨拶をするんだよ」

ベッドへ向かわせながら何気なく明日の予定を報され、リオノーラは目を丸くする。

「こんな田舎に、王太子殿下がいらっしゃるの？」

領主の娘が言うのもなんだが、ナハト州は王都から遠く、目立った産物もない地味な土地だ。王族がわざわざ足を運ぶ場所ではない。

驚く娘に、父は苦笑した。

「何を言う。王家の皆様は、この土地の民も気にかけておいでだよ。クリフォード殿下は今回が二度目の来訪になるが、現国王陛下は何度かナハト州を訪れていらっしゃる」

「……本当？　私、一度もお会いしてないと思うわ」

ナハト州は派手な祭り一つなく、王族が来たとなれば民を巻き込んで大々的な歓待をするはずだ。けれどリオノーラは、一切彼らの来訪を見た覚えがない。

　父は娘に注いでいた優しい視線を天井へ向け、顎を撫でた。

「……クリフォード殿下は、お前が生まれた直後に一度、陛下とご一緒においでになったきりだが……陛下はお前が五歳と、十歳になった時にもおいでになったよ。お前は幼くて、国王陛下だとわからなかったのかもしれないね。王家の皆様は、いつも人目を忍び、地味なご衣装でいらっしゃるから。どこかの貴族だと思っていたのだろう」

　唸《うな》りつつ記憶を辿《たど》って来訪時期を教えられ、リオノーラは怪訝《けげん》に眉を顰《ひそ》めた。

「どうしてお忍びなの？　国王陛下がいらっしゃるなんて、私達だけじゃなく、民だってとても喜ぶことだわ。皆、陛下のお顔を見たいはずだろうし。堂々といらっしゃってくださった方が良いのに」

　父はリオノーラに視線を戻し、微笑んだ。

「……伝統だよ。遥《はる》か昔から、王家の皆様が我が家を訪れる際は、人目を忍ばれる。私達が決して、政に立ち入らぬのと同じようにね」

　アベラルド侯爵家の伝統と同じだと聞いて、リオノーラは合点がいった。自らの髪を指先に巻きつけ、ため息を零す。

「……この髪が原因なのね……。――どうして皆、特別視するのかしら。色が珍しいだけで、何か特別な力があるわけでもないのに」

無造作に引っ張られたリオノーラの髪は、月明かりを反射して目映《まばゆ》く輝いた。それは見る者があればため息を零してしまっただろうほどに美しい煌めきを放ち、彼女が指を離すと、清流が如くさらりと肩に垂れ落ちた。

自らの髪を見つめ、リオノーラは口惜しく呟く。

「この髪さえなければ、私も他家のご令嬢達と一緒に、社交界デビューできたのに……」

アベラルド侯爵家の者だけが受け継ぐ――青みがかった白銀色の髪。

大陸中どこを探しても、その髪色を持つのはアベラルド侯爵家の者だけだ。

アベラルド家の親戚筋には青みがかった黒髪の者はいるが、白銀色の髪の子は決して生まれない。

この不思議な現象を尊び、初代メルツ王国国王はアベラルド侯爵を『竜の血を継ぐ愛しき隣人』と呼んだ。

なぜ臣下を自らと同列の者かのように〝隣人〟と称したのかは、定かではない。

しかしその呼び名は民衆にまで伝わり、いつしかアベラルド侯爵家の者は『竜の末裔』という、大それた二つ名を冠するようになっていた。

竜とは、この世に伝わる神話が由来している。

『――かつてそこには何もなかった。

神は無の世界を退屈に思い、空、海、空気を作り、最後に大地を置いた。そして獣や人間、植物などの小さな命を生み出し、見守ることにした。

けれど神が作り出した命はあまりに小さく、多くが儚《はかな》く消えていった。神はそれを嘆き、命をより永らえさせるため、守護神として各地に守りの竜を置く。

竜はそれぞれに火や水、風などを操る強い魔力を持ち、数千年にわたり小さな命達を守った。やがて人間が言語を解するようになると、竜達は恋に落ちていった。竜は愛する者と結ばれることを望み、次々に姿を変える。身に宿る魔力により、髪や瞳だけは特異な色になるも、彼らは人と子孫を残せる姿となり、番となった。

人よりも長寿だった竜は、命をも愛する者と共に終えたいと願い、伴侶の身に魔力を注ぐ。すると竜は人と同じ寿命になった。魔力を注がれた人は竜と同じ力が使えるようになり、いつしか竜に代わって人々を導く役目を担い、各国の王になったという――』

各地に伝わるこの神話により、多くの人は各国の王が竜の力を継いでいると信じていた。

けれどリオノーラは、どこかの王が民心を集めるために創作した、偽りの物語だろうと考えている。

神話が事実なら、生き残っている竜がいてもおかしくないし、実在した証拠があってしかるべきだ。次々に人に姿を変えたとされているが、まさか全ての竜が人間に恋したはずもない。

ところが、この世には竜の身体を覆っていたという七色に光る鱗《うろこ》の一つもなかった。おまけに各国に残されている竜の姿絵は、どれも統一感がない。角があったりなかったり、羽が生えていたりいなかったりと、同種族とは思えぬちぐはぐさなのだ。

侯爵令嬢として幼い頃から教養を身につけていたリオノーラは、人々が残した功罪を知っている。人は身分にかかわらず、嘘を吐く。戦などではそれが顕著だ。

争いを始めた国は自国の正当性を主張するため、平然と偽りを民に流布した。民はそれを信じるが、他国ではまた異なる情報が流れており、何が事実で偽りか混沌《こんとん》とすることもしばしば。

こういった歴史から、リオノーラは王族とて必要があれば事実をねじ曲げるのだと承知していた。だからこそ、神話を鵜《う》呑《の》みにする気になれないのだ。

とはいえ、この神話の存在により、王家の人々は『竜の末裔』だと信じられている。

一介の臣下であるアベラルド侯爵家の者が冠するには、『竜の末裔』は過ぎた名だ。当然使用はやめさせねばならなかったが、アベラルド侯爵家はそれもできなかった。

初代メルツ王国国王がその二つ名も気に入り、戯れに初代アベラルド侯爵を『竜の末裔』と呼んだからだ。

初代メルツ王国国王は、自らと同列に扱っても良いと思うほど、初代アベラルド侯爵を寵愛していた。一介の臣下が王に指図するなどおこがましい真似はできず、初代アベラルド侯爵は二つ名を甘んじて受け入れる他なかった。

その後も王の寵愛は衰えず、初代アベラルド侯爵は宰相の地位まで与えられる。

優秀な人材が故の采配だったらしいが、これほど目に見えてわかる寵愛を、他の臣下が微笑ましく見守れるはずがない。初代アベラルド侯爵への嫉妬は日を追う毎に燃え上がり、一部の臣下が彼の失脚を望んで罪をねつ造した。王の寝首を掻《か》き、政権を簒奪《さんだつ》しようと計画していると偽造の計画書を掲げ、彼を陥れようとしたのだ。

弑逆《しいぎゃく》計画など、発覚すれば一家諸共《もろとも》処断される重い罪。

アベラルド侯爵はなんとか自らの潔白を証明したが、これを機に政から身を引いた。

彼はいかなる争いも望まず、何より自らの妻と子を大切にしたかったのだ。

それからアベラルド侯爵はひっそりと領地でのみ過ごし、以降、政および社交界との関わりを断つ。

王都へと姿を見せなくなったアベラルド侯爵への嫉妬は時と共に薄れ、過ぎた二つ名も忘れられていった。そしていつしか、『竜の末裔』と呼ぶのは、アベラルド侯爵が治めるナハト州の領民のみとなったのだとか。

アベラルド侯爵家はこの経緯を代々受け継ぎ、二度と王都へ行かぬ伝統を作った。

王家がお忍びでアベラルド侯爵家を訪れる理由も、この歴史が関わるのだろう。

初代アベラルド侯爵は、家族を守るために王都を去った。王は彼の意を汲《く》み、また偏った寵だと嫉妬を生まぬよう、人目を忍んで会いに来るようになったのだ。

第二十六代アベラルド侯爵である父から王家の伝統を聞いたリオノーラは、事情を容易に理解し、ため息を吐く。

「……初代の国王陛下が、この髪をお気に召されなければ良かったのに」

侯爵令嬢でありながら、華やかな社交界と関わりを持てないのは、やっぱり残念だ。

小さくぼやくと、父は目を細めた。

「リオ。たとえ初代の国王陛下が私達の髪色を好まずとも、いずれアベラルド家の者は、この国の政や社交界から身を引いたと思うよ。初代当主も、建国初期のみに関わるつもりだったと日記に記されている」

リオノーラは視線を上げ、小首を傾げる。その動作で肩にかかった髪がはらりと神秘的に輝いたが、生まれながらにそれを持つリオノーラは自らの美しさには無頓着だった。

父は揺れた娘の髪を見てから、やんわりと続ける。

「……私達に華やかな世界は必要ない。私達は王の治める国を見守り、自らに与えられた土地の民を生かすためにここにいるんだ」

眼差しは優しくとも、社交界へは出さない強い意志を藍の瞳に乗せて言われ、リオノーラは口元を歪めた。遙か昔のいざこざに自分が巻き込まれるのは、理不尽に感じる。

「だけど、社交界に出られなければ、出会いもないわ。私、どうやって旦那様を見つけたらいいの？　まさかお父様は、私にお見合い結婚をさせるおつもりなの？」

父は剣術に長《た》けており、王に誘われて剣技大会に出場する機会があって、そこで母と出会った。だけど令嬢であるリオノーラは、そうはいかない。

メルツ王国の貴族は、基本的に恋愛結婚を主流としている。結婚するには誰かと出会って恋をせねばならず、お見合いは恋愛にあぶれた難ありの人々が使う最終手段だった。

そういう性格や家柄、外見に問題のある人に自分を宛《あて》がうのかと、リオノーラは父を睨みつける。

予期していない質問だったのか、父は目を瞬かせた。そして朗らかに笑う。

「――なんだ。リオはもう結婚の心配をしているのか？　女の子は気が早いな。心配しなくても、その内いい男が現れるよ。お前が恋をした相手が、お前の伴侶になるだろう」

軽くあしらわれ、リオノーラは眉をつり上げた。

「まあ、どうしてそんな風に仰れるの？　私が爵位も持たない領民の一人と結婚すると言ったら、お父様はお許しになるの？」

恋愛結婚が主流といえど、貴賤《きせん》結婚はいまだ許されていない。恋をした相手が伴侶になるというなら、その相手が庶民だったらどうなる。

若干意固地な気持ちで聞き返すと、父は戸惑った顔をした。

「……リオは、もう誰かに恋をしていたのか？」

真剣な調子で確認され、リオノーラは微かに頬を染める。

「いいえ。もしものお話をしただけ」

残念ながら、生まれてこの方一度だって恋をした経験はない。

己の未熟さを露呈してしまった気分で気恥ずかしく答えると、父はほっと息を吐いた。

「そうか。もしもお前が身分違いの相手に恋をしたとしても、お父様は反対しない。だけど結婚する相手は、必ずお前が心から好きになった者にしなさい。……それがお前とお前の伴侶となる者を幸福にする、最良の選択だからね」

貴賤結婚でも許されるのかと、リオノーラは父の懐深さに目を瞠った。とはいえ相手に当てはなく、空《むな》しい仮定の話。リオノーラは肩を竦め、父の助言に頷いた。

「……ええ。どこにいらっしゃるのかちっともわからないけれど、もしも好きになれる方と出会えたら、仰る通りに致します」

――私も、お父様とお母様のようになりたいもの。

リオノーラが恋愛結婚したいと考えているのは、仲の良い両親を見ているからだった。

父と母はお互いが好きで仕方ない気持ちがいつだって溢れている。喧嘩をして言い合っている最中すら『私は貴方を愛しているけれど、これだけは譲れないのです！』『俺だってお前が愛しいが――』と、聞いてる方が恥ずかしくなる言い回しで口論を繰り広げる。

娘としては見ていられないところもあれど、それでもやはり、二人は永遠に共にあるのだろうと思える姿は憧れだった。

「それじゃあダーラはもう寝ているだろうし、ニールにミルクを運ばせよう。ゆっくり休むんだよ、リオ」

背を押され、リオノーラは今度こそベッドに戻る。執事のニールにミルクを運ばせると言った父は、リオノーラが横たわるのを見守ってから、背を向けた。部屋を出ようとする父を目で追っていたリオノーラは、そうだと声をかける。

「ねえ、お父様。クリフォード殿下って、どんな方？　確か、二十一歳におなりになるのよね？　国王軍の統括指揮官をなさっているのでしょう？」

知に武に優秀な人物だとは聞くが、巷《ちまた》に出回っている姿絵からは、冷たそうな印象しかなかった。実際はどういう人物なのか尋ねると、父は振り返って微笑んだ。

「お前に会わせて良いと思える方だよ。だけど彼の人となりは、お前自身で見定めなさい。アーベント州へ視察に向かわれる道中でのご滞在だが、ナハト州にしばらく留《とど》まられると聞いている。お話をする機会はあると思うよ」

「……そう」

王太子を見定めるなんて随分横柄な言い方だなと、リオノーラは少し戸惑った。

だけど父はすぐに部屋を出てしまい、リオノーラは真意を確かめられぬまま、窓の外に目を向ける。ベッドの上からでも、隣の州へと繋がる街道は眺められた。王都からナハト州へ来るなら、王太子はきっとあの道を使う。

田園の向こうには森が広がり、木々が生い茂って道の先はほとんど見えない。

リオノーラは、なぜか得体の知れない恐ろしい人物がこちらへ移動してきているように感じ、微かに身を竦めた。

――どうしてかしら。私、緊張してる……。

王族に会うからだといえばそうかもしれないが、どことなく違う。

リオノーラの緊張は、王太子が訪れると聞く以前――夜着を纏った頃から始まっていた。

ずっと何かを警戒し、鼓動が乱れてそわそわする。

――何かあるのかしら。こんな気持ちになるのは、生まれて初めて……。

まるでこれからナハト州を訪れる王太子の気配を身体が事前に察知し、恐れているかのようだ。

リオノーラはそんな風に考え、答えを出せぬまま、執事がミルクを運んでくるまで窓の外を注視し続けた。

◇◇◇

翌日――日頃は静けさが目立つナハト州の州城は、まるで昨日の宴が続いているかのように賑やかだった。城の中を使用人達が忙しく行き来し、五百名ほどの客人を収容できる迎賓館に歓待のための食事や酒を運んでいる。

視察団の中に王太子が含まれていることは、州城内で主要な地位にある者とその従者、先方の対応に当たる者のみに伝えられていた。

王太子の来訪を知る者の一人であるダーラは、昨夜よく眠れなかったリオノーラを容赦なく昼前に起こして着付けた。

曰《いわ》く、『非公式とはいえ、王太子殿下にお会いするのですから、相応の恰好でなければなりません！』とのことだった。

普段、リオノーラは動く邪魔にならない簡素なドレスを着ている。だが今日着付けられたのは、クリーム色と明るい水色の布地を使った、レースが沢山ついたドレスだった。風が吹くとスカート全体を覆うレースがフワフワと揺れ、妖精のような儚い印象を与える。髪は細いリボンを編み込んだハーフアップで、耳元に花を挿され、仕上がりはまるで、リオノーラがイメージする王都の令嬢そのものだった。

日頃と違う自分の姿に、リオノーラは少し嬉しい気分になって、王太子率いる視察団一行の訪れを待った。

「王都の騎士様方は、ナハト州の騎士と違って立ち居振る舞いが清廉としていますね。どなたも素敵に見えちゃいます」

昼下がり、迎賓館に通された視察団を覗きに来たダーラは、リオノーラの隣で浮かれた声を上げた。

本来なら迎賓館に来なくてもよかったリオノーラは、気のない返事をする。

「……そうね。制服も素敵だものね」

迎賓館での歓待は父と兄が担当し、母とリオノーラは後ほど父の部屋でひっそり王太子だけに挨拶する予定だったのだ。

しかし王都の騎士が見たいと言うダーラに、強引に連れてこられてしまった。

リオノーラは必死に己の感覚を押し隠し、平静な顔を繕う。昨夜感じていた緊張が、ここに来て一層大きくなっていた。

ダーラは何も気づかぬまま、リオノーラの言葉に大きく頷く。

「そうですね。あの制服を着るだけで、誰でも二割増し恰好よく見えそうです」

騎士服は、大陸の中で一、二を争う経済力を誇るメルツ王国らしい、上質な黒と赤の布地が使われていた。デザインも洗練されており、右肩からはマントが流麗に垂らされ、腰に巻かれたベルトはぱっと目を惹く赤のラインが走っている。バックルは金色で、襟首や袖口にも金糸の刺繍が施されていた。それを着るだけで誰もが凜々《りり》しく見え、おまけに彼らはグラスの持ち方一つにも品がある。

一方ナハト州の騎士は、技量さえあれば一般階級からも採用され、その所作は玉石混合だ。褒章の儀などで王宮に招かれる機会もあるため、皆、上流階級の所作を身に着けてはいる。だが日常では、気取った動作は省略されがちだった。

年齢層も、王都から来た騎士は全体的に二十代そこそこ。中年から年配が多い州城の騎士と彼らは、漂わせる空気が根本的に違った。

瑞々《みずみず》しい王都の騎士達の様子に、リオノーラははたと思う。

――社交界に出ていれば、あの中にいらっしゃるどなたかと宴でお話ししていたかもしれないのね……。

王都への憧れが湧き上がり、脳裏には仮の世界が広がった。煌びやかな舞踏会に参加し、誰かに手を取られてダンスを舞う。そして恋をして結婚を申し込まれるのだ。

うっとり想像の世界に浸っていると、ダーラが背伸びして言った。

「うーん。ですが、王太子殿下がどこにいらっしゃるのか、さっぱりわかりませんねえ。王都中のご令嬢が殿下の虜だと聞き及んでおりますが……」

リオノーラはぴくっと肩を揺らす。メルツ王国内中に出回っている王太子の姿絵が脳裏を過り、瞳から輝きが消えた。

王太子であり、国王軍統括指揮官であるクリフォードは、漆黒の髪に凛々しい眉、そしてアイスブルーの瞳を持つ。姿かたちは彫像が如く整い、知性も剣技も他の追随を許さない希代の次期国王陛下と名高かった。
しかしリオノーラは、他の人々のように彼に対する憧れはない。あちこちで出回ってい
る彼の肖像画がどうにも苦手で、なんなら恐ろしいとまで感じていた。
ここに王太子がいると意識しただけで首筋がぞわぞわし、リオノーラはすぐにも逃げ出
したい心地になる。
「……王太子殿下には、後でご挨拶するでしょう？　ダーラだって同席するのだから、そ
の時に見ればいいじゃな――」
「――王都の騎士が来たからって目の色変えちゃって、現金だなあ二人とも。騎士は騎士
だぜ」
苦手意識が滲む、弱々しい声で返答している途中――背後から明るい少年の声が聞こえ
た。
揶揄《からか》い交じりのセリフに、リオノーラとダーラはさっと振り返る。
青みがかった黒髪に、空色の瞳を持つ父方の従兄――セシリオが、いつもより畏《かしこ》まった
恰好をして立っていた。
リオノーラは昨年初めてダーラに出会ったけれど、セシリオと彼女は幼馴染みである。
セシリオの父アレバロ伯爵とダーラの父ベネット伯爵が友人関係にあり、昔からよく顔を
合わせていたそうだ。

彼女がリオノーラの侍女になったのも、アレバロ伯爵の紹介があったからだった。

ダーラは気に入らなそうに眉をつり上げる。

「失礼ね、セシリオ！　王都の騎士様方の立ち居振る舞いが違うから見ていただけで、目の色なんて変えてな――」

反射的に言い返していた彼女は、不意にぺちっと口を押さえた。数秒遅れで、セシリオの背後に見知った顔が二つ現れたのだ。

黒の上着に焦げ茶色のベストを纏ったリオノーラの父――アベラルド侯爵に、州軍の制服を着た二十一歳になる兄、コーニリアスである。

当主とその跡継ぎを前にして、ダーラは頬を真っ赤にした。

「ご、ごきげんよう……アベラルド侯爵に、コーニリアス様。とんだ姿をお見せしてしまい、申し訳ございません……」

両親から雇い主一家にはいつ何時も礼節を持った態度を取るよう厳命されているダーラは、身を竦めて膝を折る。

両親の命に背いて、お転婆《てんば》な一面を晒《さら》してしまったのだ。恐縮する彼女の姿に、セシリオは横を向いてぷっと笑った。

どうやらダーラが反発するのを見越して、わざと父や兄が訪れる直前に声をかけたらしい。

意地悪なやり方に、リオノーラは眉を顰めた。

二人とも十五歳で、リオノーラより年上なのに、顔を合わせると毎度子供のような喧嘩をする。なぜ仲良くできないのか。

セシリオを注意しようと口を開きかけたところ、リオノーラより先に、兄が応じた。

「構わないよ、ダーラ。今のはセシリオがわざと仕掛けていたからね。だけど客人がいそうな場所では、相手が誰であろうと振る舞いに気をつけた方がいいかな。君が既に身に着けている高い教養を疑われてはいけないから」

微笑んで優しく忠告する兄を見上げ、ダーラはその美貌に目を奪われた。

父やリオノーラと同じく、青みがかった白銀の髪に藍の瞳を持つ兄は、妹の目から見ても見目麗しかった。襟足で束ねた髪はサラサラで、瞳は切れ長。無駄な筋肉がついていない身体はすらりとしており、雄々しい父と違った中性的な美しさを持っている。

常に微笑む表情は柔らかく、そのくせナハト州州軍の中佐として剣の腕は確か。

年に一度王都で開かれる剣技大会では毎年優秀な成績を修め、ナハト州内に留まらず、あちこちの令嬢から恋文を送られていた。

嫁の来手には難儀しそうになく、王都へ出向く機会がないリオノーラは羨ましい限りだ。

美貌に見入り、返事を忘れた様子のダーラを、リオノーラはこっそりつつく。ダーラははっとした。

「は、はい……っ。以後、気をつけます。大変失礼を致しました」

礼儀正しい返答に兄は頷き、セシリオにやや鋭い視線を向けた。

「セシリオ。お前も気になる子にくだらないちょっかいを出さず、素直に振る舞いなさい」

セシリオはぎょっとし、微かに頬を染めた。

「俺は別に、ダーラを気にしてなんていません！　ただ男を覗きに来るのは淑女としてどうかと思い……っ」

幼馴染みの主張に、リオノーラは目を瞬かせる。言われてみれば、確かに覗きは淑女としてはしたない行動だった。にわかに恥ずかしくなり、父と兄の顔色を窺《うかが》う。

「……ごめんなさい、お父様、お兄様……。私、王都の騎士様を見たことがなかったものだから、深く考えずに来てしまって……」

ダーラに連れてこられて、とは言えず、無難な言い訳をすると、父は穏やかな表情で首を振った。

「構わんよ。だがノーラ、お前はまだ十三歳だからね。出会いはいくらでもある。恋人はゆっくり探しなさい」

意外にも咎《とが》められなかったが、父の物言いに引っかかるものがあり、リオノーラは眉をつり上げる。

「まあ、お父様。私、殿方を見繕うために来たわけじゃないわ」

王都の舞踏会を想像はしたが、伴侶を見つけようとしていたわけではない。変な勘違いをしないでと返すと、兄もリオノーラに同調し、呆《あき》れ顔《がお》で言った。

「何を仰っているのです、父上。リオに恋人など、まだまだ先でしょう」

気が早いですよと窘《たしな》められた父は、どことなく愁いを帯びた目で微笑んだ。

「……そうかな」

父は迎賓館の中央に目を向け、リオノーラも釣られて視線を向ける。そしてドキッと鼓動を高く跳ね上げた。

身分の高い王太子は通常、宴などの会場内では前方にいる。目をこらさねば一人一人の顔も見分けがつかない距離にいるリオノーラ達に、彼が見えるはずはなかった。

それなのに、集っていた騎士達が不意に同時に動いて、一本の筋道ができていた。その先にいた黒髪の青年が、何かに呼ばれたかのように振り返り、ふとリオノーラ達の存在に気づいた。

「あ、姫様……っ。あの方が王太子殿下じゃないですか？　ほら、ちょうど今、後ろを向かれた、背の高い――……」

ダーラが腕を掴み、小声で耳打ちする。しかし王太子からリオノーラへと視線を戻した彼女は、訝《いぶか》しげに顔を覗き込んできた。

「……姫様……？　大丈夫ですか？　お顔色が、悪い気がするのですが……」

確かめられたリオノーラは、返答できなかった。額に汗が滲み、瞳はただ一人を凝視する。

振り返った背の高い青年は、まぎれもなくメルツ王国の王太子——クリフォードだった。

漆黒の髪は迎賓館の灯《あか》りを反射し、まるで濡《ぬ》れているかのように艶やか。鼻は高く、唇は形よい。騎士服を見事に着こなした身体は均整がとれ、立ち姿から、十二分に鍛えられているのだとわかった。

王都の令嬢が虜になるのも頷ける、美青年だ。

だがアイスブルーの双眸《そうぼう》がひたと自らに据えられた刹那、リオノーラの全身は総毛立ち、確信した。

昨夜から自らを苛む、得体の知れぬ緊張は——彼が原因だ。

リオノーラは本能的に、己の身体は彼の来訪を予期し、萎縮し続けていたのだと悟った。

——だけど、どうして？　姿絵が苦手だから？　それだけでこんなに怖くなるはずない。

理性が疑問を呈しようと、気持ちはコントロールが利かなかった。彼の視線に晒されるだけで、本能が叫ぶ。

——ここにいたくない。逃げたい。

リオノーラはじりっと一歩下がり、今しも踵《きびす》を返してこの場を去ろうと身体に力を入れた。その瞬間、父がぴしゃりと命じた。

「――下がってはならぬ、リオノーラ」

聞き逃すのを許さない、低く厳しい声音だった。リオノーラはびくっと肩を揺らし、父を見上げる。リオノーラの顔は、誰が見てもわかるほど青ざめ、緊張していた。

「……ど、どうしてですか……？　王太子殿下へのご挨拶は、お父様のお部屋でするのだもの。私がここにいる必要はないわ……」

父は、逃げ出したくてたまらない感情をありありと滲ませた娘を見下ろし、眉根を寄せる。ため息を吐き、首を振った。

「……今下がれば、お前は私の部屋に来ないだろう。王族への非礼は許さぬ。臣下の娘として、最低限の礼節は守れ」

厳しい声で命じられ、リオノーラは俯く。父の言う通り、ここで逃げれば自分は二度と彼に会おうとはしないだろうと想像できた。彼は、それほどリオノーラを怯えさせる何かを孕《はら》んでいた。

父は萎縮して震えるリオノーラの腕を摑み、再び王太子がいる方向へ向き直させる。

微笑み一つ浮かべずこちらを見ていた王太子は、ゆったりと皮のブーツを履いた長い脚を動かし、こちらに歩み出した。

コツリコツリと近侍と思《おぼ》しき眼鏡をかけた青年と共に近づく彼の靴音が、異様に耳につく。

リオノーラの心臓は爆発しそうに乱れ、身体はどんどん強ばった。

けれど歴史あるアベラルド侯爵家の娘として、無様だけは晒せない。

リオノーラは、生家の威厳を守るためだけに背筋を伸ばし、己の恐怖心に抗《あらが》った。

そして目の前に立った王太子を見上げ、息も絶え絶えとなる。

彼は、遠目で見るより遥かに背が高かった。見上げた容貌は姿絵など比べ物にならぬ美しさで、瞳は本物の氷のように薄く澄んだブルー。長い前髪の下にあるその双眸は、見下ろされるだけで魂を吸い取られそうな磁力を宿していた。

また軍部の猛者を統括するために身につけたのだろうか。若干二十一歳でありながら、彼は誰をも従わせる重々しい覇気を纏っていた。

十三歳の小娘であるリオノーラは圧倒され、凍える呼吸を繰り返す。ともかく、挨拶をせねば——と息を吸おうとしたところで、彼は視線を転じた。

クリフォードは、父と兄に話しかける。

「久しいな……アベラルド侯爵、コーニリアス。健勝か？」

自分に話しかけるものと思っていたリオノーラは、肩透かしを食らった気分だった。だが彼の視線が逸らされ、幾分緊張がほぐれる。

ほっと小さく息を吐いていると、父と兄が胸に手を置き、恭しく腰を折った。

「お久しゅうございます、クリフォード殿下。この度は我が州へ足をお運び頂き、大変光栄でございます」

父や兄は剣技大会などで顔を合わせ、クリフォードとは顔見知りだ。父が代表して挨拶すると、彼は頷き、再びちらっとリオノーラを見下ろす。父はリオノーラの背に手を置き、笑みを浮かべた。

「こちらは、娘のリオノーラでございます。殿下は赤子の折にお会いされたきりでしたので、ご記憶とは異なる姿かと思いますが」

油断しかけていたリオノーラは、慌てて再び背筋を伸ばした。クリフォードはリオノーラを真顔で見つめ、頷く。

「そうか。其方が、アベラルド家の姫か。……大きくなったな。赤子の其方と会った折は私も八歳の子供で、小さかったが」

姫と呼ばれ、リオノーラは目を丸くした。地元では領主の娘を敬い、俗称として姫様と呼ばれているが、本来は王族の娘だけに使われる言葉だ。当の王族が自分に向けて使うはずのない呼び方をされ、リオノーラはそこはかとなく丁重に扱われたように感じた。

彼の声音も穏やかそのもので、緊張が少し和らぐ。身体の震えが止まり、リオノーラはスカートを摘まんで、優美に膝を折った。

「お久しゅうございます、クリフォード殿下。再びお会いでき、大変光栄です」

赤子の頃の記憶はなく、リオノーラにとっては初対面だ。それでも相手に会った記憶があるならと、再会を喜ぶ言葉を選んだ。

頭を垂れてから王太子を見上げたリオノーラは、ぽかんとする。隣にいた父はぴくりと肩を揺らし、クリフォードの傍らに立っていた彼の近侍は驚愕《きょうがく》の表情になった。

リオノーラの挨拶を聞いたクリフォードは、目元を柔らかく細め、微笑んでいた。

「……上手《うま》い返答だな。幼いのに、人心をよくわかっている」

硬い表情の姿絵からは、彼も微笑むのだとは想像もできなかった。思いがけず温かな表情を目の当たりにし、リオノーラの恐怖心が薄れる。と同時に、いささか納得のいかない気持ちになった。

十三歳のリオノーラは、自分はすっかりレディだと自負していたのだ。幼くはないと心の中で呟き、無意識に唇をすぼめて不満そうな顔をしてしまう。様子を見ていた兄が控えめな咳《せき》をして、リオノーラは我に返った。

——何をしているの、私……っ。お褒めに預かったのだから、お礼を申し上げなくちゃいけないのに……！

王族にとんだ非礼を働いてしまったリオノーラは、慌てて挽回を試みる。

「あ……っ、お、お褒めのお言葉、とても……」

感謝を伝えようとするも、彼は視線を逸らした。顔を横に向け、拳で口元を押さえる。

怒ったのかと顔色をなくすも、ふっと優しげな笑い声が聞こえ、リオノーラの胸が妙な鼓動を打った。

「……そうだな。幼いはなかったか。……美しくなったな、リオノーラ姫」

「え——……え……!?」

内心を読んだかのようなセリフに驚いたリオノーラは、続けて彼が取った行動にぎょっとした。

クリフォードは、肩にかけていたマントを優雅に払い、その場に片膝をついたのだ。

王族は、王と王妃以外の誰にも跪かない。

そう教えられていたリオノーラは、何事だと狼狽《ろうばい》した。

一方、膝をついた彼は平然と腕を伸ばし、リオノーラの手を取る。彼の冷えた指先の感触にびくっと震えたリオノーラは、そのまま手の甲に顔を寄せられ、慌てた。

「えっ、待って、あ、お待ち下さ……っ」

動揺して思わず敬語を忘れかけ、言い直す。彼はひっこめようとするリオノーラの手を、痛みはないが逃れられない強さで摑んだまま、こちらを見上げた。

「……こちらこそ、再び会えて嬉しく思う。……これが我が家に伝わるアベラルド家の姫に対する挨拶だ。許してくれると嬉しい」

「——っ」

言い終わると同時に手の甲にそっと口づけを落とされ、リオノーラは耳まで真っ赤に染めた。それはリオノーラが生まれて初めて異性から贈られたキスで、最初に対峙した時とは違う意味で鼓動が乱れる。

冷たそうに見えていた彼の目が伏せられると、意外なほど長い睫が影を落としていた。その美しさには目を奪われずにはおれず、抵抗もできぬ強い力には、恐怖と一緒によくわからないときめきが生まれた。

――怖いのにドキドキするなんて、おかしいわ……！　それに〝我が家に伝わるアベラルド家の姫に対する挨拶〟って何……っ？

リオノーラは混乱するあまり、何も反応できず黙り込む。すると彼は伏せていた瞼を上げ、落ち着いた声音で続けた。

「ナハト王国王家は、貴殿が健やかに成長されることを心より祈る」

今度は健やかな成長まで祈られ、リオノーラはますます返答に窮する。これでは本当に、正式な――それもメルツ王国よりも上位に当たる他国の姫に対する挨拶だ。

彼はリオノーラをどこかの姫と間違えているのだろうか。弱り果て、助けを求めて周囲に視線を走らせたリオノーラは、立《た》ち竦《すく》む。

遠目にこちらのやり取りを見ていた視察団の騎士達は、異様な光景にざわめいていた。しかし父や兄、それに彼の近侍は全く驚いておらず、神妙な表情でリオノーラの返答を待っていたのだ。

――どうして誰も、何も言わないの……？

誰一人助け舟を出してくれそうになく、リオノーラはクリフォードに視線を戻す。彼も周囲にいる大人達同様、リオノーラをただ見つめていた。

先程まで浮かんでいた笑みは消え、感情の見当たらないアイスブルーの瞳がリオノーラを見据える。その表情は姿絵を彷彿とさせ、薄れた恐怖心が再び膨れ上がった。

全身が緊張で強ばり、理性は早く返答せねばならないと警告すれど、喉が上手く動かない。焦れば焦るほど恐怖心が思考を染め、頭が真っ白になっていく。何も言えなくなって数秒――これ以上は間が持たない。そう感じると同時に、クリフォードが僅かに身じろぎ、その瞬間、リオノーラは本能のままにぱっと身を翻した。周囲が呼び止めようとする気配がしたけれど、もう一度彼に向き直る意気地はなかった。

リオノーラはふわりと白銀の髪を揺らし、走り出す。迎賓館の扉を通り抜け、明るい光が降り注ぐ外回廊にまろび出た。

護衛に配置されていた幾人かの騎士が、その動きに身構える。襲撃かと警戒し、末姫が飛び出してきた迎賓館に目を向けるも、追っ手が現れる気配はなかった。彼らは訝り、一部の騎士が確認のため迎賓館に向かう。残る騎士は末姫の背を見やり、そして無意識に目を細めた。

外回廊に射した光を反射し、『竜の末裔』と謳われる末姫の髪が輝く。這々《ほうほう》の体《てい》で逃げる後ろ姿でさえ、それは目映く煌めき、この世の何より美しい光景となっていた。

◇◇◇

視察団が州城を訪れてから三日――リオノーラは西塔二階のバルコニーに身を潜め、ため息を吐いた。

初対面以降、一切クリフォード達とは接触していない。

挨拶の途中で背を向けてしまった非礼を詫びねばとは思っているが、会いに行く勇気が出ないのだ。また真顔で見下ろされてしまったら、恐怖心に見舞われ、同じ愚を繰り返してしまいそうだった。

普段なら、父や兄が王太子と会う時間を設け、強制的に謝罪の機会を設けている頃である。しかし今回はお小言一つなく、謝罪せよとも言われていなかった。

きっと父や兄が代わりに王太子に謝罪していて、リオノーラは彼が去った後に雷を落とされるのだろう。

申し訳なさ半分、叱られる未来にげんなりしつつ、リオノーラはバルコニーから庭園を見下ろした。春を告げる小さな花が咲き始めた庭園を、王都の騎士達が数名、通り過ぎていく。

　滞在期間中、視察団一行は城内のどこを歩いても良いと父が許可を出していた。だから王太子と偶然鉢合わせる可能性もあるが、西塔は別だ。鐘楼として作られたこの塔は、中に小部屋がいくつかあるだけで、客人が足を運ぶ場所ではないのである。

　誰とも会わないようにここへ逃げ込んだリオノーラは、騎士達の姿を眺めつつ呟いた。

「いつまでご滞在される予定なのかしら……」

　父からは、滞在期間を聞いていなかった。

　確かアーベント州へ向かう途中で、休養がてら立ち寄っているだけだ。あと数日で出立かなと考えていると、背後から靴音がした。

　見回りの兵でも来たのかしらと振り返り、リオノーラはそこに立っていた青年に首を傾げる。

　金色の髪に翡翠《ひすい》の瞳を持つ彼は、一般的な貴族が纏う上着にベスト、クラヴァット姿だった。その目にかかる眼鏡は、どこかで見た記憶がある。記憶を巡らせたリオノーラは、視察団でクリフォードの隣に立っていた青年だと思い出した。

　青年は柔和な笑みを浮かべ、頭を垂れる。

「先日はご挨拶もできず失礼を致しました、リオノーラ姫。私はドミニク・ウォールと申します。視察団に同行させて頂いている、伝承学者です」

てっきりクリフォードの近侍だと思っていたリオノーラは、視察団の同伴者としては珍しい肩書の青年に、社交用の笑みを浮かべた。

「ごきげんよう、ドミニク様。私こそ、先日はご無礼を致しました。伝承学者の方が視察団と共にいらっしゃるなんて、何か調べておいでなのですか？」

父からは他州の視察へ行く一行だと聞いていたので、珍しい伝承でも探しているのかなと、リオノーラは何気なく聞く。

するとドミニクは表情を明るくし、前のめりで話し出した。

「ええ！　私、日頃から伝承について調べているのですが、先だって母国にて『繁栄をもたらす竜の末裔姫』という伝承を見つけましてね。その伝承によれば、王族にならなかった竜の末裔がこの世に存在するらしいのです。大変興味深い内容だったので調べ始めたところ、隣国に『竜の末裔』と呼ばれる一家があると聞き、これはぜひとも調査したいと思いまして、カーティス殿下に頼み込み、リアム殿下の伝手《つて》をお借りしてここまで参った次第でございます！」

「……」

とうとうとまくしたてられたリオノーラは、さっぱり意味がわからなかった。首を傾げ、耳についた単語を繰り返す。

「えっと……カーティス殿下とリアム殿下は、ヤヌア王国の王子殿下ですね……。貴方は隣国の方なのですか？」

　メルツ王国の西に位置する隣国ヤヌア王国には、現在、二十一歳の第一王子リアムに、十九歳の第二王子カーティス、そして末姫となる十歳の王女ケイティがいる。その名を出すならば、住まいは隣国かと確認すると、彼は我に返ったように背筋を伸ばし、改めて自己紹介した。

「さようでございます。私は隣国ヤヌア王国の王立大学に籍を置く、伝承学者。私がここに参りましたのは――」

　――ある日、ドミニクは研究の過程で『繁栄をもたらす竜の末裔姫』という伝承を見つけ、そこから『竜の末裔』に興味を持った。調べていくと、メルツ王国に『竜の末裔』と呼ばれる一家があるとわかり、かねてより親交のあったヤヌア王国の第二王子カーティスを頼り、第一王子リアムを介してクリフォードに紹介してもらった。

　第一王子のリアムは、長く友好国である大国メルツ王国の大学に以前留学しており、そこでクリフォードと友人になっている。その交友関係を用いて、今回王太子の視察団に同伴できた――。

　順を追って説明され、彼がここにいる理由を理解したリオノーラは、申し訳なく眉尻を下げる。

「それでは……ドミニク様は我が家を調べにいらっしゃったのですね。……確かに我が家は『竜の末裔』と呼ばれることもありますが、これは初代国王陛下に珍しい髪色を気に入られ、そこからつけられただけの名です。本物の竜の血を宿す一家ではございません」

国境を越えてまで研究しようという情熱に水を差すようだが、アベラルド家に変な夢を見られても困る。

気遣わしく否定すると、ドミニクは意外そうに目を瞠った。

「おや。ご家族から、アベラルド侯爵家と神話の関わりをお聞きでないのですか？　アベラルド侯爵家が『竜の末裔』であると示唆する伝承は、僅かながら私も見つけております。私の調べでは、貴女が『繁栄をもたらす竜の末裔姫』である可能性は高いのですよ」

そんな話、家族からは聞いた記憶もない。それに、『繁栄をもたらす竜の末裔姫』とは何だ。

いかにもアベラルド侯爵家は本物の竜の末裔だと言いたげに返され、リオノーラは疑わしく言い返す。

「いいえ。そんな話、全く聞き及んでおりませんし、私は自分が『竜の末裔』だとも考えていません。その『繁栄をもたらす竜の末裔姫』という話も聞いたことがありません。何かの間違いでしょう」

神話を信じるのは結構だが、変な迷信を押しつけられるのは困る。

ドミニクの妄信的な物言いに説得は無理そうな予感がし、リオノーラは早々に話を切り上げようとした。バルコニーから出て行こうとすると、ドミニクはすかさず口を開く。

「それではお話し致しましょう！　『繁栄をもたらす竜の末裔姫』とは――」

聞いていないのに――と振り返るも、彼は伝承を諳《そら》んじ始めていた。

『かつて――恋をした人間が王になり、数多の人間に敬愛されることを厭うた竜がいた。竜は愛しい人間を愛するのは自分一人で十分だとし、魔力を注がず、只人《ただびと》のまま傍に置いた。

竜の伴侶は皆、王となったはずだった。しかし民草の中には今も、この変わり者の竜の子孫が存在する。

もしも竜の末裔である王族が民草に忍ぶ竜の末裔を伴侶に迎えられたなら、更なる魔力の加護により――国には繁栄が約束されるだろう――』

想像を遙かに超えた内容に、リオノーラは愕然《がくぜん》とする。

諳んじ終えたドミニクは、リオノーラをまっすぐに見つめ、にやっと笑った。

「私は、アベラルド侯爵家が二十六代にわたり女児に恵まれなかったのには意味があり、リオノーラ姫こそがこの『繁栄をもたらす竜の末裔姫』だと考えております」

リオノーラは目を瞠り、勢いよく首を振った。

「アベラルド侯爵家がずっと女児に恵まれていなかったのは、事実です。だけど私には、お国の繁栄を約束するような力はありません。……まさかクリフォード殿下も、その話を信じて来訪なさったのですか？」

クリフォードは八歳の頃に一度顔を見せたきり、今日までナハト州を訪れていなかった。それが突如足を運んだのは、その伝承を確かめるためだったのかと、リオノーラは勘ぐる。

繁栄をもたらすなんて空想物語は、探せばどこにでもあるはずだ。次期国王がそんな世《よ》迷《ま》い言《ごと》に振り回されているようでは、王国の未来が案じられる。

リオノーラが顔を曇らせると、ドミニクは無念そうに首を振った。

「いいえ。残念なことに、クリフォード殿下は『繁栄をもたらす竜の末裔姫』の伝承を全く信じておられません。ご挨拶した折に、リオノーラ姫が逃げ出された後も、私に『どうやら俺は気に入られなかったようだ。お前も満足しただろう。件《くだん》の伝承は真にはならぬ。そもそも、〝竜の末裔〟を娶っただけで国が繁栄するなら、苦労はしない』などと面倒《めんどう》そうに仰る始末で……。どうすればおわかり頂けるのか、悩みの種でございます」

クリフォードのセリフを一言一句忘れず覚えているのだろうか。リオノーラはドミニクの記憶力に驚嘆させられつつ、冷静そうな次期国王の反応に安堵した。

思想は人それぞれ自由だ。彼の考えを否定する気はないながら、リオノーラは微笑んで
クリフォードの意見を支持した。

「そうですか。私も、自分が『繁栄をもたらす竜の末裔姫』だとは思いません。『竜の末裔』らしい特別な力も、全く持ち合わせておりませんので」

はっきり否定すると、ドミニクは疑わしげにずいっと一歩近づく。

「本当にそうですか？　調べたところ、メルツ王国建国と同時に爵位を賜った、八百年の歴史あるアベラルド侯爵家は、非公式ながら王家と約束を交わしておられます。〝互いの子孫が真実愛し合ったなら、その時に晴れて縁を結ぼう〟と」

「え――？」

王家と生家が結んだ約束は初耳だった。思わず聞き返すと、ドミニクは反応が得られて嬉しそうに頷き、胸の前で腕を組む。

「そう、大変気になる約束でしょう？　ですが残念なことに、拝見したメルツ王国王家の蔵書の中には、これ以上の情報がないのです。なぜメルツ王国王家はアベラルド侯爵家の血筋を取り入れたいと考えていたのか。私は、王家が竜の力を求めていたからだと――」

「――単に王が気に入った臣下とより深い縁を結びたいと考えただけだろう」

突然、力強く朗々とした声が割って入り、リオノーラはびくっと肩を揺らした。

声がした方向に目を向けると、騎士服に身を包んだ青年が塔の階段を上り終え、バルコニーに姿を現すところだった。

漆黒の髪が風に揺れ、彼は無造作に前髪をかき上げる。印象的なアイスブルーの瞳が己を見下ろし、リオノーラはきゅっと心臓が縮こまる感覚に襲われた。三日前、己が披露した不躾《ぶしつけ》に対する決まり悪さと、彼に抱く恐怖心が同時に胸に込み上げる。

不意にやって来たメルツ王国王太子――クリフォードは、落ち着いた足取りで二人の間に立った。緊張した顔をするリオノーラからドミニクに視線を移し、彼は片目を眇める。

「ドミニク、アベラルド家の姫にいらぬ心労をかけていないだろうな？　八百年も昔の約束など、よもやどのような目的で結ばれたのか定かではない。今更蒸し返すな」

咎められたドミニクは、萎縮するどころか明るく笑った。

「クリフォード殿下！　なぜこちらにいらっしゃったのですか？　もしや姫がこちらにいる気配を感じられたのでしょうか⁉」

まるで二人の間に摩訶不思議な力が働いているとでも言いたげな言葉に、リオノーラは困惑し、クリフォードは舌打ちした。

「動物でもあるまいし、気配で誰がいるかまでわかるわけがないだろう。俺がここに来たのは、お前がアベラルド家の姫がいる建物に入る後ろ姿を偶然見かけたからだ。お前がいらぬ話をするだろうと思って、わざわざ足を運んだ。それだけだ」

上手く人目を忍んでいたつもりだったリオノーラは、口を押さえる。

あからさまに迷惑そうな顔でドミニクと話すクリフォードは、リオノーラがここにいたことを事前に承知していた口ぶりだった。

いつから気づいていたのかしらと額に汗を滲ませていると、誰かが勢いよく塔の階段を上ってくる足音が辺りに響く。リオノーラが何事かと振り返ると同時に、ガツッとバルコニーへと繋がる最後の階段を上り切り、新たに騎士が一人、顔を出した。

「殿下……っ、州城内であろうとお一人で移動なさらないでくださいと、何度申し上げればわかってくださるのです……！　殿下に何かあったら、僕の首が飛ぶんですよっ」

シルバーブロンドの髪に翡翠の瞳を持つ派手な外見をした青年は、クリフォードを見るや文句を垂れ流す。クリフォードは必死の形相でやってきた部下と思しき青年を見やり、意に介さぬ表情で淡々と応じた。

「悪い。お前を待つ間に何かあってもいけないと思ったのでな」

「……何か？」

青年はそこでバルコニー内を見渡し、リオノーラに気づく。クリフォードに向けていた殺伐とした視線を即座に緩め、貴公子そのものの笑みを浮かべた。

「おや、アベラルド侯爵家の姫君がいらっしゃるとは存じ上げず、失礼を致しました。景色を楽しんでおられたのでしょうか？　本日も大変愛らしいドレスをお召しですね。とてもお似合いです」

謝罪から流れるようにドレスを褒めて気分を上げるという熟れた会話術を見せつけられ、リオノーラは鼻白む。年齢はクリフォードと同年代に見えるから、きっと頻繁に社交界に出ているのだろう。女性を褒め慣れている雰囲気は、彼がリオノーラの知らぬ遠い世界で生きている人なのだと実感させた。

クリフォードはリオノーラを改めて見下ろし、頷く。

「ああ、確かに。今日も可愛くしているな」

冷たい印象を抱いていた王太子が自分を褒めるとは考えてもいなかったリオノーラは、目を瞬かせ、かあっと頰を染める。

客人がいるからと、ダーラが今日も気合いを入れて着付けをしてくれたのだ。

ドレスは愛らしい小花模様が刺繡され、スカート部分に重ねられたレースは、風が吹くと妖精の羽のような儚げな印象になる。髪は丁寧にウェーブをかけ、こめかみ辺りから三つ編みにして、生花で瑞々しく彩られていた。

普段と違う装いは大げさな気がしていたが、さらっと褒めてもらえて嬉しかった。

気恥ずかしく口元を緩めるリオノーラに、クリフォードは薄く微笑む。

シルバーブロンドヘアの騎士は、胸に手を置いて腰を折った。

「初めまして、リオノーラ姫。私は此度《こたび》の視察団副団長を務めます、メイナード・ロバーツと申します」

ロバーツといえば、メルツ王国内に十三ある侯爵家の一つだ。

国内の貴族家の名前は教養として把握していたリオノーラは、膝を折る。

「お目にかかれ光栄です、メイナード様。リオノーラ・アベラルドでございます。長旅でお疲れのことでしょう。滞在中ご要望などあれば、お気軽に使用人にお申しつけください」

礼儀正しく挨拶をすると、メイナードは気さくに笑った。

「ありがとうございます。滞在は七日を予定しております。私どもの連れが迷惑をおかけしましたら、お気軽に私か殿下に仰ってください。すぐに対処致しますので」

「あ……はい……」

リオノーラは戸惑い、ちらっとドミニクを見る。メイナードは言外に、視察団の騎士が迷惑をかけるはずはなく、問題があるのはドミニクだけだと言っていた。

件のドミニクは、何も気にしていない笑顔でリオノーラに向き直る。

「それで、今は何かお身体に変化はございませんか？　かつて人に姿を変えた竜は、伴侶を定めると甘い芳香を放ったと記した伝承が複数見つかりましてね」

まだ竜の話を続けるのかとクリフォードは閉口し、リオノーラは首を傾げた。

「——甘い芳香……？」

ドミニクは嬉々《きき》としてまた話しだす。

「ええ。なんでも例えようのない甘く心地よい香りだそうで、まだ調査段階なのですが、私はこれが〝竜が愛した者を惹きつけるために放った匂い〟なのではと考えているのです。竜の血を継ぐとされる王家の皆様にこのような兆候はございませんが、〝竜が魔力を注いだ人の子〟と、〝竜が魔力を持ったまま成した子〟では違う可能性がございます。もしも

『竜の末裔姫』がこの香りを放つなら、ぜひどのような香りか調査をしたく――ぐ……っ」

全く知らない情報ながら、匂いを調べるなんてなんだか嫌だな――とリオノーラが顔を歪めると、ドミニクが呻《うめ》いた。メイナードが、がしっと彼の首に腕を回したのだ。

彼は驚くリオノーラに頭を下げる。

「大変申し訳ありません。この者は研究熱心が過ぎて、どうも場の空気を読むのが苦手なのです。ご迷惑をおかけしているようなので、今日のところは私が連れ帰らせて頂きます」

「あ……は、はい……ごきげんよう……」

リオノーラは面食らいながらも、これ以上変な話を聞くのは遠慮したく、別れの挨拶をした。メイナードはにこやかに微笑み、その後さっとクリフォードを振り返る。

会話を傍観していた上官に対し、必死の顔で懇願した。

「――殿下。代わりの護衛はすぐ配置しますので、今度こそお待ちくださいね！」

「ああ」

クリフォードは無表情で頷き、メイナードは無駄のない動きで早々にバルコニーを下がっていった。


さあっと風が通り抜け、リオノーラははたとする。メイナードとドミニクが去り、リオノーラはクリフォードと二人きりになってしまっていた。

思わず自分も下がってしまいたい気分になるが、この機を逃してはいけない。

──アベラルド侯爵家の娘として、きちんと振る舞わないとダメよ。私はまだ、クリフォード殿下に非礼をお詫びしていないのだもの。下がるなら、謝罪してからよ……！

リオノーラは汗ばんだ掌を握り込んで己に言い聞かせると、傍らに佇《たたず》む王太子を見上げた。

アイスブルーの瞳は、なんの感情も乗せずにこちらを見下ろす。それだけで心臓がぎゅっと絞られた心地になり、全身が強ばった。黙っていればいるほど意気地が萎えていくので、リオノーラは声も出せなくなる前にと、勢いよく頭を下げた。

「せ……先日は、ご丁寧なご挨拶を頂いたにもかかわらず、何も言わず御前を逃げ出してしまい、申し訳ありませんでした……！」

──言えた……っ。

リオノーラは己にほっとする。対面した日のように逃げ出さずにいられたのは、大きな成長だ。

胸のつかえが取れるも、頭を下げてしばらく、リオノーラは異変を感じた。クリフォードの返答がないのである。

無言で自分の前に立っている彼の足もとを見つめ、リオノーラは焦った。

──やっぱり怒っていらっしゃったのだわ……っ。きっと謝罪一つで許したくはないと考えておられるのよ……！

罵られるのを待つべきかとも思ったが、無言に耐えられず、リオノーラはもごもごと言い訳を連ねる。

「そ、その……本当に申し訳ないと思っております……。あの、お、王族の方に跪かれるなんてびっくり……いえっ、お、驚いてしまって、どうしたらいいのかと……」

話せば話すほど顔は上げにくくなり、結局リオノーラは黙り込む。しかし続く沈黙にもこれ以上は堪えられない——と焦りを感じたところで、クリフォードが答えた。

「……そうだな。こちらも覚え書き通りに振る舞うかどうか迷い、アベラルド侯爵家に事前に連絡をしていなかった。驚かせただろう。すまなかった」

叱責ではなく謝罪が降り注いで、リオノーラはきょとんとした。見上げると、真顔でこちらを見ていた彼と目が合い、リオノーラの心臓がドキッと跳ねる。

それはこちらからは一切感情が読み取れない凪《な》いだ視線なのに、心の奥底まで覗かれてしまいそうな強さがあった。

「……覚え書き、ですか」

なんの話かわからないリオノーラに、クリフォードはバルコニーの向こうに視線を逸らし、静かに答える。

「……ああ。王家には初代国王が残した覚え書きが残されていてな。そこには〝アベラルド家に娘が生まれた時、王子は必ず対面時に膝を折り、頭を垂れて選定を受けよ〟と書かれているんだ」

「選定……？」

ますます意味がわからなかった。眉根を寄せるリオノーラを見やり、クリフォードは苦笑する。それは酷く優しい笑みで、変に胸がざわめいた。

「ああ。〝繁栄を与えるに足る者かどうか、アベラルド家の姫に見定められよ〟と書いてあるんだ」

「え……」

リオノーラは咄嗟に、まるでドミニクが話していた『繁栄をもたらす竜の末裔姫』の伝承を裏づけるかのような話だと思う。

けれど王家が一臣下の娘に選定を受けるなど、立場が逆転している。普通に考えれば非礼極まりなく、詳しく聞いていいものかどうか判然としなかった。

リオノーラが黙っていると、そんな姿勢に、クリフォードは笑みを深める。

「……ただの戯言《たわごと》だ。隣国に似たような話があるのは、初代国王の戯言を聞いた者が面白おかしく他者に話し、それが回り回っていったのだろう。伝承なんてものは、確固たる裏づけがないものも多い」

「は、はい……」

国が関わる気を抜けない話をしているのに、彼の笑顔が甘くて、リオノーラはドキドキした。クリフォードはバルコニーの手すりに片肘を乗せ、凭《もた》れかかる。

「……だが王家が一臣下に自らを選定させると書いたなにがしかがあるとは、冗談でも公言できないだろう。王家は自らの判断で臣と進むべき道を選び、八百年の歴史を築いた。王家よりも上位の何かがあるなどと思わせては、民の信認を失うきっかけになりかねない」

その通りだ。リオノーラは慎重に頷き、彼は続ける。

「俺がなぜ一臣下の娘に跪いたのか、其方は理由を知りたかっただろう。だから事実を教えたが、この覚え書きの存在を知るのは、王家とごく一部の臣下だけだ。あのドミニクという学者にも教えていない。其方も他言しないでくれると助かる」

「……承知致しました」

リオノーラは応じたものの、彼の行動を疑問に感じ、首を傾げた。

「ですが……クリフォード殿下は、どうして私に膝を折られたのですか？　殿下はその覚え書きを、戯言だとお考えなのですよね？」

クリフォードは覚え書きを初代国王の戯言と断言し、ドミニクに対しても、伝承は信じていないと話したと聞いた。膝を折る必要はなかったのではと尋ねると、クリフォードは視線を足先に向けて、短く嘆息した。

「……確かに俺は、あの学者が提唱する竜の末裔の存在など信じていない。だがあの覚え書きは、なぜか八百年にわたり受け継がれてきた代物だ。何を思って後生大事にしてきたかは知らぬ。だが、長大な時間をかけて守られてきた言葉に違いはない。……蔑《ないがし》ろにするのは憚られてな」

リオノーラは彼を見上げ、酷く申し訳ない心地になった。

彼は王家が紡いだ八百年の歴史に敬意を払い、膝を折ったのだ。でもリオノーラは只人で、跪かれるに値する娘ではない。

「……跪いて頂いてしまって、すみません……」

王と王妃以外には跪かない王族が、伝統を破って一臣下の娘に膝を折るのは屈辱だっただろう。自ら望んで跪かせたわけではないが、彼の感情を思うと、口から謝罪が零れ落ちた。

クリフォードは視線をこちらに戻し、苦笑した。

「跪くかどうかを決めたのは俺だ。其方が謝る必要はない。……怯えた目で俺を窺っている時は膝を折る気など湧かなかったが、その後『幼い』と評すると、存外気の強さが垣間見え、気が変わった。俺に面と向かってむっとする娘は初めてでな。面白いと思ったから膝を折ってみた。それだけだ」

リオノーラは目を瞬かせ、じわじわと首まで赤くしていく。

屈辱を舐めたのは彼のはずだが、生意気な態度への仕置きだとも言われた気がした。

眉をつり上げ、彼を睨む。

「そ……っ、そんな理由で膝を折るなんて、どうかしています。私は成人もしていない、十三歳の普通の娘です。クリフォード殿下はご自身の立場を顧みて、膝を折るべきではなかったと思います！」

彼が跪かなければ、リオノーラだって混乱せず、あの場に最後まで留まっていられたかもしれないのに。

半ば逆恨み気味に怒ると、彼は面白そうな顔をして、手すりから背を離した。眉根を寄せるリオノーラと瞬く間に距離を詰め、手を摑む。

「きゃ……っ」

抵抗もできぬ力で引き寄せられ、リオノーラはたたらを踏んだ。驚く間もなく吐息が触れそうな距離に秀麗な顔が寄せられ、呼吸を止めた。

彼は十三歳の小娘の顔を覗き込み、愉快げに言う。

「其方の言う通りだ。跪くだけで国が繁栄するなど、ふざけている。俺はそのような迷信に頼るほど自信を失っておらず、確実に自力で国をより豊かにしてみせる気概がある。だが——もしも其方が、本物の『繁栄をもたらす竜の末裔姫』だったら、どうだ」

心の奥底まで覗《のぞ》き見《み》るようにアイスブルーの瞳に見据えられ、リオノーラは薄く唇を開けた。彼の視線が唇へ注がれ、恐怖か緊張か、得体の知れない感覚に、ぞくぞくと背筋が震える。

クリフォードはリオノーラの唇から藍の瞳へ視線を戻し、にっと笑った。

「生意気な其方の反応を見て、そんな世迷い言が脳裏を過った。俺は賭けはせぬ主義だ。だがあの時だけはなぜか、自らの命運を占うのも悪くないと思った。だから八つも年下の娘に頭を垂れた。……愚かだと思うか？」

自嘲気味とも取れる笑みで問われ、リオノーラは震える吐息を吐く。彼が何を思って跪いたのか、ようやく理解できた。

「……私は、『繁栄をもたらす竜の末裔姫』ではございません……。貴方の御代《みよ》を占うことなど……」

あの日、リオノーラは逃げ出した。彼との出会いを喜ぶどころか、怯え、不満そうな顔をし、手を離して背を向けた。

もしも自分の態度で未来を占っていたのなら、クリフォードの気持ちは——。

想像するだけで胸が絞られ、リオノーラは後悔の念に苛まれた。

リオノーラは、クリフォードの未来に泥を塗るためにあんな態度を取ったわけではない。知っていたら、どんなに緊張しようとあの場に留まった。

取り返しのつかない真似《まね》をしてしまったと、リオノーラは瞳に涙を滲ませる。

その変化に気づき、クリフォードはそっと手を離した。手慣れた仕草で目尻の涙を拭い、優しい声で言う。

「……泣くな。あれはただの戯れだ」

「ですが……」

申し訳なく顔を上げると、彼はリオノーラの頭に手を乗せた。

「……アベラルド家の姫は、子供のくせに責任感はいっぱしだな。未来を占ったと言えば、デタラメをするなとまた其方の小生意気な怒り顔が見られるかと思って言ってみただけだ。気にするな」

リオノーラは目をぱちっと瞬かせる。

どう償えばいいか考えていたリオノーラは、すぐには彼のセリフを理解できなかった。数秒頭の中で繰り返し、ようよう把握する。

つまり、彼はリオノーラの怒り顔を見るために、他愛《たあい》ない冗談を言ったのだ。

リオノーラは再び眉をつり上げた。こちらは真剣に向き合っていたのに、おまけに子供とまで言われ、納得がいかなかった。成人しておらずとも、子供と言われる年齢ではない。

「王太子殿下が未来を占うと仰れば、重く受けとめるのは当然です……！　信じていらっしゃらないなら、おふざけになるべきではありません。それに、私は子供でも姫でもありません！　アベラルド侯爵家のリオノーラです。なぜ姫などと呼ばれるのですかっ」

それも揶揄っているのかと問いただすと、彼はリオノーラの頭から手を離し、自らの顎を撫でた。

「……ああ、そうだな。王家ではいつも、其方を姫と呼んでいるから……」

「王家の皆様が……？」

王族は普通、他家の娘を姫とは呼ばない。訝しく眉根を寄せるリオノーラに、彼は肩を竦めた。

「先程話しただろう。初代国王の覚え書きには『アベラルド家の姫に見定められよ』と書かれている、とな。だから我らは其方が生まれて以来、ずっと姫と呼んでいたんだ」

リオノーラの顔から、すうっと怒りが消える。

――覚え書きを信じていないのに……呼び方は初代国王に倣ったの……？

信じていないなら、呼び方も一般的なそれに準じるのではないか。

クリフォードはやはり、『繁栄をもたらす竜の末裔姫』の伝承を信じていたのではないか――？

胸に疑念が渦巻き、リオノーラは確認しようかどうしようか迷った。しかしどうするか決める前に、彼がガシガシと遠慮なくリオノーラの頭を撫でて驚く。

「俺を選定するなど、どんな気位の高い姫君が待っているのかと思っていたが、存外可愛いくて意外だった」

可愛いの一言に、リオノーラの心臓がドキッと跳ねた。続けてダーラが綺麗に挿した花が落ちかけるのを感じ、リオノーラは慌てる。

「あ、お花が取れちゃう……っ」

クリフォードはおっと、と手を止めた。

「悪い、つい子供扱いしてしまった」

花どころか三つ編みまで緩んでしまい、リオノーラはクリフォードを睨んだ。

「私は子供じゃありません……っ。せっかくダーラが綺麗にしてくれたのに……!」

「そうだった、そうだった。もう立派なレディだったな。まあ、怒るな。俺が直そう」

子供ではないと言いながら、無自覚に幼い物言いで文句を言うリオノーラを軽くいなし、彼は背後に回る。

反応する間もなく手ぐしで髪を梳いて三つ編みを結い直され始め、リオノーラは不思議な心地で呟いた。

「……王太子殿下が髪を整えられるなんて、変わってる……」

貴人とは、生まれた日から身支度の全てを使用人に任せる。そのため、髪はもとより、着替えも自分でできない人がほとんどだ。その一人であるリオノーラが驚き交じりに言うと、彼はくすっと笑った。

「……王太子とはいえ、軍部を指揮する以上、戦場へ赴く機会だってある。使用人がおらずとも、身支度くらいできねばならないのでな」

「そうなんだ……」

その説明だけでは、彼が女性の髪まで結える理由づけにはなっていなかった。たとえ戦場であっても、貴人には身の回りの世話をする者がつけられるものだ。

けれど幼いリオノーラは何も気づかず、素直に納得した。

「……しかし、其方の髪は凄《すご》いな。初代国王が愛したのもわかる、どこにもない美しさだ」

髪を結って花を挿し終え、目の前に立って仕上がりを確認した彼は、感嘆の声を漏らす。

もう触れる必要はないのに、リオノーラの髪に手を伸ばし、さらさらと陽に透かして零れ落ちる様に見入った。その瞳の色は温かく、リオノーラはほんのり頬を染める。

──思ったより、優しい人みたい……。

真顔の肖像画から冷たい人だとイメージしていたが、話すと案外に表情が変わり、端々に優しさを感じる。笑顔なんて見る度に胸がドキッとするほど素敵だ。

リオノーラはまた笑った顔が見たいなと心の中で思い、なぜか普段より速い心音に気づいた。胸を押さえ、怪訝に首を傾げる。

──何この鼓動……。緊張しているわけでもないのに、どうしてこんなにドキドキしてるの……？

それは彼がナハト州を訪れる前夜に感じた鼓動と似ているが、どこか違った。恐怖や緊張ではなく、フワフワと浮足立ちそうな感覚が伴っている。

リオノーラは訝しく考え込み、そこに、クリフォードが何の気なしに身を屈めて顔を覗き込んだ。

「──リオノーラ?」

リオノーラの鼓動は、今日一番に大きく跳ね上がった。

姫と呼ばれるのを嫌がったから、名前を呼んでくれたのだ。

呼び方が変わった理由はそれだけだろうに、呼び捨てにされるとまるで特別な関係になったようだった。

「うん?」

クリフォードが眉を顰め、「どうした?」と顔を寄せる。整いすぎた顔が間近に迫り、リオノーラは首まで赤くなったのではないかと思うくらい全身の血を逆流させた。

「ななな、なんでもありません……っ。か、髪を整えてくださって、ありがとうございました!」

このままここにいたらまた何かしでかしてしまいそうで、リオノーラは礼だけは忘れずに言い、背を向ける。別れの挨拶もそこそこに、大慌てで塔の中へ向かって駆け出すと、背中に穏やかな声がかかった。

「リオノーラ、ゆっくり行った方がいい。階段で転んで、怪我《けが》をしてもいけない」

引き留めず、こちらの足もとを気にかける彼に、リオノーラの胸が温かくなる。

何より淑女が走るのははしたないと気づき、リオノーラは足を止めた。

このまま歩き去ってしまえば、彼との交流は終わりだ。それがなぜか惜しく感じ、振り返った。

クリフォードは、柔らかな眼差しでリオノーラを見つめていた。

気負いない立ち姿はいかにも様になっていて、鼓動が逸《はや》る。

風に揺れる漆黒の髪は艶があり、きりりとした眉は意志の強さが窺えた。アイスブルーの瞳は理知的な光を宿し、鍛えられた身体は騎士服を見事に着こなし、すらりとして美しい。

――ナハト州に来てくださって、よかった。

直接会えなければ、彼の優しい一面を知らぬまま一生を終えるところだった。

リオノーラは彼との再会に感謝し、淑《しと》やかに膝を折る。

彼は、伝承を信じていないと言った。膝を折ったのは、戯れだとも。しかしそればかりではなかっただろう。

僅かでも未来を占いたかったからこそ、彼は膝を折ったのだ。

未熟ながらもクリフォードの気持ちを推し量り、リオノーラは言の葉を贈る。

「……どうぞご滞在中はお身体を休め、ごゆっくりおくつろぎください、クリフォード殿下。私は『繁栄をもたらす竜の末裔姫』ではございませんが……クリフォード殿下の御代の安寧を――心より祈っております」

ゆったりと頭を垂れ、彼の大成を願う。そして顔を上げて見た王太子の表情に、目を奪われた。

「――任せろ。其方の祈りに見合う、良き国にしてみせよう」

一片の迷いもない、堂々たる笑顔だった。

その瞬間、リオノーラは彼の背後に、民の厚い信頼と共に、見事な手腕で国を繁栄に導く王の姿を見た気がした。

温かな春の風が吹き抜け、リオノーラはわけもなく嬉しくなる。

「はい。楽しみにしております」

愛らしく笑い返したリオノーラに、クリフォードは機嫌よく言った。

「其方は笑うと可愛いな、リオノーラ」

深い意味などないセリフだ。そうわかっているのに、リオノーラの胸はときめきに震えた。そしてそんな自分に驚き、十三歳の少女は頬を染め、今度こそ背を向けて走り去った。

◇◇◇

クリフォードが州城に滞在して六日目、念入りにリオノーラの髪を梳かしていたダーラは、心配そうに首を傾げた。

「――まあ。それでは姫様も、王都のご令嬢方と同じく、クリフォード殿下に陥落なさったのですか?」

居室の窓辺に置いた鏡台前に座っていたリオノーラは、大慌てで首を振る。

「……そっ、そんなことないわ……！　私はただ、擦れ違う度に声をかけられるから、め、迷惑だと文句を言っているのよ……っ」

ここ数日、リオノーラは城内でクリフォードと擦れ違うと、必ず声をかけられた。部下と一緒にいる彼は大抵真顔だが、リオノーラが近づくと、すぐ瞳の色が優しくなる。その態度の違いに気づき、近頃会う度胸がドキドキするの――と話したところだった。

恋ではないと全力で否定した主人に、ダーラは半目になる。

「迷惑だと感じているのに、胸がドキドキするなんてことはありません」

スパっと一蹴してから、彼女は気遣わしく鏡の中のリオノーラに話しかけた。

「……姫様?　クリフォード殿下は、立派にご成人された王太子殿下です。婚約のお話はまだ聞きませんが……恋人はいらっしゃるのではないかと思います」

動揺して火照っていたリオノーラの頰から、さあっと血の気が引く。考えてみればそうだ。クリフォードは社交界に出て久しい、二十一歳の青年。恋人がいないはずもない。

「……そうよね……。それに私は成人したって、社交界に出られないのだもの。好きになったところで、結ばれるはずもないわ」

リオノーラは、彼がナハト州に滞在した時だけ交流できる田舎娘だ。社交界で共に過ごす時間を持てる令嬢が彼の心を射止めるのは、当然の摂理である。

――アベラルド家の伝統は、リオノーラの恋路すら邪魔をする。

自分の生まれが恨めしく、だがショックは見せぬよう、リオノーラは明るく笑った。

「うっかり恋に落ちてしまわなくてよかった。気づかせてくれてありがとう、ダーラ。今日は、いつも通り簡単な髪型にしてね」

クリフォードに『可愛い』と言ってもらいたくて、ここのところ毎日凝った髪型にしてもらっていた。だけどそんな風に意識しても、意味はない。彼とリオノーラが結ばれる未来は、決して来ないのだ。

ダーラは「あら」と、リオノーラの髪に視線を落とす。

「凝った髪型も大変お似合いですけれど……窮屈でしたか？」

楽しんで髪結いをしていたらしいダーラが残念そうにしたが、リオノーラは首を振った。

「今日はいいわ、ありがとう。また気分が乗った時にしてもらうわね」

ダーラは微笑んで頷き、ドレスに似合う翡翠の髪飾りをつけてくれた。

リオノーラの気分とは裏腹に、州城の上空は見事に晴れ渡り、鮮やかな陽の光が射していた。

誰にも会う気にならず、西塔へ向かっていたリオノーラは、賑やかな物音に視線を向ける。視察団の宿泊施設にされているバッハ塔の前を、忙《せわ》しなく人が出入りしていた。出立の準備をしているのだ。

——明日になれば、もうお会いできなくなるんだわ……。

恋をしても意味はないと理解したばかりなのに、クリフォードと会えなくなると思うと、リオノーラの胸がチクリと痛んだ。

「——ああ、リオ。何してるんだい？　散歩かな？」

聞き慣れた声に、リオノーラは顔を上げる。バッハ塔の前にいる人達の中に、兄——コーニリアスが紛れ込んでいた。

青みがかった白銀の髪を襟足で束ね、シックな青の差し色が入った黒地の上下を纏った兄に、リオノーラは頷く。

「こんにちは、お兄様。ええ、西塔に行って景色を見ようかと思って」

兄はリオノーラの顔からドレスへ視線を移し、笑みを浮かべた。

「せっかく綺麗な恰好をしているんだから、庭園を歩きなさい。西塔には誰もいないよ」

ドレスは髪結い前に選んだため、クリフォードに見せるための可愛いデザインだった。

誰かに見せたかったのだろうと言外に言われ、リオノーラは頬を染める。

「そ、そういうつもりじゃ……っ」

しどろもどろに言い返す妹に首を傾げ、兄はそれまで会話をしていた王都の騎士に視線を戻した。

「それでは、私はこれで。マオルブルフの森は死角が多いので、通られるのであれば日中をお勧め致します」

マオルブルフの森は、ナハト州からアーベント州へ向かう経路の途中にある、少し危ない場所だ。たまに追い剝《おは》ぎなどの被害報告があるので、事前に忠告していたようだった。

騎士は笑顔で礼を言い、話を終えた兄はリオノーラの方に歩いてくる。

「じゃあ、お兄様もリオと一緒に休憩しようかな。朝から客人に持たせる荷の手配に駆り出されて、ヘトヘトだ」

リオノーラは眉尻を下げる。兄は背に手を添え、強制的に散策コースとなる道を選んだ。

「……何かお話があるの？」

普段から鍛えている兄が、客人の荷の手配くらいで疲れるはずがない。何か話があるはずだと勘ぐると、兄は肩を竦めた。

「ん？　特にはないよ。最近毎日綺麗に着飾っている妹の心境はどんなものかと、確認しようとは思ってるけど」

リオノーラはぎくっと身を強ばらせ、兄は気づかぬ素振りで西塔下の庭園に向かう。

その庭園は奥に進むと泉があり、水辺近くには白い石で作られた小さなガセボがあった。

中に置かれた長椅子に座らされたリオノーラは、すぐ口を開く。

「お……っ、お客様がいらっしゃっているから、みっともない恰好はよした方がいいと思って、着飾っているだけです」

開口一番、普段と装いが違う理由を述べるも、兄はリオノーラの後ろにある背凭《せもた》れに腕を回してにこっと笑う。

「そう。リオはクリフォード殿下とたびたび話しているようだけど、どうなの？」

半分懐に入れられた状態で遠回しに気持ちを問われ、リオノーラは額に汗を滲ませた。

兄はいつも笑顔でご令嬢方の人気を欲しいままにしているが、性格まで丸いわけではない。腹の底では常に冷静に物事の是非を推し量り、自らだけでなく、他者に対しても過ちは許さなかった。心根を読む能力にも長け、リオノーラは兄に嘘を見抜かれなかった記憶がない。

だが今回ばかりは悟られたくないと、懸命に平静を装って答えた。

「ど、どうって……？　ただお声をかけられるから、お話ししているだけよ」

気持ちを隠した罪悪感から、リオノーラはふいっと視線を逸らす。風に揺れて髪が頬にかかり、兄はそれを耳にかけ直してくれた。

「……そっか。一昨日は庭園で手を繋いで歩いていたようだし、昨日は馬に乗ってリーリエの丘に行ったようだから、初心なお前はすっかり惚《ほ》れてしまったかなと思ったんだけど」

核心を衝《つ》かれ、リオノーラはぎくっと兄を見返す。そう言えば、クリフォードと過ごしている時、たまに兄を見かけた。あれはリオノーラの様子を確認するためだったようだ。きっと、叶《かな》わぬ恋に落ちるなと忠告するために時間を取ったのだろう。ダーラとの会話で既に己の立場に気づいていたリオノーラは、これ以上諦めろと言われるのは辛く、首を振った。

「一昨日は……足もとに石が多かったから、エスコートしてくださったの。手を繋いでいたわけじゃないわ。それに昨日だって、お暇そうだから景色の良い場所をご案内しただけ」

他意はないと言うと、兄はおや、という顔をする。

「そう？　別に恋をしたって、お兄様は何も言わないよ。それが、クリフォード殿下の誘導によるものでなく、お前自身が抱いた感情なら問題はない」

意外なセリフに、リオノーラはきょとんとした。兄をまじまじと見つめ、まるでクリフォードが自分を狙ってでもいるような言い方だと気づいて、気恥ずかしさを覚える。

「お兄様ったら。私が恋に落ちるよう、クリフォード殿下が誘導するわけないじゃない。あの方は、私を子供としてしかご覧になっていないわ。お目にかかった日の非礼をお詫びした時だって、小さな子を褒めるみたいに私の髪をぐしゃぐしゃにして撫でられたのよ」

想定外の兄の言葉に若干狼狽していたリオノーラは、ぽろっと初日の非礼について自ら話題にしてしまった。あっと口を押さえると、兄は今思い出した顔になる。

「ああ、きちんとお詫びできたんだね。よかった」

それきり追及する素振りがないので、リオノーラは訝しむ。父や兄は、礼儀作法に関してだけは厳しい。いつもなら、ここからお小言を聞かせられるところだ。

「……お行儀が悪かったと、怒らないの……？」

確かめれば叱られる可能性は上がるのに、リオノーラは普段と違う兄の態度の方が気になって尋ねた。

兄は頷く。

「怒らないよ、今回だけだけど。父上も『今回は許してやれ』と仰っているしね」

「……お父様が……？」

なぜ許そうと思ったのかわからず聞き返すと、兄は頬杖《ほおづえ》をつき、したり顔で答えた。

「クリフォード殿下がいらっしゃる直前に、お前は下がろうとしていただろう？　あの時、お前が彼を怖がっていたのは顔つきからもわかった。だけど父上は無理に留め、心の整理が伴わぬまま対面させた。だから自分に非があるとお考えなんだ」

我が父ながら、実に公平な考え方だ。領民に敬愛されるに足る、素晴らしい父である。

感動して瞳を輝かせたリオノーラの横で、兄がぼそっとつけ加える。

「僕としても、お前の振る舞いはクリフォード殿下の器を測るいい判断材料になったから、特に咎める気はないよ」

「え……？」

意味が汲み取れなかったリオノーラに、兄は微笑む。しかしその目は笑っておらず、冷えた視線をリオノーラの髪に注ぎ、皮肉気に言った。

「……クリフォード殿下は今回、『繁栄をもたらす竜の末裔姫』について調べている伝承学者を連れて来ただろう？　もしもあの話を信じて来たなら、彼は暗愚だ。王都でお会いした時は信頼できる方だと感じたけれど、見当違いだったかなと疑っていたんだ」

リオノーラは口を開ける。王家には敬意を――と、絶対の忠誠を誓う兄とは思えぬ発言だった。

兄は妹の動揺など気にしていない素振りで、足を組み、安堵の息を吐く。

「あの話を信じているなら、お前の振る舞いは彼を激怒させたはずだ。『繁栄をもたらす竜の末裔姫』に背を向けられたんだからね。けれど、彼は怒りも動揺も見せず、落ち着いたものだった。父上も僕も、国の未来は暗くはなさそうだと安心できて、お前に感謝してるくらいだよ」

最後は瞳の色を温かくして見下ろされ、リオノーラはこめかみから汗を伝わせた。

「……そんなお話、外でしたら罰せられると思うわ……。それに、お父様もお兄様も、『繁栄をもたらす竜の末裔姫』のお話を知っていらしたの……？」

ドミニクが現れるまでリオノーラは全く知らなかった話を、兄は当然の如く口にした。

尋ねると、兄は眉尻を下げる。

「……ああ、あの伝承は知ってたよ。我が家にはたまに、似たような研究者が訪ねて来るから。それに、王家に残された覚え書きの存在も知ってる。クリフォード殿下がお前にも話したと仰っていたから、それについても聞いたんだよね？」

リオノーラは息を呑んだ。

「覚え書きのこともご存じだったの……!?　どうして教えてくださらなかったの？」

兄が知っているなら、当然両親も知っているはずだ。つまり、知らなかったのはリオノーラだけ。なぜ今まで黙っていたのだと、リオノーラは兄を問いただす。

「……ごめんね。あの覚え書きの内容は王家の威信に関わるから、父上も母上も慎重なんだ。子供の間は、何がきっかけで口を滑らせてしまうかもわからない。だから成人してから伝えるつもりだったそうだよ。僕も成人してから聞かされた」

王家の威信を傷つければ、間違いなく厳罰が下る。王家とリオノーラを守るために秘密にしていたのだと説明され、肩から力が抜けた。

「そうなの……。それじゃあ皆、あの伝承は信じていないのね……」

ドミニクがいかにもあの伝承が事実かのように話すから、リオノーラは何が真実かわからなくなりかけていた。もしも身体から変な匂いを発する奇異な人間だったら、ただでさえない嫁ぎ先が全くなくなりそうで、密かに不安だったのだ。

安堵してそう話すと、兄はふふっとおかしそうに笑う。

「お前はちょっと見ないくらいに可愛いから、嫁ぎ先は必ず見つかるよ。万が一お見合い結婚になっても、お兄様が最高の男を見繕ってあげるから、心配いらない」

不意に褒められ、リオノーラは頬を染めた。

「あ、ありがとう……お兄様」

過ちを許さない兄が探してくれるなら、安泰だ。兄はリオノーラの頭をそっと撫で、立ち上がる。

「それじゃあ、お兄様は視察団の出立の手伝いに戻るよ」

「あ、はい。私も何か手伝う?」

人手が必要なら一緒に行くと言うと、兄は首を振った。

「いいよ。客人がいなくなれば寂しくなるだろうから、お前は今の内に会いたい人に会いに行くといい」

暗にクリフォードに会いに行けと言われ、リオノーラは言葉に詰まる。兄はそれ以上何も言わず、柔らかく微笑んで背を向けた。

兄が立ち去ってしばらく、泉の水面にぽつっと小さな波紋が広がった。ガセボに留まっていたリオノーラは、視線を空に向ける。青く澄んだ空から、ぽつり、ぽつりと滴が落ち、程なくしてさああっと細く絹糸のような雨が降りだした。

「晴れ雨……」

　メルツ王国では、晴れ雨を〝神の微笑み〟と呼ぶ。晴れていながら農作物に水の恵みを与えるところからつけられた名だが、それが転じて、晴れ雨に遭遇した人は神の祝福を受けると言い伝えられていた。

　いつもなら喜ぶ現象を前に、リオノーラはため息を吐く。

「……神様が、クリフォード殿下達のご出立を祝福なさっているのかしらね……」

　ナハト州を出れば、クリフォードはリオノーラなど忘れてしまうだろう。八歳の頃に一度訪れて以来、二十一歳になるまで彼はナハト州を訪れなかったのだ。明日の別れは、今生の別れも同然だった。

　雨に釣られて、リオノーラの目にじわりと涙が滲む。いけない、と指先で目尻を押さえたその耳に、忘れられそうにない、低く聞き心地の良い声が届いた。

「すまない、雨宿りをしてもいいか?」

　誰かが近くにいると思っていなかったリオノーラは、肩を揺らして振り返る。階段を踏んでガセボに上がってきた青年は、驚いて目を瞠ったリオノーラに微笑んだ。

「晴れ雨だな。縁起はいいが、明日は降らないでくれると助かる」

　冷たく見えるアイスブルーの瞳が目の前で優しい色に染まり、リオノーラの胸は現金にも喜びに満《み》ち溢《あふ》れる。頬にも赤みが差し、リオノーラは知らず笑みを浮かべ返した。

「クリフォード殿下……。バッハ塔へ戻られるところですか？」

クリフォードは肩から雨を払い落とし、リオノーラの向かいに腰を下ろす。

「ああ。明日は夜明けと共に出立するから、今日の内に其方の父に挨拶をしてきたのだが、その際にここを見て行けと勧められてな。バッハ塔へ戻る前に寄ってみたんだ」

ここは父と母がよく散歩している、気に入りの場所だった。城の奥にあって客人は滅多《めった》に足を運ばないところなので、王太子に見てほしかったのだろう。

クリフォードは泉を見渡し、何気なく呟く。

「……確かに、静かで人気はなく、逢瀬を交わすのにちょうど良い場所だな」

リオノーラは、顔には出さず動揺した。彼が自分と過ごしている今の状況を、「逢瀬」と表現したように感じてしまったのだ。違うとわかっているが、鼓動が勝手に乱れる。

「そ、そうですね……。父と母はよくこの泉の周辺を散策しています」

平静を装って応じると、彼はリオノーラに視線を戻す。

「其方の気に入りの場所はあるのか？」

「あ……私は、西塔が好きです。あそこは人気がなくて、皆が育てている田園を一望できるから」

自分に興味を持ってくれていそうな表情が嬉しく、頬が緩んだ。西塔は特に、作物が育つ季節に行くと心地いい。素直に答えると、クリフォードは意外そうな顔をした。

「そうか。俺はてっきり、視察団を避けるためにあそこに登っているのかと思っていた」

リオノーラは、ぎくりとする。実際、騎士団を避けるためにも使っていた。

気まずさが顔に出てしまい、彼はくっくっと笑う。

「そう嫌ってくれるな。俺も視察団の者達も、悪さはしない」

「そ……っ、そういう意味で避けていたわけでは……っ」

咄嗟に言い訳をしようとするも、避けていたのはクリフォードが怖かったからだとは言えず、口ごもる。クリフォードは笑いながら立ち上がった。

「少し意地悪な言い方だったか。ば、怖気《おじけ》づきもしよう」

リオノーラが避けていたのは、自分の振る舞いのせいだと考えているらしい。クリフォードはまだ雨が降っているのに、ガセボを出た。もうバッハ塔へ戻ってしまうのかしらと動きを目で追ったリオノーラは、途中で首を傾げる。

階段を降りたクリフォードが、庭園の一角に屈《かが》み込《こ》んだのだ。ごそごそと何かして、戻ってくる。

「先程から、何か足りないと思っていたんだ」

リオノーラの目の前に立ったクリフォードの手には、春先に咲く大輪の花があった。

何をするつもりか見当もつかず、リオノーラはぽかんと彼を見返す。と、不意に整いすぎたクリフォードの顔が間近に迫り、心臓が高く跳ね上がった。同時に耳もとにひやっとした感触があり、クリフォードが身を離す。リオノーラを見下ろし、彼は満足そうに笑った。

「髪飾りだけでもいいが、やはり花を挿した方がしっくりくるな。せっかく美しいドレスを着ているのだから、もっと着飾ればいい。花をつけると、其方は一層可愛くなる」

思いがけない言葉に、リオノーラは目を見開く。身体の奥底から止めようもなく熱い感情が溢れ返り、胸がぎゅうっと苦しくなった。

リオノーラは、クリフォードを意識して毎日花を髪に挿していた。だけど彼に恋をしたって意味がないと気づいた。だから簡素な姿に戻したのに――クリフォードはそれを、自ら修正する。彼を意識していたリオノーラに戻し、可愛いと言って胸に火を灯し直す。

リオノーラは微かに震える息を吐き、頬を染めて笑った。

「ありがとうございます、クリフォード殿下。とても嬉しいです。……このお花は、思い出として大切に致します」

思わず彼に対する想いが滲むセリフが口をつき、リオノーラはしまったと口を閉じる。

――思い出だなんて、特別な気持ちがあると告白しているようなものじゃない……！

焦って取り繕おうとしたリオノーラは、見上げた彼の表情にひやりとした。

クリフォードの顔から、笑みが消えていた。想いを寄せるだけでも迷惑なのかと、リオノーラは眉尻を下げる。すると彼は、苦そうに言った。

「……そう寂しそうにするな。また会う日もあるだろう」

鋭利な刃物で貫かれたかのように、胸に痛みが走る。

再び会おうとは言わぬ彼の態度が、全てを物語っていた。クリフォードとリオノーラの人生は、決して重ならないのだ。

王都からナハト州に来るためには、単騎で馬を乗り換えて片道二週間、馬車で三週間近くかかる。彼は至極まっとうな返事をしたに過ぎなかったが、また会いたいとも思われていない現実が、リオノーラを打ちのめした。

意識したのは、リオノーラだけだった。彼の中には何も残っておらず、今後滅多に会えなくとも寂しさを感じない。

八つも年上の成人男性が、十三歳の少女を相手にするはずがない。理性では理解できるのに、感情は受け入れがたく、リオノーラは瞳に涙を滲ませた。

「……リオノーラ、泣くな」

涙に気づき、彼はそっと親指の腹で目尻を拭う。その熟れた仕草は、リオノーラの心をときめきと不快感でない交ぜにした。

――こんな風に、他の女の人にも触れているの……？　私が魅力的な大人の女性だったら、また会いに来ると言ってくれた……？　せめて成人していたら、もっと甘い言葉を返してくれたの――？

経験したことがない嫉妬と恋情の嵐に襲われ、リオノーラは切なく彼を見つめる。アイスブルーの瞳は優しい気配を漂わせ、リオノーラの心に突如、我儘《わがまま》な気持ちが湧き上がった。

「……また、おいでになると言ってください」

声は情けなく震えた。泣いて引き留めるなんて無様だ。そう思ったが、彼を翻意させられるなら、もはやどうだっていい気持ちだった。

リオノーラは、彼を失いたくない。再び顔を合わせ、大人になった暁には、想いを通わせたい。彼の心に自分を住まわせ、好きだと思わせたくてたまらない――。

濡れた瞳は一心にクリフォード一人を見つめ、彼は頬を強ばらせた。

リオノーラは震える手で、彼の手を握る。

「……お願い。私は王都へは行けないのです。……どうぞ、クリフォード殿下が会いに来ると仰って」

藍の瞳は光を受け、宝玉が如く艶めいていた。白雪を彷彿とさせる白い肌は感情の高ぶりで淡い桃色に上気し、紅ものせていない唇はより鮮やかな紅色に染まった。首筋は細く、震える肩は薄く華奢。これから成長する毎に増すであろう色香を微かに漂わせた未熟な少女は、儚い外見で男の庇護《ひご》欲を煽《あお》った。

「また、おいでになると言って。もう一生、私にお会いしてくれないの……？」

瞳を潤ませてねだるリオノーラを、クリフォードは真顔で見下ろす。形良い唇はぴくりとも動かず、返答もくれぬのかとリオノーラは涙を膨れ上がらせ、俯いた。

今しも涙を零しかけたその刹那、クリフォードはぼそりと答えた。

「また来ると約束しよう」

リオノーラは勢いよく顔を上げた。彼は眉尻を下げ、ため息交じりに笑う。

「遠からず、また会いに来よう。其方は随分と人懐こいな、リオノーラ。参ったよ」

仕方ないと言いたげな表情で頭を撫でる様は、全くリオノーラの恋情に気づいていなかった。それでもまた会えるなら、なんだっていい。

リオノーラは明るく笑い、クリフォードの首に飛びついた。

「ありがとう、クリフォード様……！」

貴族社会と関わりのないリオノーラは、普段はお転婆だった。父や兄にするのと同じように抱きついたリオノーラを、クリフォードはしっかりと抱き留める。

――貴方が好き……！

冷たそうに見えてその実、子供だと思っているリオノーラにも生真面目に向き合う優しさが、誰より好きだと思えた。恋心でいっぱいになった気持ちが促すまま、彼をぎゅうっと抱き締める。けれど自らを抱えた腕は、父や兄のように抱き締め返さず、やんわりと背を撫でるだけ。それでリオノーラは我に返った。

クリフォードは家族ではない。淑女として振る舞うべき好きな人だ。

はしたない真似をしてしまったと内心慌てだしたリオノーラの耳元で、クリフォードが苦言を呈した。

「……レディはこうも気安く男に飛びついてはいけないと思うぞ、リオノーラ」

「……ご、ごめんなさい……」

すぐに身を離して見上げた彼は、機嫌を悪くするどころか、今までで一番甘い笑みを浮かべてリオノーラを見下ろす。隠し切れない優しさが滲む表情に、リオノーラはまた一つ恋に落ちたのだった。

それからクリフォードは、毎年ナハト州を訪れ、リオノーラは会えば嬉しくて、毎度彼に抱きついた。年に一度再会する度、彼に対する想いは深くなり、臆さず大好きと気持ちも伝えた。

彼は相変わらず子供扱いしているように見えたが、十六歳の誕生日を迎えた日、リオノーラは思いがけずプロポーズを受ける。

そうして溢れ返る喜びの中で、彼の妻になると約束したのだ。

二章

プロポーズされた半年後には、リオノーラはクリフォードの妻になっていた。

王侯貴族の婚姻は、一般的に一、二年婚約期間を置くものだが、クリフォードの意向で準備ができ次第結婚となったからだ。

王族の伴侶は通常、社交界の中で見初められるため、それとなく誰が娶られるか皆、把握している。しかしクリフォードは社交界の中で全く噂を流しておらず、突如結婚すると発表されて、人々は大いに驚いた。

そして告知されたお相手は、政に関わらぬ伝統から、ほぼ存在を忘れ去られていたアベラルド家の令嬢。一体どんな娘かと民衆は結婚式場に詰めかけ、式を終えて姿を現わした花嫁を見て、誰もが王太子の異例の動きを理解した。

この世に二つとない青みがかった白銀の髪を持つ花嫁は、いかなる令嬢も太刀打ちできぬ、神聖な美を纏っていたのだ。

美しい令嬢はごまんといるが、リオノーラの髪は他にはない。生きた宝石とすら言える彼女を王太子が選ぶのは道理であり、すぐにも傍に置きたがるのは当然だった。

クリフォードを慕っていた令嬢達は、髪色が珍しいだけで選ばれたのだと、影でひっそりと悔し涙を零したとか。

国王夫妻は初代国王とアベラルド侯爵家が非公式に結んだ約束が果たされたと喜び、結婚を祝福した。

政に関わらぬ伝統を厳守してきたリオノーラの両親が、クリフォードとの結婚に反対しなかったのも、この約束があったのが大きい。アベラルド家としても、八百年間代々王家が守ってきた約束を、伝統を理由に退けることはできないと判断したらしかった。

それでもクリフォードにプロポーズされた後、両親は改めてリオノーラを呼んで確認した。

『本当に、心からクリフォード殿下を愛し、添い遂げたいと思ったのだな?』と問う父に『はい』と答えると、同席していた母や兄も頷き、そこでようやく結婚が許されたのだった。

こうしてリオノーラは、初代アベラルド侯爵以来、初の政と関わるアベラルド家の人間となった。

夫は日頃から優しく、愛称でリオノーラを呼び、慈しまれてきた自覚はある。

だが――彼は妻に延々不満を抱いていたらしい。

『──其方はいまだ幼く、青い』

王宮の東塔三階にある居室──鏡台前に腰掛けて身支度を整えていたリオノーラは、昨夜の出来事を思い出し、ため息を吐いた。

「不満を抱えておいでなら、早く仰ってくだされば良かったのに……」

クリフォードが黙っているから、二年も経ってしまった。

今夜の宴へ向けて主人を着飾らせていた侍女達が、手を止める。

「いかがされましたか、リオノーラ様？」

髪に花を挿そうとしていた侍女、シンシアが話しかけ、リオノーラは視線を上げた。

王太子妃であるリオノーラには現在、ダーラ以外に三名の侍女がついていた。

アクス侯爵家の三女シンシアに、ペルニー伯爵家の次女ノア、ブルノルト伯爵家の次女ジョセフィーヌだ。十六歳から十八歳のうら若き乙女である彼女達は、主人の秘密は口外しない契約を結んでおり、王太子夫妻が閨《ねや》を共にしていないのも承知している。

ダーラから聞いているかと思ったが、化粧道具を取る彼女に視線で確認すると、否と首を振った。あまり吹聴《ふいちょう》されて嬉しい話ではないから、同僚に伝えるのを控えたのだろう。

しかし内情を知る彼女達に隠したって、今更だ。リオノーラはかいつまんで昨夜の出来事を教えた。

「クリフォード様は、私が淑女らしくないから、今までお手を出されなかったようなの」

だから今日からは私的な場でも淑女らしく振る舞うわ——とやや落ち込んだ声で呟くと、侍女達は全員、訝しそうにした。

「……まあ。本当に、クリフォード殿下がそのように仰ったのですか?」

「……殿下は私的な場でのリオノーラ様も、お気に召していらっしゃったと思いますが」

「ええ、ご不満があったなら、あのように毎日微笑まれないと思います」

シンシアに続き後方で髪飾りを選んでいたノア、靴を運んできたジョセフィーヌと、皆それぞれ異口同音に「勘違いでは?」と反論する。

リオノーラは目を瞬かせ、頬に白粉《おしろい》を叩《たた》いていたダーラが、ほれ見たことかと言いたげに頷いた。

「私も、姫様のお考え違いかと存じます。あの表情に乏しい殿下が、いかなる場であろうと姫様にだけは微笑まれるのですから。殿下は姫様の社交用のお顔も、普段のお顔も気に入っておいでに決まっております。お手を出されないのは、他に事情があるのです」

結婚するまで知らなかったが、クリフォードは誰にでも笑いかける人ではなかった。基本的に無表情で、厳《いか》めしい顔をしていることが多いのだ。宴などの席では幾分柔らかな表情になるものの、リオノーラに見せるような笑みは滅多に見られない。

王都で多くの令嬢が虜になっていたのも、宴の場で僅かに見せる柔らかな表情に心射貫《いぬ》かれていたのだとか。

皆から否定され、リオノーラは眉根を寄せた。

「……他に事情と言ったって……私は問題ないのだから、それではクリフォード様の方に理由があるとしか……」

そう零し、リオノーラは心配そうに顔を曇らせる。進展しない二人の関係に悩む中で、実は常に頭の片隅で考えていた。もしやクリフォードは、女性を抱けぬ身体なのではないか。

王太子である立場上、言い出しにくいのかもしれないが、それならそうと言ってくれた方がずっといい。議会もリオノーラばかりの責任ではないと理解し、再婚させようとはしないだろう。夜伽をなせず、子を身ごもれずとも、リオノーラは彼の傍にいられるだけで十分幸せだ。喜んで養子を迎え入れ、育てる気概だってあるのだが——と言うと、ノアが首を傾げた。

「……クリフォード殿下のお身体に問題はないと思います。私は、リオノーラ様が成人すると同時に召し上げられたからだと考えておりましたが」

「……どういう意味？」

成人した後に結婚するのは普通だ。それがどう問題なのか聞き返すと、彼女は髪飾りを一つ取って歩み寄る。

「メルツ王国では恋愛結婚が主流ですから、皆結婚前に恋愛期間を要します。女性は早くとも十八歳くらいから嫁ぐのが一般的で、リオノーラ様が娶られた当時はとてもお若い花嫁だと考えられていたのです。ですから、他の殿方に譲らぬために早く召し上げられはしましたが、子作りはお身体が整われるまでお待ちなのかと……」

詳しく聞くと、クリフォードがリオノーラを召し上げると決めた当時、社交界では『十六歳になったばかりの娘を娶るとは、随分と性急だ』『幼い頃から目をつけていたらしい』『それほど誰にも譲りたくなかったのか』と、割と下世話な噂話《うわさ》がされていたらしい。

成人しているとはいえ、十六歳はまだ少女の見てくれ。子を成すには負担が大きく、配慮しているのだと思っていたと言われ、リオノーラは目を眇める。

プロポーズされた際、彼自身も恋をさせずに娶るのは狡いやり方だと言っていた。身体が整うのを待っていた説は有り得るが――十八歳になった今も抱かないのはおかしい。

「……それならやっぱり、私の振る舞いがお気に召さないのだわ。私はもう十八歳だもの」

二年待っていたなら、すぐにも手を出しそうなものだ。そもそも彼は『外見の問題ではない』と拒絶しているのだから――と冷静に考えをまとめていたリオノーラは、突如真顔になる。先程のノアのセリフが脳内でリフレインされ、嫌な予感に頬が強ばった。

「……リオノーラ様？」

どうかしたかと鏡越しに尋ねられ、リオノーラは無垢《むく》そのものの顔をしている己の侍女を凝視する。まさか、有り得ない――いいえ、だけどその可能性はゼロではない――。

リオノーラは心の中で自問自答を繰り返し、恐る恐る尋ねた。

「ねえ、ノア……。今、私がクリフォード様の方に夜伽を果たさぬ理由があるのではと言った時、貴女《あなた》はそれはないとやけにはっきり答えたわよね？」

ノアが、はっと息を吞む。リオノーラはやはり――と胃の腑《ふ》が冷え、これ以上何も聞きたくない心地になった。しかし逃げてはいけないと自らを叱咤《しった》し、口を動かす。

「……もしかして貴女……クリフォード様にお手を出されているの……？」

実際に抱かれでもしていない限り、あんな返事はできないはずだ。

抱いてもらえない主人を横目に、自分は手を出されていたのか――。

羨ましさと嫉妬が入り乱れ、リオノーラは青ざめる。ノアも同じく真っ青になっていき、勢いよく首を振った。

「滅相もございません……！　私はただ、クリフォード様が時折夜半に街へ出かけられたり、最近では社交界でお噂も立っているので、お身体に問題はないのだろうと……っ」

主人に疑われまいと必死に言い募るノアに、周囲にいた侍女達が一斉に顔色を変えた。

「――ノア……！」

「それはお耳に入れないようにしようって、皆で決めたじゃない……っ」

純粋な良家の娘達が彼女の口を押さえるも、妃となれるだけの教養を身につけたリオノーラは、あっさり理解した。

要するに、クリフォードが街へ降りて娼館《しょうかん》を使っているだとか、愛人がいるという噂があるのだ。それで身体的な問題ではないと答えた。

リオノーラは表情を失い、ダーラが取り繕った笑みを浮かべて背を撫でる。

「姫様、全て噂でございます。クリフォード殿下は、姫様一筋に違いございません。誰も殿下が娼館に入る姿を見たり、ご婦人と逢瀬を交わすご様子を目撃したと証言しているわけではございません。どうぞお気になされませぬよう」

顔を覗き込んで宥《なだ》める彼女の言葉は、幾ばくかリオノーラの心を和ませた。冷や汗を浮かべるダーラを見返し、真顔で返す。

「……そうよね……。セシリオだって、愛人がいるとは一度も報告していないもの」

夜伽を果たさぬ彼の動向を追わせている近衛騎士とて、何も言っていなかった。ダーラの言う通り、何もないわよね——と藁《わら》にも縋る思いで尋ねると、彼女は大きく頷いた。

「え……ええ！　そうでございますとも！」

長年仕えた侍女の顔が一瞬、歪んだのをリオノーラは見逃さなかった。ギラリと目の奥を光らせ、素早く手を伸ばす。逃れる隙も与えず顎先を捉え、ダーラの瞳を覗き込んだ。

「——ダーラ？　本当にそうなの？　私に嘘を吐いたら、承知しないわ」

女性でさえぞくりとさせる妖しい笑みを浮かべたリオノーラの仕草は、社交界で浮き名を流す貴公子も脱帽の、恐ろしく流麗な動きだった。

結婚して二年――何度も夫に顎先を捉えられ、上向かされ続けた結果、身体が自然と覚えた動作である。

リオノーラ自身は己が熟れた振る舞いをしたとは気づかぬまま、長年仕えた侍女を問い詰める。

「さあ、言って。貴女は何を知っているの……？」

「……いえ、その……」

生唾を飲み込む彼女に、リオノーラはふっと嘆息した。

「大丈夫よ。何を聞こうと、幼子のように泣いたりしないわ」

自分は大人の女性だ。精神的にも弱くはないと促すと、ダーラは躊躇い、やがておずおずと答えた。

「……これは、ただの噂なのです。セシリオも、実際に娼館を使ったり、浮気をなさっている姿を確認したわけではないのですが――……。社交界では近頃、なぜかパロマ様がクリフォード殿下の愛人なのではと噂が広まっているのです」

「……パロマ……？」

リオノーラは眉根を寄せ、その女性の姿を脳裏に描く。

パロマ・トルネル。今年二十四歳になるトルネル伯爵家の長女だ。クリフォードと年齢が近いことから、幼少期から付き合いがあったと聞いている。宴などでもたびたびクリフォードに親しげに話しかけていた。

目の前で何度も夫と会話していた彼女が愛人として逢瀬を交わす姿を想像し、リオノーラはにわかに胸が焼け焦げる感覚に襲われる。プロポーズした日、彼は『妻以外に逢瀬を交わす相手など作る気はない』と言った。それなのに、他の女性と関係を持っているなら、それは裏切りだ。

リオノーラはダーラの顎から手を離し、胸の苦しさに眉根を寄せて呟く。

「……そう……。クリフォード様は、ああいう女性がお好みなのね……」

パロマは、波打つ漆黒の髪に青い瞳を持った、妖艶な美女だ。大きな胸を見せつける大胆なドレスをよく身につけており、宴ではいつも多くの男に取り囲まれている。

二十四歳になっても結婚しないのは、あまりに恋多き女だからだと噂に聞いていたけれど――。

――パロマ様を抱かれているなら、彼女と閨を共にする内の一度くらい、私をお相手にされてもいいじゃない……。

王太子夫妻にとって、子作りは大事な責務の一つなのだ。二年の間に何か不満を抱くことがあろうと、結婚当初くらい、リオノーラに手出ししていてもおかしくないと思う。

それなのに、なぜ彼は妻を抱こうとしないのか――。

夫の行動が理解しがたく、訝しく考えだしたリオノーラは、次第に顔色をなくしていった。

「……パロマ様なら、きっと閨事もお上手よね……」

今も淑女は結婚するまで純潔を守るべきと考えられているが、恋愛結婚が大半を占める現在、内情は異なる。結婚前に何人かと交際しているのは当然で、婚前交渉も珍しくはないと、貴婦人が集まる茶会で聞いていた。

恋多き女と言わしめるからには、多くの殿方と交際した実績があり、閨事もお手の物のはず。

美しい外見で閨でも自らを楽しませる愛人と――生娘のリオノーラ。

二人を比較して、クリフォードが楽しめるパロマの方を選んでいるのだとしたら――。

「……そうよね……。生娘なんて、楽しませられないし、面倒なだけよね……」

そして逢瀬を重ねる内に、リオノーラより愛人の方を正妻にしたいと考え、あえて子作りをしていないなら、彼の行動も納得がいく。

あっという間に自分が抱かれない理由が明白になっていき、リオノーラはぶるぶると震えた。

閨事の経験がないリオノーラは、どうすればクリフォードが楽しめるのか想像もつかない。子を成すためにどのように身体を繋げるか、座学で学んだだけである。

泣きはせずとも明らかに動揺し始めた主人に、ダーラをはじめ、侍女達はオロオロと慌てた。

「いいえ、リオノーラ様。全て噂ですわ……っ」

「さようでございます。きっと無責任な者が広めている偽りでございましょう」

「そうですよ、クリフォード殿下が微笑まれるのは、リオノーラ様だけですから」

「リオノーラ様の方が、パロマ様に劣らぬ魅力をお持ちでございます。寝所で無垢な肌を見せれば、クリフォード様どころか、この世の全ての男を籠絡できると……っ」

ダーラが放った最後のセリフに、リオノーラはぴくりと反応する。

「肌を見せれば、殿方はその気になるの……？」

それが事実なら有益な情報だ。彼の心は離れていても、せめて妻であった証として、純潔だけは捧げたい。

余裕をなくしたリオノーラが聞き返すと、ダーラは口が滑ったと言いたげな顔で目を逸らした。

「それは……その、姫様であれば有り体の男は陥落するかと思いますが……」

リオノーラは眉を顰め、考え込む。肌を見せようにも、クリフォードは毎度ネグリジェを見ただけで距離を取る人だ。あの状況で自らネグリジェを脱ぐのは、いかにもはしたなく、彼の気分を萎えさせる気がした。

どうすればそつなく肌を見せられるか――しばし思考を巡らせ、リオノーラはそうだ、と両手を重ねる。

——自ら脱ぐのではなく、肌が透けるネグリジェを着て御前に出れば、否応《いやおう》なく肌をご覧頂けるわ……！

着ている意味もなさそうな薄い生地のネグリジェがあるとは、これまた貴婦人の茶会で耳に入れていた。

「……ねえ、ダーラ。私、透ける生地のネグリジェって持っていたかしら？」

ダーラはぎくりとする。

「……ご要望であれば、ご用意致しますが……どなたに見せるおつもりですか？」

脂汗をかいて聞き返す侍女に、リオノーラは首を傾げた。

「クリフォード様よ。見た目の問題ではないと仰ったけれど、淑女らしく振る舞いつつ、しどけない恰好をしたら、その気になって頂けるかもしれないでしょう？」

熟練の手管を持つ女性が好みなら、それくらいでは相手にしてもらえないだろうか、試してみる価値はある。一度でも抱いてもらえれば、それでよしとするのだ。

本音を言えば、ずっと傍にいたいし、離縁を言い渡されるのは想像するだけで身を引き裂かれる思いだ。けれどリオノーラは、何よりクリフォードの幸福を望んでいる。

彼を深く愛するが故に、リオノーラは彼が他の女性がいいと言うなら、縋らず身を引こうとこの僅かの間に決意していた。

クリフォードのことしか考えていないリオノーラの返答に、ダーラは目に見えてほっとする。

「さようでございますか。それならば、よろしいかと……」

その返事の仕方で、彼女が何を危惧していたのか察し、リオノーラはふふっと笑った。恐らく、夫に夜伽をしてもらえないなら他の男性を口説こうとしていると考えたのだ。

「ダーラったら。私が夜伽を望んでいるのは、クリフォード様とずっとご一緒にいたいからよ。こんなにも長くお相手頂けないのだもの。クリフォード様はもう、私をいらぬと思っておられるのかもしれないけれど……せめて好いた殿方に初めてを捧げたいの」

クリフォード以外の殿方に迫ろうなんて、これっぽっちも考えていない。

憂いの滲む笑みでそう言おうとしたリオノーラは、はっと唇を押さえる。

だが、もしもクリフォードが生娘を抱くのが面倒だったなら、話は別だ。リオノーラはまず、生娘でなくなる必要があるのではないか。

――いいえ、クリフォード様以外に初めてを捧げるなんて、できない。……だけど、クリフォード様は私を『幼く、青い』と断じた後、『見た目の問題ではない』と目を逸らされたのよ。あれはもしかして――閨の練習をしてこいという意味だったの……⁉

初めてを好いてもいない殿方に捧げるのは、無理だ。だけど彼が生娘では話にならないという意味であぁ言ったなら、リオノーラはどうすべきなのか。

再び考え込み始めたリオノーラに、ダーラは眉をつり上げ、幾分強い口調で答えた。

「何を仰るのです、姫様。クリフォード殿下が姫様を不要と考えているはずがございません！　何か理由あってのことと考え、口を挟まずに参りましたが——姫様がそこまで思い詰めておられるのであれば、今夜にも夜着をご用意致します。クリフォード殿下の理性の糸など、すぐにも断ち切られましょう」

リオノーラが本気で迫れば、クリフォードは絶対に逃れられない。確信を持った侍女の言葉に、リオノーラは驚いた。彼女は自らの主人を不安にさせる王太子に幾分苛立っている様子で、きびきびと他の侍女達を促した。

「そろそろ時間が迫っておりますから、まず宴に向けて身支度を調えて頂きましょう。さあ皆、手を動かして」

シンシアが作業を再開し、可愛い八重の花を髪に挿そうとするのを見て、ダーラは眉を上げる。

「……姫様、今夜は別の花にしてはどうでしょう」

リオノーラは、公の場では愛らしさと綺麗さを兼ね備えた、清廉な装いを基本としていた。しかし今日は趣を変え、艶っぽい雰囲気にしてはどうかと提案される。

クリフォードがパロマのような妖艶な女性が好みなら、ダーラの提案は正しい。

『他の男と練習してこい』と命じられる羽目にならぬよう、宴からその気になってもらうため、リオノーラは賛同した。

「ええ、素敵ね。皆、今夜はいつもより色っぽく仕上げてくれる？」

お願いすると、シンシアは別の花に取り替えた。

「……それでは、こちらの淡い紫の薔薇に致しましょうか。偶然できた色だそうですが、品と色香を合わせ持った佇まいかと」

『青薔薇』と呼ばれるその薔薇は、クリーム色の花と合わせると、とてもシックで美しい。

リオノーラは頷き、ダーラは化粧も艶やかに見えるよう変えていってくれる。

仕上がっていく己を見つめ、リオノーラは緊張した声で言った。

「……宴を終えたら、クリフォード様に部屋まで送って頂くわ。そこで夜着に着替えるから、皆協力してね……」

侍女達は不安に瞳を揺らす主人に、しっかりと頷き返した。

◇◇◇

身支度を終えた頃、リオノーラの私室の扉がノックされた。ダーラが対応に向かい、窓辺の長椅子に腰掛けていたリオノーラは立ち上がる。

コツリと床を踏む足音が聞こえ、振り返ったリオノーラは、夫の姿に瞳を潤ませた。

部屋に入ってきたクリフォードは、今夜は金糸の刺繍が入った濃紺の上下に身を包んでいた。喉元を彩るクラヴァットピンはサファイヤが使われ，その周囲には王家を意味する竜が躍る。袖口から覗くレースも緻密な刺繍が施され、すらりとした立ち姿はため息が出るほど麗しかった。

漆黒の髪は濡れたように艶やかで、何気なく前髪を掻き上げた彼にアイスブルーの瞳で見下ろされると、リオノーラの全身に震えが走った。

それは彼に出会う前夜に抱いた恐怖心と恋する気持ちが同居した感覚で、いくつになってもこれだけは変わらない。心の奥まで覗くかのような強い視線を注がれると、リオノーラの身体は勝手に反応した。

いつもなら無邪気に駆け寄るところだが、淑女らしく振る舞うと決めたリオノーラは、理性を総動員する。夫に膝を折り、淑やかに微笑んだ。

「おいでくださり、ありがとうございます……クリフォード様」

クリフォードはリオノーラの全身にさっと視線を走らせ、微かに眉を顰めた。

「……今夜は……随分普段と様子が違うな」

普段は王太子妃としての威厳を出すため、胸元を隠したドレスを多く着ている。しかし今夜のドレスは、惜しげもなく豊満な胸の谷間を晒していた。紫がかった薄青色の布地に緻密な刺繍のレースが縫いつけられ、色香が漂う。

これに合わせ、紫のリボンを編み込んで一方の肩口で束ねた髪は胸元に垂らされ、自然とそこに視線を集めるよう計算されていた。彩る花と髪飾りは薄紫色が使われ、目尻に影を落とすメイクも相まって妖艶さが増す。この上、濡れたような潤いある口紅をつけたリオノーラは、侍女達ですら息を呑む艶やかな様相だった。

普段から男性の目を集めていたリオノーラが本気になった、万人を籠絡する仕上がりである。

だが夫しか目に入っていないリオノーラに自覚はなく、ちょっと色っぽくなったかなと考えているだけだった。

リオノーラは、珍しく自分を見ても夫が微笑んでくれず、眉尻を下げる。

「……お気に召されませんか……?」

髪色が違うリオノーラは、パロマのようにわかりやすい色気は出せない。彼女はよく、赤いドレスを身につけた。赤と黒はぱっと目を惹き、圧倒的な色っぽさが出るのだ。

だが青みがかった白銀の髪を持つリオノーラに赤は似合わず、どうしても柔らかな印象の色を使うしかない。

似合わないと思われているのかなと、私的な場での癖でつい悲しい顔をすると、クリフォードはすぐ微笑んだ。

「……いや、あまりに美しくて、他の男に見せるのが惜しいと思っただけだ。其方にはどんなドレスも似合うな、ノーラ」

思いもよらぬ言葉を聞け、リオノーラは胸を高鳴らせた。やはりクリフォードは、こういう恰好の方が好きらしい。露出が多い姿は少し居心地が悪いけれど、彼が好きならそれでいい。

ほっと安堵したリオノーラの腰に、クリフォードの大きな手が添えられた。エスコートされるものと彼を見上げたリオノーラは、きょとんとする。

夫が身を屈め、秀麗な顔を近づけてきていた。

軽く瞼を伏せる仕草は相変わらず色っぽく、リオノーラは頬にキスをくれるのだと思う。瞼を閉じて応じようとして、リオノーラは途中でパチリと目を開けた。

クリフォードの顔が、頬ではなく胸元に寄せられていた。

そんな場所にキスをするの――？　とリオノーラは夫の動きを目で追う。直後、小さな悲鳴を上げた。

「やぅ……っ」

胸の谷間近くに唇を押しつけた彼が、そのまま柔肌をきつく吸い上げたのだ。鋭い痛みが走り抜け、初めて夫に痛みを与えられたリオノーラは驚き、身を竦める。しかもそれはすぐに終わらず、数秒続いた。

「痛……っ、や、あ……っ」

クリフォードはリオノーラの背に手を添え、逃がれるのを許さなかった。リオノーラが身体を捩《ねじ》り、本気で彼の肩を押してやっと離してくれる。

クリフォードは微かに濡れたそこを指の腹で拭い、怯えた目を向けるリオノーラに甘く笑った。

「……ノーラ。今後このような恰好をするなら、毎度この印をつけるから、覚えておきなさい」

リオノーラはなんのことかわからず、胸元を見下ろす。そしてかあっと頬を染めた。

リオノーラの胸の谷間近くに、鮮やかに赤く染まる鬱血痕がつけられていた。さすがにその意味を知らぬわけがなく、戸惑う。

「……どうして……こんな」

これは、恋人や夫婦が夜伽をなしている際につける印だ。

これから出席する『春招きの宴』は、王家主催。王家では社交界シーズンとなる春から秋にかけて各季節を祝う宴を開き、諸侯貴族はほぼ全員が参加した。そんな人目の多い場所に、夫がつけた鬱血痕を露わにして出席するのは、はしたない。

何より、侍女達によれば社交界では今、クリフォードに愛人がいると噂されている。愛人を牽制《けんせい》するために、リオノーラがあえて鬱血痕を見せつけているのだと、誰もが考えるだろう。

品ある王太子妃として振る舞ってきたリオノーラは動揺し、慌てて背後に控えていた侍女達を振り返った。

「ダーラ、お願い。白粉で……」

隠して——と歩み寄ろうとしたリオノーラの腹に、クリフォードの手が回される。後方に引き寄せられ、背に体温を感じたリオノーラは、ドキッと彼を振り仰いだ。

クリフォードは真顔でリオノーラを見下ろし、当然のように言った。

「隠す必要はない。他の誰が見ても、其方は俺のものだとわかるようにしただけだ」

アイスブルーの瞳の奥にチラリと剣呑《けんのん》な気配を見つけ、リオノーラは瞠目《どうもく》する。クリフォードの勘気に触れてしまったのを、肌で感じた。同時に嫉妬してくれているのかと、喜びが胸に広がった。

彼は背後からリオノーラの耳元に顔を寄せ、ぼそっと尋ねる。

「……それとも、其方は今夜……俺以外の男を誘惑しようとでも考えていたのか？」

「ん……っ」

吐息交じりの声が鼓膜を揺さぶり、彼は怒っているのに、リオノーラはぞくりと感じてしまった。勘違いだとすぐ訂正せねばならなかったが、突然彼に触れられている腹がじわっと熱くなり、違和感を覚える。鼓動が急速に乱れ始め、彼の胸に触れている背中や耳元の気配に神経が集中した。

クリフォードが耳元で微かにため息を吐き、その音にすらぞくぞくと身体の芯が震える。腹の底がざわめいて落ち着かず、リオノーラは身じろいだ。落ち着かない心地で、彼から離れたいと思った時、ちゅっと耳裏にキスを落とされた。

「あ……っ」

瞬間、首筋から腰のつけ根にかけてびりびりと電流が走り抜け、思わずあえかな声が零れかけた。侍女達の前だと思い出し、すぐに口を閉じるも、リオノーラは己の異変に混乱する。

夫に触れられた場所全てが熱く、時を経る毎に妙な気分になっていくのだ。

常と違う妻の反応に気づいているのかどうか、クリフォードは尚《なお》も耳元で囁く。

「……ノーラ？　答えはどうした。其方は、浮気でもしようというのか？」

苛立ちのせいか、彼の声は微かに掠れていた。リオノーラの方は夫の声を聞いただけで腹の底がきゅうっと収縮する感覚に襲われ、内心悲鳴を上げる。身体は明らかに、夫の些細な動きや声に反応し、興奮しかかっていた。

──私、どうしてしまったの……っ？　話しかけられただけで変な声を出しかけてしまうなんて、どうかしてるわ……！

彼の身体に問題があって子が作れないなら、夜伽がなくとも問題はないと考えていたが──まさかこれは、欲求不満だろうか。

リオノーラは自分がこんなにふしだらだったなんてとショックを受けつつ、頬を真っ赤に染めて首を振った。

「……い、いいえ……っ。私は、クリフォード様にお喜び頂こうと……っ」

パロマを愛人にしたなら、色香溢れる女性が好みなのだと思ってしたまでのことだ。浮気なんてこれっぽっちも考えていない。

必死に否定すると、クリフォードは腹から手を下ろし、密着させていた身体も離した。乱れていた鼓動が、見る間に落ち着きを取り戻す。リオノーラはわけのわからない感覚が消えて、ほっとした。

「……そうか。俺はどんな恰好をしていようと其方を美しいと思っているが、あまり男を煽る姿はしなくともいい。我慢が効かなくなる」

「……え？」

――我慢が効かなくなる？

彼のセリフが理解しきれず、リオノーラは振り返る。クリフォードは妻の視線を避けて、頬にキスを落とした。ちゅっと肌を吸う感触は先程と雲泥の差で優しく、リオノーラの胸はときめく。彼は侍女達に視線を向け、鷹揚に言った。

「皆、リオノーラの着付けご苦労だった。大変美しい仕上がりだ。フリューリンク館に着いたら、宴を楽しみなさい」

行儀見習いとして王宮に上がっている彼女達は、貴族令嬢として宴に参加する権利があった。リオノーラを着付けた後、宴用のドレスに着替えていた彼女達は、主人の夫に労われて頭を垂れる。

「お役に立てて光栄でございます、クリフォード殿下」

侍女達を代表して答えたダーラの声は、満足そうだった。

「では宴に参ろうか、ノーラ」

手を取られ、リオノーラは今し方彼が放ったセリフの意味を解明したい気持ちを抱えたまま、共に宴へと向かった。

◇◇◇

メルツ王国の王宮には、五百名ほどの客人を収容できる館が三つあった。『春招きの宴』は、その内の一つ——竜と人が春を祝う壁画が彫られたフリューリンク館で毎年執り行われる。その名の通り、凍《い》てついた冬を見送り、暖かな春の使者を招く意味がある宴だ。

王宮内とはいえ、敷地は広く、リオノーラはクリフォードと共に馬車で館まで移動した。

階段下から会場の出入り口まで絨毯を敷かれたフリューリンク館には、次々に馬車が到着し、多くの参加者が入場していく。その中に王家の紋章を掲げた馬車が到着すると、人々は足を止めた。

　近衛騎士が厳重に護衛する中、姿を見せたクリフォードの見事な姿に、あちこちから感嘆のため息が聞こえる。馬車の中で彼が降りるのを待っていたリオノーラに、クリフォードは振り返って手を差し伸べた。

「ありがとうございます、クリフォード様」

　彼の手に自らのそれを重ねる時が、リオノーラは好きだった。クリフォードの大きな手に包み込まれ、気持ちが温かくなる。

　恋する眼差しを向けられたクリフォードは、甘く微笑んで手を引いた。

「足もとに気をつけて」

　リオノーラが馬車から淑やかに降りてきた刹那、辺りの空気がざわりと揺らいだ。

「まあ……なんてお美しいの……」

「ああ、今夜のリオノーラ様は一層お美しいな」

「……一曲だけでもお相手願いたい」

　男性だけでなく女性陣も称賛の声を漏らしていたが、リオノーラは聞いていなかった。結局隠せずじまいの胸元が気になって仕方なかったのである。

　クリフォードがつけた鬱血痕は、胸の谷間付近にあった。ダンスをすれば、身長差でお相手となる男性には丸見えだ。

──今夜は、クリフォード様以外とは踊らない方がよさそう……。

心の中で呟いていると、近衛騎士の一人がクリフォードに近づき、耳打ちした。

「宴前に申し訳ございません。後ほどご報告が……」

赤い差し色が入る漆黒の騎士服を見事に着こなした、シルバーブロンドの髪が目を惹く青年──メイナードだ。

クリフォードがリオノーラを迎えに来た際、彼は護衛の中にいなかった。東塔から移動している間に近衛騎士に紛れ込み、報告を入れに来たのだろう。

視察団でも常に副団長を務めていた彼は出張が多く、あれこれと忙しなく働いていた。

クリフォードの信頼あってのものだろうが、ご苦労なことだ。

目を向けると、彼もちらっとこちらを見下ろし、視線が重なった。

出会った頃から人当たりのよかった彼は、今夜も愛想よくリオノーラに笑いかけた。

「宴前に無粋な横入りをしてしまい、申し訳ありません、リオノーラ殿下。私も宴に参加できていれば、一曲共に踊る権利を頂けまいかと希《こいねが》っていたことでしょう。数多の男が宴の度にクリフォード殿下を羨み、リオノーラ殿下の伴侶となれなかった不幸を嘆いております」

流れるように賛辞の言葉を並べられ、リオノーラはふふっと笑った。社交辞令とわかっていても、大げさな物言いを聞くと照れくさい。

「ありがとう、メイナード。私も貴方と一曲踊れず残念に思います」

お礼の意味も兼ねて色よい返事をすると、彼の視線がリオノーラの胸元に落ちる。さりげない仕草だったが、鬱血痕に気づかれたのを悟り、リオノーラは扇子を広げた。口元を隠す素振りで彼の視界を遮るも、羞恥心から頬が熱くなり、つい目を逸らしてしまう。

紳士であるメイナードは顔色一つ変えず、クリフォードに向き直って頭を垂れた。

「それでは、私はこのまま殿下の護衛に入りますが……ご方針を変えられたのであれば、今宵《こよい》の宴に参加しているドミニクは下がらせましょうか？」

方針が何かは知らないが、ドミニクが宴に招かれていることはわかり、リオノーラは表情を曇らせる。昨夜抱いた疑いが、胸に重く広がった。

『繁栄をもたらす竜の末裔姫』について調べているドミニクは、今も時折王宮やナハト州に顔を出す。他でもないクリフォードが出入りを許し、頻繁に彼から調査結果を聞いているからだ。

――やっぱりクリフォード様は、あの伝承を信じているのかしら……。

国の繁栄を願い、愛もなく私を娶ったのなら……これ以上お傍にいたくない――。

小さな黒い染みが落ちるように、リオノーラの胸に抱かぬはずの感情が芽生えた。

永遠に傍にいたいと願っていたけれど、『竜の末裔』として娶られたなら、これほど無様な話はない。繁栄を手にするために優しく扱われていただけなのに、リオノーラはそれに気づきもせず、ときめいてきたのだから。

宴前に見せた悋気《りんき》まがいのあの行為だって、愛情ではなく、他者に奪われぬために予防線を引いただけかもしれない。

考えだすと悪い想像はとめどなく広がり、リオノーラは切なく瞳を潤ませた。

メイナードに確認されたクリフォードは、首を振る。

「……いや、下がらせずともいい。方針は変えていない」

メイナードは僅かに物言いたげな沈黙を置いた後、頭を下げた。

「……承知致しました」

彼が下がり、クリフォードはリオノーラをエスコートしようと振り返る。そして訝しげに眉を顰めた。

「……ノーラ、体調でも悪いのか?」

顎先に指をかけ、上向かせてリオノーラの顔色を確認する。悪い想像をして瞳を潤ませていたリオノーラは、慌てて目を瞬かせた。

——クリフォード様に子供だと思われないように振る舞うと決めたじゃない……! 涙を見せていいのは、子供だけよ!

彼の愛を疑わしく感じても、自らの愛は今も確固としてある。リオノーラは己を律して首を振った。

「いいえ、何も問題は……」

「……そう言えば、先程部屋でいつもと少し様子が違ったな。体温も高かった気がするが、熱があるのか？」

今度は心配そうに額に大きな掌を乗せられ、リオノーラはかあっと耳まで赤くした。

居室で触れられた際、彼の声音にさえ己の身体が反応したのを思い出してしまった。

折に触れて夜伽をねだってきたが、よもや欲求不満に陥っているとは絶対に気取られたくない。リオノーラは強ばる頬を無理矢理《むりやり》動かし、笑顔を取り繕った。

「だ、大丈夫です、クリフォード様。皆を待たせてはいけません。早く会場へ向かいましょう」

促すと、彼は気にする視線を寄こしつつも頷いた。


会場内には春の訪れを祝う色とりどりの衣服を纏う参加客が溢れていた。人々は王太子夫妻の入場に気づくや、頭を垂れて春の訪れを言祝《ことほ》ぐ。リオノーラ達は一人一人に言葉を返しながら、会場の前方へと移動していった。

途中、見知った青年を人波の中に見つけ、リオノーラは立ち止まりかける。

金色の髪が一際目を惹く伝承学者――ドミニクだ。リオノーラを見つけるや目を輝かせて歩み寄り、毎回あれこれと話しかけてくる青年は、本日は会場の壁際に立っていた。リオノーラ達と目が合うと、明るい笑顔で手を振る。

王太子妃が衆目の中で手を振り返せるわけがなく、リオノーラは目礼だけを返し、クリフォードは完全なる無視を決め込んでいた。

伝承学者としては気に入っていても、振る舞いは気に入っていないのか、クリフォードは割といつも冷たい態度だった。

一段高くなった会場前方の壇上前に二人が到着して間もなく、国王夫妻の訪れが声高らかに報された。

会場の入り口からゆっくりと進んで来る国王と王妃の姿に、誰もが頭を垂れる。

リオノーラも膝を折って目の前を通り過ぎるのを待ち、二人が一段上になる壇上に登ると、顔を上げた。

紅蓮《ぐれん》のマントを羽織った今年五十歳になる国王は、武将として最近まで国王軍に名を連ねていただけあり、今もその姿は威風堂々としている。クリフォードに受け継がれた黒髪は色褪せず、鋭くさえ感じる青い瞳がゆっくりと会場全体を見渡す。

その傍らで淑やかに立つ王妃は、覇気を放つ国王とは対照的に、柔らかな微笑みを湛《たた》え穏やかに皆を見下ろした。

今年四十三歳になるも、清楚《せいそ》な薄桃色のドレスを纏う肌は張りがあり、口元に湛えた微笑みは艶やか。王妃はいくつになっても人目を奪う色香があった。

リオノーラは、クリフォードと結婚した自らを快く受け入れてくれた二人に敬愛の眼差しを向ける。

「──厳しい冬が終わり、ようやく民も心穏やかに過ごせる春が訪れた。我らがあるのは、民を導き、守るため」

国王は、例年通り諸侯貴族に〝国を支える民を第一に考え、虐げることなく共に生きよ〟と朗々と命じた。

ナハト州に住んでいた頃、リオノーラはお忍びで州城を訪れていた国王と気づかぬ内に会っていた。クリフォードとの結婚が決まり、国王夫妻に面通りをした際、会った記憶が蘇ったのだ。

州城にはたびたび来訪者があり、幼かったリオノーラは両親に言われない限り、客人と関わらない。かつても来客がある中、リオノーラは城を出て、民に交じって田畑を耕していた。その最中に、ふらりと歩み寄り、『姫、今年の実りはどうだい』と声をかけてきた壮年の男性がいた。それが、国王だったのだ。

にこにこと笑って話しかけてきた彼は、髪には油もつけておらず、衣服は簡素なブラウスにトラウザーズとブーツ。リオノーラは旅人か何かだと思い、乞われるまま雑談をした。

ナハト州の天候や農作業の大変さ、作物の善し悪《よしあ》しの見極め方といった幼さ故の知恵自慢まで、彼は興味深そうに聞いてくれた。

後になって思い返してみると、その時なぜか周りに民はいなかった。きっと大人達は国王だと気づき、無礼のないよう少し離れて作業していたのだろう。

結婚報告の段で思い出し、正式な挨拶をしなかった非礼を詫びたが、国王は懐かしそうに笑うだけだった。

国王はクリフォードと同じく、公式の場では厳めしい顔をしているが、私的な場面では朗らかな表情になる。特に王妃に対しては愛情深く、他者から見ると自分を見るクリフォードもあんな雰囲気なのかなと、対面した時は胸が騒いだ。

――とはいっても、本当に愛して頂けているかどうか……もうわからないけれど。

「――決して自らを奢《おご》らず、民と共にあれ」

クリフォードの考えがわからなくなったリオノーラは、心の中で物悲しく呟き、挨拶を終えた王に頭を垂れた。

民を第一に考えよと告げる国王の言葉は、〝我らは民のためにあるのだ〟といつも話していた父を思い出させる。

王都へ住まいを移したリオノーラは、かつてのように田畑を耕し、細々と日々を送る民と共に過ごせない。身近に民と接していたあの頃は懐かしいけれど、王太子妃となった今、自らは国全体を意識せねばならない立場になったのだとも承知していた。

国民全てに寄り添えるかは定かでないが、より多くの人が幸福になれるよう努める義務がある。

季節毎の宴が開かれる度、リオノーラはそんな気持ちを強くし、気を引き締めていた。

「それでは、宴を楽しんで参れ！」

王の言葉を受け、列席者達は顔を上げる。楽団が華やかな音楽を奏で始め、宴が開始された。王太子夫妻の周囲にはあっという間に人が集い、リオノーラはさりげなく扇子で胸元を隠して、列席者の声に応じていった。自らの家の宴に招待したいという人や、領地の話をするなど話題は様々ながら、こんな日に限ってダンスを望む男性が常より多い。

「ぜひ、クリフォード殿下と踊られた後には私と一曲……！」

通常、ダンスなどは胸に手を置き、優雅に相手を誘うものだ。それなのに、今夜は手を取って熱烈に誘う人が複数あり、リオノーラはたじろぎながら微笑みを浮かべ続けた。

「まあ、ありがとう。ですが今夜は……」

「それでは、私とはいかがでしょう」

誰に誘われようと答えは一緒だ。今夜はクリフォード以外とは踊れない。

それなのに誘いはやまず、リオノーラは冷や汗を滲ませた。手を取られる度に、胸元を隠している扇子がずれる。キスマークに気づく人もあり、恥ずかしさから、思考が乱れていった。

助けを求めようにも、クリフォードはクリフォードで重鎮の相手に手が塞がっている。

次第に周囲に集う男性陣の目がギラついて見えだし、心細さまで感じ始めた頃、腰に誰かが手を置いた。

「皆、すまないな。リオノーラは今夜は少し体調が悪いんだ。ダンスはまたの機会にしてくれると助かる」

落ち着いた声で男性陣を牽制したのは、助けは望めそうにないと思った夫だった。

彼は誘っていた男性からリオノーラの手を取り上げ、妻を自らの方に引き寄せる。明らかに触れるなと態度で示された男性陣は、我に返ったような表情になった。皆慌てて身を引き、丁寧に挨拶をして下がっていった。

混乱も極まりそうになったタイミングで助けられ、リオノーラははにかんで笑う。

「ありがとうございます、クリフォード様。今夜はお誘いが多くて、お断りするのが大変だったのです」

クリフォードはこちらを見下ろし、薄く微笑んだ。

「……テラスに行こうか？　今夜は少々意地悪をしすぎたようだ。すまなかった。……もうそんな痕はつけぬようにする」

リオノーラがダンスに応えられないのは、自身がつけたキスマークのせいだと察し、彼は静かに謝罪した。火照った妻の頬を、手の甲でそっと撫でる。

すまなそうに見下ろすアイスブルーの瞳は変わらず優しい色で、リオノーラは眼差しに胸をときめかせ、ぽそっと小声で答えた。

「……いいえ、人目につかない場所になら、つけてくださってもいいの」

リオノーラを愛しているが故の独占欲でつけるなら、全然嫌じゃない。

彼の気持ちが判然としないながら、自分の気持ちは誤解されぬよう伝えると、彼はふっと真顔になってリオノーラを見つめた。恋心から本心を吐露したリオノーラは、赤裸々に言い過ぎただろうかと焦る。

「あ……っ、ごめんなさい。ご気分を害しましたか……？」

顔色を窺うと、彼は視線を逸らし、大仰にため息を吐いた。

「……いいや、其方は可愛いと思っただけだ。……あまり誘われると、いつまで我慢できるか全く定かでなくなって困るが……」

「え……？」

最後のセリフはとても小さく、聞き取りにくかった。しかし『我慢』と聞こえた気がする。眼差しで問うてみるも、クリフォードは答えるつもりのない笑みを浮かべ、リオノーラをエスコートしてテラスへ向かった。

『我慢』とは、居室を出る際にも聞いた。雰囲気から考えると、クリフォードはどうにも、リオノーラと夜伽をなすのを我慢しているように聞こえるのだが――。

――どういう意味なのかしら……。

我慢する必要はこれっぽっちもない状況なので、リオノーラは意味がわからず夫の横顔を見つめる。と、不意に彼が足を止めた。

彼は顔を微かにしかめ、どこかを見つめる。その視線を追ったリオノーラは、すぐに嫌な気分になった。

金色の刺繍が入る孔雀《くじゃく》色の派手な衣装に身を包んだドミニクが、満面の笑みで歩み寄ってきていた。

「こんばんは、クリフォード殿下、リオノーラ姫！　ご機嫌いかがですか」

ドミニクは現在も、リオノーラを『繁栄をもたらす竜の末裔姫』と仮定して研究している。当人が違うと言っているのだから、いい加減信じてくれたらいいものを、聞く耳持たない。

「ああ、よく来てくれた。昨日まで国に戻っていたそうだな。カーティス殿下はご健勝か」

母国とメルツ王国を頻繁に行き来しているドミニクは、クリフォードの問いに大げさに頷いた。

「ええ、もちろんですとも！　クリフォード殿下に無礼のないよう、品良く振る舞えとよく言い聞かせられて参りました」

「そうか」

隣国の者が気にしているのはクリフォードだけかと、リオノーラは内心不満を覚える。

研究対象として周りをうろつかれているのは、リオノーラだ。研究対象に対しても、無礼のないよう命じてもらいたいものである。

ドミニクはどうも、リオノーラを人ではなく研究対象物として見ているきらいがあり、言動がそこはかとなく失礼なのだ。五年にわたって身体の匂いは、熱は、反応は――と動物実験でもするかのように周囲をうろついて確認され、いい加減うんざりしていた。

リオノーラは苛立ちを紛らわせるため、ドミニクから視線を逸らし、周囲を見渡す。直後、鼻先を掠めた強い香水の香りに、胸がドキッと嫌な鼓動を打った。直後、今夜最も会いたくなかった人物の姿が視界に入り、全身を緊張させた。

波打つ漆黒の髪に、ワインレッドカラーの襟ぐりが大きく開いたドレスを纏った女性――パロマが、人波の中からまっすぐこちらに向けて歩いてきていた。

これまではクリフォードの旧知として普通に接していたが、愛人と知ってはどんな顔をすればいいのかわからない。

当のパロマは自信に満ちた表情でリオノーラ達の前に立ち、優美に膝を折った。

「ごきげんよう、クリフォード様。それにリオノーラ様。花の香りが楽しめる春の盛りになるのが待ち遠しいですわね」

声をかけられたクリフォードは、普段通りの平静な表情で応じた。

「ああ。よく来てくれたな、パロマ嬢。息災か」

「ええ。おかげさまで、とっても快適な日々を送っておりますわ」

まるでクリフォードが何か援助をしているとも取れる言い方に、リオノーラはぴくっと指先を震わせる。

二人は一見以前と変わらない雰囲気だった。しかしもしも深い仲なら、よく平然と正妻の前で会話ができるものだ。

既に噂を聞き知っているだろう参加客達の興味深そうな視線がまとわりつき、リオノーラはふつふつと苛立ちを湧き立たせる。

「見て……パロマ様よ。妃殿下がいらっしゃるのに、大胆不敵」

「本当ね。リオノーラ妃殿下も、きっとパロマ様を意識なさって今夜はあんなに艶やかな姿をなさっているのでしょうね」

「リオノーラ妃殿下はお美しいけれど、御子ができないのは不幸よね……。クリフォード殿下は妃殿下をすげ替えられるおつもりだって聞いたけれど、本当かしら」

社交の場を全く知らずに王都へ来たリオノーラは、あまりの注目に緊張し、しばらく己の立ち居振る舞いばかりに気を取られていた。たまに聞こえる囁きだけ聞いていたが、誰かと会話している時は、相手にだけ集中して周りの声までは拾えずじまい。

今日になって愛人の噂を知り、周囲を気にしたリオノーラは、あけすけな内容に動揺した。

――クリフォード様自身が、妃を替えるおつもりだと仰っていたの……!?

議会に提案が出されそうだとはセシリオから聞いて承知していたが、よもや当人もそう話していたとは思いもよらなかった。

――やっぱりクリフォード様は、手慣れた女性がお好みなのだわ……。

リオノーラは暗澹《あんたん》とした気分で、無意識に項垂れる。今夜迫っても、生娘のリオノーラでは相手にしてもらえない可能性が高そうだ。

――でも、さっき仰っていた、我慢云々《うんぬん》はなんなのかしら……。

ふと先程の会話を思い出し、首を傾げる。我慢という言葉が閨事に対して使われているなら、彼はリオノーラを抱きたいことになる。

離縁されるのかそうでないのか、己が置かれた状況がよくわからず、リオノーラは眉根を寄せた。ちょうどその時、パロマとドミニクが同時にリオノーラを見下ろし、ぎくっとたじろいだ。自分を見ての態度に、リオノーラは何かしらと顔を上げる。二人の視線が一点に注がれているのに気づき、リオノーラはいつの間にか下げていた扇子をさっと持ち上げた。うっかり、胸のキスマークを晒していたのだ。

見せるつもりはなかったリオノーラは、背中に汗を伝わせる。パロマは扇子越しでも見えるかのようにキスマークのあった場所を凝視し、口角をつり上げた。

「まあ……以前から仲睦まじくされていたけれど、今夜は宴前からお熱かったようですわね。お若いって羨ましいわあ」

交際経験豊富なパロマは、キスマークが直前につけられたとすぐに判断できたようだ。表情は美しく笑っていても、物言いにはそこはかとなく棘《とげ》があり、リオノーラは彼女の気持ちを確信する。パロマは、クリフォードに恋をしている。

こんなに身近にいた恋敵に気づいていなかったとは、クリフォードの言う通り、自分は未熟だと認めざるを得ない。王太子妃たるもの、僅かな言動からも他者の思惑を推察できなくてどうする。

己の至らなさに気分は沈んだが、宴前に身体を重ねたのかと暗に揶揄する愛人に、リオノーラは優美に微笑む。実際のところ、クリフォードはパロマに夢中なのだ。勘違いして嫉妬させるくらい、正妻として許されよう。

「ええ。クリフォード殿下にはいつも大切にして頂き、感謝している毎日です」

リオノーラの返答に、パロマはぴくっと眉を上げて、耳元に顔を寄せてきた。

「まあ、それはお喜び申し上げます。私の場合、宴に参加できる体力など残してもらえぬものですから……驚いてつい、不躾を申しました。お許しを……」

それは、周到にリオノーラだけに聞こえるよう調整された囁き声だった。

自分の時は、クリフォードは体力も残らぬほど情熱的に抱く。その点貴女はさして楽しませもできなかったようね――と暗に貶《けな》されたのだ。

クリフォードが他の女性を抱いている姿を想像させられるのは、吐き気がするほど苦痛だった。

今まで感じたことのない苛立ちと嫉妬が全身を襲い、リオノーラは内心吐き捨てる。

——その通りよ。私は抱いてもらえもしないのだもの。クリフォード様を楽しませられた記憶なんて微塵《みじん》もないわ……！

クリフォードにしたって、正妻を横に置いて愛人と平然と話すなんて、およそ民の敬愛を得るに値しない振る舞いだ。他に好きな女性ができたなら、その時点でリオノーラを捨てるべきだった。

どうして浮気する前に、離縁を言い渡してくれなかったの——。

リオノーラは怒りを滾《たぎ》らせ、夫を振り仰ぐ。そして困惑した。

どうせ正妻に置くつもりのパロマを気にしているだろうと思っていたのだが、彼はリオノーラを見ていた。怒りと吐き気で血の気を失った妻の頬を心配そうに撫で、パロマに目を向ける。

「……今夜は俺が無理を強いただけだ。あまり俺の妻を揶揄ってくれるな、パロマ嬢」

恐らく彼は、無理矢理キスマークをつけたという意味で返しただけだった。けれど、彼は社交界に出て久しい王太子。勘違いさせる言い方だと、思い至らないはずはない。

——愛人を嫉妬させて、自身への想いを確認しているのかしら——？

真意がわからず、リオノーラは戸惑い、案の定パロマは不満そうに眉をつり上げてから、笑みを浮かべ直した。

「あら、失礼致しました。お二人の仲睦まじさに、嫉妬してしまいましたの。ご懐妊はいつ頃かしら。可愛い男児に恵まれるお姿、楽しみにお待ちしておりますわ」

世継ぎは男児でなければならない。妃が最も負担に感じる言葉をどすりと与え、彼女は踵を返した。

クリフォードは彼女が立ち去るのを待って、またリオノーラに視線を戻す。

「……すまない、ノーラ。パロマ嬢は昔から気遣いを知らないんだ。子について気にする必要はないからな。子などいつ授かろうと構わない。まして授からずとも、養子を迎えればいいだけの話だからな」

リオノーラは、今度こそ混乱した。自分と離縁する予定だから、子などいつでもいいと言っているのだと取れるが、養子まで考えているなら、離縁するつもりはないように感じる。

――浮気なさっているのではないの……？

喉元までその質問が込み上げ、口に出しかけた時、ずっと黙っていたドミニクがクリフォードの腕を摑んだ。

「クリフォード殿下……っ、ご忠告を違えられたのですか……!?　時が満ちるまでお待ち

くださるよう、申し上げたはずです！」

明らかに動転した様子の彼に、リオノーラは何事だと目を瞬かせる。クリフォードは眉根を寄せ、おざなりに腕を放そうとした。

「後にしろ。その話はここではしたくない」

ドミニクは王太子の不機嫌そうな顔にも全く怯《ひる》まず、間近に顔を寄せて話し続ける。

「ですが、時が満ちてこそ『竜の末裔姫』の力は発揮されると、伝承に書かれておりましたのに……っ」

――また、竜の末裔姫の話……。

リオノーラは思わず不快に眉根を寄せ、クリフォードは面倒臭そうに舌打ちした。

「わかった。話してやるから、今は黙れ。――すまない、ノーラ。少し席を外すが、テラスで待っていてくれるか？」

「はい……」

ドミニクの狼狽ぶりに押され、クリフォードはリオノーラに待つよう言った。

反論もせず頷いたリオノーラは、自分に微笑んだ後、ドミニクを引きずっていく夫の後ろ姿を見据える。宝玉が如く澄んだ藍の瞳が、氷のように冷え冷えとした色に染まった。

――やっぱりクリフォード様は、あの伝承を信じている……。

リオノーラはコツリと床を踏み、テラスではなく、クリフォード達の後を追った。

◇◇◇

テラスに繋がるガラス扉の脇――庭園に直接降りられる扉口から外に出たクリフォードは、内心苛立っていた。

――リオノーラを一人置いてくる羽目になるとは、この男の研究狂いも度が過ぎている。

母国では学者をしているドミニクは、軍部で鍛えているクリフォードの腕力には敵《かな》わない。抵抗もできずに庭に連れ去られているのだが、ドミニクが力の差に恐怖を感じている様子はなかった。頭の中は『繁栄をもたらす竜の末裔姫』に関わる研究でいっぱいらしく、移動する最中も喚《わめ》く。

「なぜ八百年もの間待たれ続けた幸運を、みすみす手放されるような真似をなさったのです……！　これでは私の研究も未完のまま終わることに……っ」

「……お前の研究が完結しようが未完となろうが、俺はどうでもいい」

苛立ってつい本音を零すと、ドミニクは翡翠の瞳を皿のように大きく見開いた。

「何を仰っているのですか、殿下！　『繁栄をもたらす竜の末裔姫』は、八百年この世にもたらされなかったのですよ……！　それがようやく八百年の治世を敷いた王家への褒美が如く女児が生まれ、しかも結婚まで順当に辿《たど》り着いたというのに……っ。肉欲如きに流されてどうするのです！」

人気のない木々が生い茂る森へと入り、クリフォードは我慢していた舌打ちを盛大に披露する。

もっとも、危うくリオノーラの前で内々に結んでいた約束を暴露されかけ、会場でも舌打ちしてしまったが。

――肉欲如きとは、容易く言ってくれる。俺がどれほどの苦痛を耐え忍んでいるか、性欲以上に研究欲を持つお前にも味わわせてやりたいものだ。

会場から十分離れたクリフォードは、ドミニクを乱暴に庭園の奥へと押しやり、手を離した。早足で歩いて来たため、振動で乱れた前髪をかき上げ、勢いに負けて芝の上に転んだドミニクを見据える。

「……煩《うるさ》く喚くな。お前に心配されずとも、まだリオノーラには手を出していない」

芝に膝をつき、地面を見つめて尚も「なんということだ……！」と嘆いていたドミニクは、きょとんとこちらを振り返った。

「……おや、今、なんと……？」

己の世界にどっぷりと浸《つ》かって話を聞いていなかった研究者に、クリフォードはうんざりした声音で繰り返し言った。

「だから、まだリオノーラには手出ししていないと言ったんだ」

望む答えを聞いたドミニクは、絶望に沈んだ顔を一気に輝かせて立ち上がる。

「なんと、なんと……！　誠でございますか……っ、クリフォード殿下！　さすが私が見込んだ、栄光を手に入れる価値のある王族でございます……！」

当人は持ち上げているつもりだろうが、王族に栄光を手にする価値があるかどうか口にしている時点で、大変に非礼である。

クリフォードは目を眇め、ぼそっと警告した。

「……お前、いつか処断されたいならそのままでいいが、無自覚ならば物言いを改めろ」

「……はて、何か失礼を申し上げましたでしょうか？」

全く自覚のない不思議そうな表情に、クリフォードは渋面でため息を零した。

五年前、隣国の第一王子リアムの紹介を受けてドミニクと知り合ったクリフォードは、彼が調べている伝承を全く信じていなかった。

古《いにしえ》からメルツ王国王家には、〝アベラルド家の子孫と王家の子孫が真実愛し合ったなら、縁を結ぼう〟と書かれた意味深な覚え書きが残されている。そこには〝アベラルド家に娘が生まれた時、王子は必ず対面時に膝を折り、頭を垂れて選定を受けよ〟とまで書かれており、奇妙な雰囲気はあった。

だが八百年も昔に書かれた覚え書きの目的が、現在まで明確に残されているはずもない。

王家は理由も定かでない状態で覚え書きを受け継いでいき、クリフォードが引き継いだ頃にはもう〝初代国王の戯言だが――〟と前置きがつけられていた。

メルツ王国を訪れた際、ドミニクはその覚え書きを彷彿とさせる研究内容をつまびらかにした。

『繁栄をもたらす竜の末裔姫』の伝承があること。『竜の末裔』と呼ばれるアベラルド家の娘がそうではないかと考えられること。『繁栄をもたらす竜の末裔姫』は伴侶を選定し、それが王子であった場合、身に宿す魔力により国をより豊かに繁栄させると考えられること。

かつて存在したといわれる竜と、その竜が持っていたとされる魔力。そしてその魔力を受け継いでいると言い伝えられている各国の王族達。

ドミニクは、この世に連綿と受け継がれた創世記を信じ切った上で、研究を進めていた。

クリフォードが一切信じていない夢物語を、骨の髄から信じた学者だったのだ。

だから会った時点で、胡散臭《うさんくさ》く信用ならない男だと思った。それに『クリフォード殿下の奥方は、「竜の末裔姫」以外にはおられぬかと存じます！』と、僭越《せんえつ》にも王太子の伴侶を定めてかかる態度も気に入らなかった。

クリフォードは、当時二十一歳。

メルツ王国は恋愛結婚が主流となって久しく、クリフォードも伴侶には愛する女性を置きたいと考えていた。娶れば国の繁栄が約束されるかもしれないなどという伝承に、己の人生を賭ける気はさらさらなかったのだ。何よりメルツ王国は十分豊かな国である。安寧は求めども、これ以上の繁栄がなくとも問題はなかった。

隣国のリアム王子の手前、ドミニクの研究に付き合う姿勢は取ったが、腹の内では早々の帰郷を求めていた。

選定云々と書かれた王家の覚え書きについては、聞けばそれが決定的な証拠だと言い出しかねず、ドミニクには伝えなかった。誰も破棄しなかったからには、何らかの警告なり意味はあるのだろう。だが口数の多いドミニクに話せば、あちこちに広められるのは確実。

クリフォードは王家の威信を守るためにも、自分だけでなく覚え書きの存在を知る側近や両親にも口止めをした。

アベラルド侯爵と嫡男も覚え書きの存在は知っていたが、幸いにも彼らはそれをもとにどうこうしたいわけではない様子。王家と縁を結ぶために娘をクリフォードに会わせようともせず、粛々と伝統を守り、リオノーラは領地内に留めさせていた。

そして生まれて以来となる、十三歳になったリオノーラと対面したクリフォードは、念のため彼女に頭を下げた。伝承は信じていないが、覚え書きを受け継ぎ続けた八百年の歴史に敬意を払ったのだ。

すると深窓の姫君は目に見えて怯え、逃げ出した。青みがかった白銀の髪を揺らして逃げ出す少女の後ろ姿は、数多の美姫を知るクリフォードすら目を奪われる美しさだった。

髪は陽の光を弾いて煌めき、ドレスを揺らして駆け去る足取りは軽快。本当に『竜の末裔』だといわれたらそうかと信じてしまいそうな、神秘的な空気を纏っていた。

自らの挨拶を拒んで逃げ出す様は、まるで繁栄を約束する竜に逃げられたようでもあり、クリフォードはいっそ笑いたい気分だった。

——無様なものだな。

腹の内で己を嘲笑《あざわら》い、しかし『竜の末裔』がこの世にいるはずもないと自らに言い聞かせた。クリフォードは以降、覚え書きに纏《まつ》わる話には興味を抱かず過ごしたが、数日後、彼女は非礼を詫びた。クリフォードの御代の繁栄まで願うと言われ、自分でも意外に感じるほど、胸がすく思いだった。

十三歳の小娘の言葉に感情を動かされる己を不思議に感じつつも、それからクリフォードはリオノーラに何かとちょっかいを出していく。

彼女は王都の令嬢にないお転婆さと素直さがあり、交流するのが楽しかったのだ。自身で馬に乗り、領民とも家族同然に会話をする。クリフォードが訪れていない時は農作業も手伝っているらしく、彼女は民に親しみを込めて『姫様』と呼ばれていた。

子供だと侮っていれば、ふとした瞬間に領地を治める一族の顔になり、実りを気にかけ、対策を兄や父に進言する姿も見せる。

彼女に駄々を捏ねられて、再会の約束をして以降――クリフォードは奇妙な感覚に陥った。領主一族が王都に顔を出さぬ、閉鎖的な世界だからだろうか。何度もナハト州を訪れる内、クリフォードはアベラルド家の一族を、小さな国の王族のようだと感じる日がたびたびあった。

『姫様』と呼ばれるリオノーラに、『若様』と呼ばれる嫡男。実際、二人とも教養高く、どこかの王族として立っても支障ないだろうと思われた。

リオノーラは会う毎にどんどんクリフォードに懐き、その内、面と向かって『大好き！』と言いだすようになった。正直な気持ちを吐露される度、胸が温まり、クリフォードは彼女を至極可愛く感じた。

懐いた子供の成長を見守る、兄の立ち位置で見守っているつもりだった。

毎年別れの時が来れば、この世の終わりかのように寂しそうにされ、それもまたクリフォードを再びナハト州へ向かわせる理由になった。

あまりに悲しそうにするから、王都に戻っても常に頭の隅にリオノーラがいるのである。

翌年また時間を割いて会いに行けば、心底嬉しそうに迎え入れられ、愛らしい振る舞いを見せる。おまけにリオノーラは、年を追う毎に恐ろしい勢いで美しく成長していった。

クリフォードはどういう気持ちで彼女の『大好き』という言葉を受けとめればいいのか、年々迷っていった。

再会を願われた時点で、彼女が自分を異性として慕っているのには気づいていた。クリフォードはそれを、本気にしていなかった。若気の至りで抱いた一時の気の迷いだと思っていたのだ。

だが彼女は、欠片も心移りしなかった。再会の度にその瞳に赤裸々な恋情を宿し、こちらがたじろぐほど愛らしく自らを慕っていると態度で示す。

無防備に胸に飛び込む身体も、刻一刻と女性のそれに変わっていき、十五歳になった彼女を抱き留めた時、クリフォードは胸の奥にほのかな火が灯るのを感じた。

――やめろ。リオノーラは兄同然に俺に懐いているだけだ。他の男に恋をするまで、大事に見守るのが俺の役目だろう……！

即座に惑うなと己に言い聞かせるも、彼女が他の男に恋をする様を想像した瞬間、思考が乱れた。

――他の男に恋をしたら、俺はこの娘を手放さねばならない。

無邪気に己の胸に頬を擦りつけ、にこっと笑いかける少女を見つめ、クリフォードは自問自答する。

――当然だ。リオノーラに伴侶ができれば、俺はこのように触れるべきではない。浮気だなんだと、あらぬ噂を呼ぶ種になる。リオノーラの幸せを邪魔するのなら、会わぬようにすることだって考えるべきだ。

リオノーラが結婚すれば、無理をしてナハト州へ訪れる必要もなくなる。――いや、むしろ来るべきではない。

それでは俺は――なんのために毎年ここに来ていたんだ……？

幼子の成長を見守るためだけに、毎年社交シーズンを抜け出して会いに来ていたのか。

クリフォードは、宴などが頻繁に開かれる夏場を選んで、ナハト州を訪れていた。その間、王都でまともに色恋もしていなかったが、不満はなかった。

ナハト州に来れば、リオノーラの笑顔が見られる。『大好き』と言って駆け寄り、胸に飛び込む可愛い娘に会えば、心は満たされた。だから『そろそろ妃殿下をお決めになる時です』と煩い近侍をいなし、社交シーズンの大半を失う遠征を組み続けた。

その日々が近く終わるのだと意識した刹那――本能が牙を剝《む》き、反射的に心の中で呟いた。

――この娘は俺のものだ。誰にもやらない。リオノーラは一生、俺が慈しむ。

獰猛《どうもう》さすら孕んだ独占欲が思考の全てを支配し、クリフォードは感情とは裏腹に、リオノーラに甘く微笑んだ。

――そうだ。一生、俺の傍に置く。リオノーラは、俺の妻になる娘だ。

決意したクリフォードは、内々に王家、アベラルド侯爵家共に意思を伝え、彼女さえプロポーズを受け入れれば結婚すると話を進めた。

翌年、クリフォードに『大好き』と言ってやまない可愛い姫君は、すんなりプロポーズを受け入れてくれた。

そしてその夜――クリフォードは以後、自らを苦しめる予兆を見つける。

プロポーズを受け入れられ、気分が高揚していたクリフォードは、リオノーラの身体に触れた。十六歳になったばかりの身体は青さを残しつつも成熟しており、すぐにも抱いてしまいたい心地にさせられた。喘《あえ》ぎ声は耳に甘く響き、だが彼女の耳元の香りを嗅いだ直後、クリフォードは身体に異変を感じた。

彼女の首筋から漂ったのは、甘く脳が痺《しび》れるような濃厚な花の香りだった。一呼吸胸に吸い込むだけで鼓動は乱れ、抑えきれない興奮が全身を襲う。プロポーズを受け入れられた嬉しさから触れていたが、もちろん最後までする気はなかった。だが彼女の香りは麻薬じみた力で理性を萎えさせ、クリフォードは身体を繋げようと彼女の蜜口に触れた。しかし奇妙にも、淫らに身を捩る彼女のそこは全く濡れていなかった。それで我に返った。

乱れているのは演技かと疑い、少し身体を弄《いじ》って確認すると、感じてはいる様子。

そこで少し前にドミニクから聞いた情報が脳裏を過り、クリフォードは陰鬱な気分に陥った。

ドミニクは諦めの悪い男で、延々研究を続けていた。自国内で調べられているため、興味はなくとも確認に何を知り得たか報告を受けており、その中で語られていた内容だ。

『なんでも先日見つけた、南方の村に残っていた伝承によると、竜達は身体が成熟しない限り、交配はできなかったらしいのです。無理に身体を繋げようとすると、激烈な苦痛を覚えるのだとか。時に竜は苦痛に耐えられず、伴侶のもとを去ったと書かれておりました』

クリフォードは自らの上であえかな声を漏らし、身を捩る美しい姫を手放したくはなく、心の中で呻いた。

――苦痛を与えて去られるのは、遠慮したいな……。

そう考えてから、自らの思考を否定する。

――いや、リオノーラは人間だ。あの男の話を信じるわけではない。……だが、このまま続けても痛みを与えるのは確実だろう。

生娘は濡れにくく、専用の香油などを使ってできるだけ苦しめぬよう抱くのが常識だ。

――それにしたって、全く濡れないのはおかしな話だが……。

心の片隅で抱いた疑念に答えるように、またドミニクの声が耳に木霊《こだま》した。

『そして身体の成熟を報せるのが、別の伝承にあった〝甘い香り〟だったのではと、私は推測しております。一嗅ぎすれば何人も抗えぬ、魅了の力を持つ強く甘い香りです。もしもリオノーラ姫を娶られるのであれば、必ず成熟された暁に子作りをなされませ！』

リオノーラの首筋の香りを嗅いだ瞬間の、痺れるような恍惚《こうこつ》とした感覚。

今まであんな気分にさせられた経験はなく、クリフォードは性急に挙式準備を進めつつ、苦渋の決断を下した。

『繁栄をもたらす竜の末裔姫』の伝承を理由にプロポーズしたわけではないが、万が一に備え――当面リオノーラは抱かない――としたのだ。


結婚して二年――クリフォードは何度となく妻の放つ香りに理性を試され続けた。

身長差があるから、日中に抱きつかれるのは問題ない。しかし寝顔を見に行った際に起こしてしまい、横たわる彼女に抱き寄せられるのは拷問だった。

甘い香りが全身を包み込み、すぐにも理性を失って獣同然に組み敷き、強引に抱いてしまいたくなるのだ。

クリフォードのそれは、普通に抱くにしてもかなり時間をかけてほぐさねば、華奢なリオノーラの身体を壊すサイズ。結婚を決めた当初は、『竜の末裔』説に半信半疑で、何度となく抱こうかと考えた。だが娶った当時、リオノーラは十六歳。身体的にも精神的にも成熟しきっていない彼女に負担をかけるのは忍びなく、クリフォードは鋼の精神で手を出さなかった。

両親と議会には、リオノーラは若すぎるから、身体のために子作りは十八歳からするよと根回しもしていた。

しかしあの甘くクリフォードを誘ってやまぬ香りは、年々増していく。色香という言葉があるが、あれはまさにそれだ。

欲求に耐えかね、酒に逃げる日々が続くと、メイナードなどは『もう方針を変えられてもよいのでは』と、リオノーラを本当の妻にせよと助言した。

しかしクリフォードはそうしなかった。無理に抱いて痛みを与えるのは本意ではなかったし、怯えて逃げ出されるのも避けたかったのだ。

リオノーラが十八歳になって以降は、クリフォードだけでなく、他の男達もあの香りに当てられている様子が見て取れた。夜会などで常になく強引に彼女をダンスに誘い、品ある振る舞いを失って目つきをギラつかせる者がある。

日々彼女の香りに惑わされ、耐え難きを耐えてきたクリフォードは、周囲まで異常な反応を示しだして、認めざるを得なかった。

──リオノーラは恐らく、『竜の末裔』だ。

『竜の末裔』であろうと、彼女への愛は変わりない。彼女に拒まれぬ限り、永遠に添い遂げるつもりだが──クリフォードの胸に、疑問が渦巻いた。

──竜の成熟とは、いつだ。それにあの甘い香りは、伴侶にだけ効力が出るものではなかったのか……？

ドミニクの調べだけでは、全く答えはでなかった。

本人が知っているかとも思ったが、それはなさそうだと考え直す。リオノーラは、自身を『竜の末裔』だとは思っていない。自覚があれば、プロポーズした夜、クリフォードが触れようとするのを拒んだはずだった。

彼女の両親や兄もまた、自分達が『竜の末裔』だとは考えていない。かつて交わした会話からそう判断しかけるも、本当にそうだろうか——とクリフォードは眉根を寄せた。

記憶が確かなら、リオノーラとの対面を済ませた後に対話した際、彼らは末娘の非礼を詫び、その後『竜の末裔姫』が与えるといわれる効力などない——と言うに留めていた気がした。

伝承を一切信じていなかったため、クリフォードは彼らに詳しく聞こうともしなかった。しかしリオノーラが只人とは違うとわかった以上、全てを調べ直す必要がある。

ドミニクは現状、メルツ王国、ヤヌア王国共に、夢物語を調べる学者として認識されていた。

それが本当に『竜の末裔』が実在したとなれば、今後の情勢は不透明だ。

リオノーラが異端者として排斥される可能性も、国を豊かに繁栄させる女神と担ぎ上げられる可能性もある。

クリフォードは慎重を期し、ドミニクには己の考えを伝えず、独自に調査を開始したところだった。

「なるほどなるほど、ではあのお胸の痕は、他の殿方に取られぬようにつけられた、ただの牽制ということで？」

まだリオノーラの純潔を奪っていないと聞いたドミニクは、表情を明るくし、ずけずけとキスマークについて尋ねる。

クリフォードは、それは聞く必要があるのか？　と疑問に感じつつ頷いた。

「ああ。誰にも譲る気はないからな」

結婚当初から、クリフォードは自制心を保つため、リオノーラのしどけない姿を見ないようにしてきた。それが、今夜はいつになく男を魅了するドレスを纏って目の前に現れたから、独占欲が爆発したのだ。ただでさえ甘い香りで煽られ、抗いがたい誘惑を耐え忍んできたのに、姿でまで誘われては理性が持たない。まして他の男がその色香に惹かれ、手を出してみろ。

——絶対に殺す。

有無を言わさず剣を抜く自分しか想像できず、クリフォードは無用な血を流さぬために、牽制の鬱血痕をつけたのだった。

しかも抱き寄せた際に香った耳裏の甘い香りはこれ以上なく情欲を煽り、もう抱いてやろうかと煩悩に支配されかけた。それをキス一つで耐えたのだから、許してほしい。

平然と応じたクリフォードに、ドミニクはしかりと同意した。

「ごもっともでございます。リオノーラ様はお国に繁栄をもたらす竜の末裔。王族たる者、手放すなどもっての他でございます！」

──俺は別に、竜の末裔だからリオノーラを娶ったわけではない。

あまりに露骨な言い方に、クリフォードの目尻が痙攣《けいれん》した。

ドミニクは研究に情熱を捧げるあまり、リオノーラを人間として見ていない節がある。実験動物のように話される度、クリフォードは〝リオノーラは人間であり、自分の妻だ。敬意を持って接しろ〟と命じた。しかし当人は敬意を払っているつもりだと不思議な顔をするので、埒《らち》が明かない。

何千回と繰り返した忠告も時間の無駄に感じられ、クリフォードは何も言わず嘆息した。

「……それで、お前はもう納得したのか？　リオノーラを待たせているんだ。俺は戻るぞ」

テラスで待つように伝えたリオノーラが気がかりで、話を終わらせようとすると、ドミニクは目をぎょろりと見開いた。

「手を出しておられぬのならばよろしいですが、決して！　決して『繁栄をもたらす竜の末裔姫』が成熟なさるまで、お手を出されませぬように……！」

──俺の妻なのに、なぜお前の指図を受けねばならない。

クリフォードは内心苦々しく言い返すも、口先では従う振りをした。

「……ああ、善処する」

『繁栄をもたらす竜の末裔姫』について、自身が彼以上に詳しいわけでもない。クリフォードは今後彼から情報を聞き続けるために、友好的な振る舞いを演じた。

その時、背後でぱきっと小枝を踏む音が聞こえ、クリフォードはさっと振り返る。

ぎゃあぎゃあと煩いドミニクのおかげで、背後から近づく足音に気づいていなかった。

そして惜しげもなく肌を晒した、紫がかった薄青色のドレスを身につけた美しい妻の姿を見て、事態を悟った。

◇◇◇

ドミニクと共に館を出たクリフォードを追ったリオノーラは、途中彼の姿を見失った。だが大きく喚くドミニクの声に導かれ、森の庭園で向かい合う二人を探し当てた。

リオノーラは不機嫌そうな顔でドミニクと対峙する夫の背後に忍び寄り、そこで二人の会話を聞いた。

『ああ。誰にも譲る気はないからな』

『ごもっともでございます。リオノーラ様はお国に繁栄をもたらす竜の末裔。王族たる者、手放すなどもっての他でございます！』

リオノーラを完全に『竜の末裔』として考えた会話だった。

全身からすうっと血の気が失われていき、動揺に鼓動が乱れた。

——私は、『繁栄をもたらす竜の末裔姫』じゃないと言ったのに……。

やはりクリフォードは、あの伝承を信じてリオノーラを娶ったのだ。

胸をときめかされた『愛してる』の言葉も、自分にだけ捧げられる甘い微笑みも、全て偽り。彼は豊かな未来を得るために、リオノーラの機嫌を取っていただけだった。

愛していたのは自分だけ。全てを知ったリオノーラは、今にも泣いてしまいそうになる。

その上、彼は『竜の末裔姫』が成熟するまで手出しせぬよう忠告するドミニクに頷き、リオノーラは顔を歪めた。

クリフォードが自分に手出ししなかったのは、ドミニクが引き留めていたからだったとは、いかにも情けなく、口惜しかった。

彼はありもしない伝承を信じてリオノーラを娶り、世継ぎを成すのも一学者の世迷い言をもとに先延ばしにしていたのである。

——お世継ぎをもうけるのは、王族にとって大切な責務の一つなのに……！

それが議会に妃の交替を提案される事態に繋がるとも、考えなかったのだろうか。それともドミニクを信じ切り、これが正しい選択だと疑わなかったのか。

そればかりか、愛人まで作って——。

彼にとってリオノーラは、国を繁栄させるための道具に過ぎない。だからリオノーラがいつまでも夜伽をなされぬことを憂い、不安に苦しもうと、気にならなかったのだろう。笑っていれば機嫌をよくすると軽んじ、その裏で愛人と逢瀬を重ねた――。

パロマを慈しむ姿を想像すると、胸は苦しく、己を蔑ろにした彼に怒りが込み上げた。心が激し、気配を消すのを忘れたリオノーラは、足もとの小枝を踏む。

ぱきっと鳴った小さな音に、クリフォードがさっと振り返った。怒りと悲しさに青ざめたリオノーラを目にし、彼は頬を強ばらせる。すぐにいつもの余裕じみた笑みを浮かべ、小首を傾げた。

「ノーラ。いつからそこにいたんだ？」

――其方はどこから会話を聞いていた。

言外の質問は手に取るようにわかり、リオノーラは唇を震わせて聞き返した。

「どういうことですか、クリフォード様……」

言葉を発すると、張りつめていた感情の糸がぷつりと切れ、瞳に涙が滲んだ。

クリフォードが肩を揺らし、歩み寄ろうとする。

夫を愛してやまないリオノーラは、この瞬間だけは、彼に近づいてほしくなかった。

――愛していないなら、傍に来ないで。パロマを抱いたその手で、私に触れないで。

リオノーラは一歩下がって拒絶を示し、すうっと息を吸った。

「『竜の末裔』がもたらす奇跡を望むほど、貴方が自信を失われていたとは、全く気づいておりませんでした……っ。奇跡を求めて私を娶られたのなら、とんだ過ちです。私は『繁栄をもたらす竜の末裔姫』ではありません。どうぞ、貴方の願いを叶える力のない私なんて——今すぐお捨てください……‼」

かつて出会った彼の青く自信に満ちた声が、耳に木霊する。

『——任せろ。其方の祈りに見合う、良き国にしてみせよう』

あの一片の迷いもない堂々たる笑顔を見た時、リオノーラは確かに、人々の敬愛を手に悠々と国を導く王の姿を見た。

けれどあれは、ただの勘違いだったのだ。彼は兄が危惧していた、伝承如きに縋る暗愚だったのだ。

——嘘よ。クリフォード様は、今だって民に慕われ、尊敬される御立派な方よ。必ず素晴らしい王になられる。

猜疑心《さいぎしん》に呑まれ、彼を否定する気持ちと、信じる気持ちが入り乱れる。思考は千々に乱れ、リオノーラは頭の中で問答を繰り返した。

だがどんなに考えようと、正しい答えは見つからず、瞳には零れそうなまでに涙が込み上げた。

離縁を提案されたクリフォードは、真顔になる。

「……リオノーラ。俺は其方を愛しているから、娶ったのだ。『竜の末裔』だからではない」

それは真実に聞こえるも、宴で自らを挑発してきたパロマの姿が脳裏に蘇る。

彼は愛人を抱えているのだ。自分に捧げられる『愛してる』は、上辺に過ぎない。

リオノーラは夫を睨みつけた。

「貴方が愛人をお作りになっているのは、存じ上げております……っ。国のために愛してもいない者を娶った貴方には申し訳なく思いますが、私は奇跡を起こせません。どうぞすぐにも私と離縁し、愛人を正妃におかれませ！」

話は終わりだ。これ以上話すと涙を零してしまいそうで、リオノーラは踵を返す。

彼に引き留められぬ前に駆けだそうとしたが、刹那、パシッと手首を摑まれた。

「きゃ……っ」

「待て。愛人とは、なんの話だ。俺は其方以外に愛する者はいない」

足を踏ん張って抵抗したのに、彼はさして力も込めていない素振りでリオノーラを軽々と引き寄せる。腰に腕が回されて、抱き締められる恰好になると、リオノーラの胸はときめきに震えた。こんな状況でも彼を愛している自分が口惜しく、精一杯強がって鍛え上げた胸を押しのける。

「は、離してください……っ。愛人に触れた手で、私に触れないで……！」

どんなにねだっても自分は相手にせず、愛人を情熱的に抱いてきた夫。自分の言葉に想像が膨らみ、嫌悪感でしゃにむに暴れた。

　彼は全く意に介さず、抵抗するリオノーラの片手を摑んで穏やかに話しかける。

「リオノーラ、落ち着きなさい。話を聞くんだ」

　いたって冷静な態度が、却《かえ》ってリオノーラの神経を逆撫《さかな》でした。愛人がいると指摘されたにもかかわらず動揺しないのは、彼が自分を甘く見ている証拠に感じた。

　リオノーラは湧き立つ嫉妬と怒りのままに、声を大きくする。

「私は、落ち着いています……！　ドミニクの世迷い言を信じて、二年間もお世継ぎを作らない貴方の方が、落ち着かれてはいかがです……っ。二年も私を放置したら、議会が妃をすげ替えようとするに決まっているのに、貴方はみすみす『竜の末裔』を手放そうとしていたのですよ。本末転倒だとは、思わなかったのですか……！」

　初めて見せた心からの怒りに、クリフォードは微かに怯んだ。

「……いや、それは」

　リオノーラは彼の返答を聞かず、意地悪な気持ちで口角をつり上げる。

「もっとも、私は『竜の末裔』ではございませんから、ようございましたね。貴方は晴れて愛してもいない妻から解放され、愛人に甘んじさせていた本当に愛する者を正妃に置けるのですもの……！」

　クリフォードは幾分機嫌を悪くした表情になり、目を眇めた。

「愛人などいないと言っているだろう。なぜ俺の言葉を信じない」

　不満そうに言い返され、リオノーラは自分の気持ちを尚も理解していない夫に胸を掻《か》き乱《みだ》された。こちらも機嫌の悪さを露わに、反論する。

「二年間もお渡り頂けず、ずっと不安を抱えていた私の苦しみを顧みずに、ドミニクの言葉を信じておられたからよ……！　私は奇跡なんて起こせません。私は、『竜の末裔』なんかじゃないの……!!」

　──『竜の末裔』ではないと言ったのに、貴方は私を信じず、学者を信じた。だから私も、貴方の言葉を信じない。

　鋭い眼差しを注いで拒絶すると、クリフォードはしばしリオノーラを見つめ、ふっと笑った。それは優しさの滲むいつもの笑みではなく、酷薄な冷笑だった。

　ぞくっと寒気に襲われ、リオノーラはたじろぐ。及び腰になった妻に顔を寄せ、クリフォードは皮肉気に言った。

「……では、身をもって教えてやろう。俺は其方に出会って以来、其方以外の女になど、微塵も興味はなかったのだから」

　声音には苛立ちが滲み、リオノーラは彼の本気の怒りを感じた。本能的に身が竦み、逃げようかと思った直後、ぎくっと肩を揺らす。興奮しすぎたのか、呼吸もままならないほど、心臓が激しく脈打ち始めていた。

「……っ、あ……は……っ」

こんな事態は初めてで、リオノーラは額に冷たい汗を滲ませる。

「……リオノーラ……？」

妻の片手を拘束していたクリフォードは、訝しそうに顔を覗き込んだ。そして心配そうにリオノーラの額の汗を拭った瞬間、ぐっと呻いた。

「……リオノーラ……、これは……っ」

ふわりと辺りに花の香りが漂う。

「は……っ、はあ……あ……っ」

腹の底から熱がどんどん沸き上がり、リオノーラは立っていられず、その場に崩れ落ちた。

――嫌だ……っ、何この感覚……。

じわりと下肢が熱く濡れる感覚がして、同時に先程香った花の香りがより強くなる。

腹の奥が疼《うず》き、吐息は苦しく、体中が熱を孕んでいくのがわかった。リオノーラは未知の感覚に恐怖を覚え、首を振る。

「嫌……いや……っ、これは、嫌……っ」

その時、クリフォードの背後でドミニクがぽそりと呟いた。

「……なんという香りだ……豊潤で、まさに男を惹きつける……」

リオノーラは彼が何を話しているのか聞き取るも、意味は理解できなかった。クリフォードが眉間に皺《しわ》を寄せ、リオノーラの後方に目を向ける。

宴会場の方がざわめき、一人二人と男達がこちらに歩いてきていた。リオノーラは本能的に嫌悪感を覚え、クリフォードを見上げる。

「……クリフォード様……っ、お願い、私をお部屋に戻して……！」

両手を伸ばすと、彼はまた小さく呻いてから、リオノーラを抱き上げた。どういうわけか、彼も苦しげに息を吐き、こめかみから汗を伝わせている。

「……これが、『竜の末裔』が成熟した印なのか……？」

彼の呟きに、リオノーラは尚も言うのかと、眉根を寄せた。胸は苦しくとも、彼の言葉を認めるわけにはいかず、まなじりをつり上げる。

「私は……っ、『竜の末裔』ではないと、何度申し上げたら――ん、んぅ……っ」

突然、クリフォードが唇を塞いだ。目を見開くと、彼は口内に熱い舌を捻《ね》じ込《こ》み、リオノーラは背筋を震わせる。

「ん……っ、あ、やぅ……っ、ん、ん……っ」

プロポーズ以来の唇への口づけは、耐えられないほど扇情的で、濃厚だった。クリフォードはいやらしく舌裏をくすぐり、側面を舐め上げ、ねっとりと舌を絡め合わせる。水音を立てて激しく口内を貪られ、腹の底がじんと痺れた。

「あ、はあ……っ、ん、ん……っ」

リオノーラは声も堪えられぬほど感じ、無意識に自らも舌を絡め合わせる。

クリフォードはリオノーラが全身から力を失うまで淫らなキスをして、そっと顔を離した。リオノーラの瞳は快楽に濡れ、物足りなく夫の唇を見つめる。

クリフォードは隠し切れない情欲を瞳に乗せ、苦しげに呟いた。

「……俺以外の男を惑わすな、リオノーラ。其方は俺のものだろう……っ」

リオノーラは彼が何を言っているのか、わからなかった。だが身体が熱くてたまらず、どうにかしてほしくて夫の首に両腕を回す。必然的にリオノーラの首筋近くに顔を寄せたクリフォードは、すうっと息を吸い、熱いため息を零した。

「……俺がどれほど耐え忍んだか……其方にわからせてやる」

その声は艶やかでありながら怒りを孕み、リオノーラは恐怖と快感を同時に覚え、身震いした。頰に触れた夫の肌の感触が心地よく、彼の耳朶に口づける。

「……私が愛しているのは、貴方だけです。どうぞ貴方も——私だけを愛して」

——浮気なんてしないで。私だけを見て。

思考が朦朧《もうろう》とし、リオノーラは愛人がいると聞いてからずっと胸の奥に渦巻かせていた本音を、赤裸々に囁きかけた。彼はまた呻き、苦しげに息を乱す。たまらないとばかりにリオノーラの耳裏に口づけ、掠れ声で囁き返した。

「もとより俺は、其方以外見ていない……。リオノーラ、これ以上ここで煽るな。――耐えられなくなる」

苦しげな声に軽く身を離すと、彼は言葉通りの顔をしていた。今にも襲いたいのを必死に堪えている、獣の片鱗《へんりん》が漂う表情。それは却って色っぽく、リオノーラは愛しさを覚えて頰を撫でた。

「……お慕いしています、クリフォード様」

想いを告げると、彼は眉根を寄せて何度目かもわからぬ呻《うめ》き声《ごえ》を漏らし、勢いよく庭園を横切り始めた。ぼんやりとやり取りを眺めていたドミニクが、慌てて呼び止める。

「――な、なりませぬ！　なりませぬぞ、クリフォード殿下……っ。まだその時とは限りませせぬ……‼」

クリフォードは煩わしそうに学者を振り返り、ぼそっと答えた。

「……もう待たぬ。これは俺の妻だ。抱くかどうかは、俺が決める」

抱くという言葉に、リオノーラの鼓動が高く跳ねる。

彼が自分を『竜の末裔』だと思って娶ったなら傍にいたくない。

浮気をしていたなら酷い裏切りだと思う。

けれど彼に純潔を捧げたいと願った気持ちは変わりなく――リオノーラはままならぬ恋心を胸に、夫に身を委ねた。

三章

東塔の三階――使い慣れた寝室に運ばれたリオノーラは、くったりと力なくベッドの上に横たわった。吐息は変わらず乱れ、涙ぐんだ状態の妻を見下ろしたクリフォードは、瞳に滲む獣の気配を押し隠して顔を覗き込む。

「……大丈夫か？　身体が熱すぎるなら、氷を用意させるが……」

シーツの感触が心地よく、ほっとする。だがクリフォードが熱を確かめるために喉元に触れた途端、リオノーラはびくりと震えた。触れられたところからぞくぞくと快感が走り抜け、身を捩る。

「……ん……っ」

堪えられず声を漏らしたリオノーラは、口を押さえた。

――嫌だ……酷くなってる……っ。

宴前とは雲泥の差で、全身が感じやすくなっているようだった。こんな淫らな反応を見せたら、クリフォードに嫌われてしまうかもしれない。

リオノーラは横たわったまま夫に背を向け、身を丸めた。

「……ご、ごめんなさい、クリフォード様……っ。私、熱があるみたいだから、今日はもう休みます」

これ以上変な反応は見せまいと、身体を抱き締めて退室を願うと、クリフォードはため息を吐く。

「……熱はないようだった。俺はこのまま其方を抱く」

鼓動が乱れ、常と違う己に動揺していたリオノーラは、何を言われたのかしばらく理解できなかった。衣擦《きぬず》れの音がして、ぎしっとベッドが軋《きし》む。首を巡らせると、鍛え上げた上半身を晒したクリフォードが自らに伸《の》し掛《か》かり、目を瞠った。

「え……っ、あ、ん……っ」

事態を把握する間もなく首筋に口づけられ、リオノーラは心地よさに身を震わせる。クリフォードは首筋を舐め、ちゅっちゅっと鎖骨にかけて口づけを落としながら、ため息交じりに呟いた。

「リオノーラ……ずっと其方を抱きたかった」

「――んぅ……っ」

間近で彼の声を聞くだけでもじんと身体の芯が熱くなり、身が竦んだ。彼は反応を確かめるようにリオノーラの顔に視線を注ぎながら、下腹を撫で上げる。ぞわわっと寒気に似た心地よさが駆け上り、じわっと下着が濡れたのを感じた。

——な、何……？　私今、粗相をしたの……⁉

なぜ下肢が濡れたのかを知らぬリオノーラは、粗相だと思い、気づかれまいと上半身を起こして彼の胸を押し返す。

「ま……っ、待ってください……っ。今日はダメ……っ」

クリフォードはリオノーラの言葉を無視し、腕を摑んでリオノーラに背を向けさせる。背中のリボンを解いてドレスを腰までずり下げられ、コルセットは剝《は》ぎ取《と》られた。

あまりに素早く衣服を剝がれ、リオノーラは反応しきれなかった。気づけば乳房が露わになっていて、慌てて両手で覆い隠す。

「クリフォード様……っ、私、今日はなんだかおかしいから……っ、あ、ん……っ」

だが背を向けたリオノーラの首筋に、艶っぽいため息と共に彼がキスを落とし、リオノーラは逃れられないのだと悟った。肌に触れられると心地よく、吐息が震え、全身の力が抜ける。彼は背後からリオノーラの腹に手を回し、無垢な肌を撫で上げながら熱く囁いた。

「……リオノーラ……其方を永遠に愛すると誓ったあの言葉に、偽りはない。俺が愛するのは、永遠に其方一人だけだ」

「あ……、あ、あ……っ」

そのまま胸まで撫で上げられ、大きな掌に胸をくにゅっと揉まれた瞬間、腹の底が苦しいくらいに重たくなった。胸を隠していたはずの己の腕は、抵抗を忘れ力なく垂れ落ち、腰は淫らに反り返る。

クリフォードの手は、リオノーラの望み通りに淫猥に豊満な胸を揉みしだき、リオノーラは下肢がとろりとろりと熱い滴でまた濡れていくのを感じた。

愛する夫に嫌われたくはなく、粗相を隠したくて心は焦る。しかし身体は彼に触れられるのを喜び、もっともっとと快楽を望んで、思考は霞《かすみ》がかっていった。

「リオノーラ、こちらを見ろ」

命じられて背後を振り仰ぐと、獲物を追い詰めた獰猛な肉食獣の気配を漂わせた夫と目が合う。彼は逃しはしないとでも言いたげな視線を注ぎ、熱く唇を重ねた。

何度も唇を吸われ、情熱的なキスにリオノーラの胸は喜びに震える。はあ、と熱い息を零すと、口内に夫の舌が滑り込んだ。

「ん、んん、あ……っ、んぅ……っ」

にゅるにゅると舌が絡め合わされ、胸の奥が熱くなる。無意識に膝をすり合わせると、クリフォードの視線がちらりと下腹辺りに注がれ、彼はドレスの下に手を忍ばせた。

しっとりと太ももを撫で上げられ、このまま結ばれてしまいたい心地になる。でも彼の手が花芽に届こうという時、悲しくてたまらなかった記憶が蘇り、衝動的に尋ねた。

「……私を妻にしたのに……他の女性を抱いていらっしゃったのではないのですか……？

……街へ降りていらしたとも、聞いております」

『妻以外に逢瀬を交わす相手など作る気はない』と言ったプロポーズの時の言葉を翻し、遊んでいたのではないのか。快楽で目を潤ませながらも、嫉妬を隠せず恨めしく見ると、彼は手を止めた。リオノーラの瞳を見返し、面白そうに口角をつり上げる。

「……街へ降りる際は忍んでいたはずだが……俺の行動に詳しいな。……そう悋気を見せずともいい。街に降りていたのは、部下と酒を飲むためだ。其方を無理にも抱いてしまいたくなる夜は、王宮の外にでも出ないとどうにもならなかった」

「——え……？」

予想していなかったセリフに、リオノーラは目を丸くした。彼はまた唇を重ね、キスの合間に答える。

「其方と出会って以来、俺は誰も抱いていない。気づいていなかったのか？　俺は毎年社交シーズンの盛りに其方のもとを訪れていただろう。……其方の愛らしい笑顔を見る方がよほど日頃の疲れが取れると色恋もしていなかった。今も俺はあの頃から変わりない。其方以外の女に、興味はない」

体中の血潮が乱れ、まともに思考もできぬほどリオノーラは喜びに満たされた。歓喜のあまり瞳に涙が滲み、クリフォードに向き直り、首に抱きつく。

「……クリフォード様……私、ずっと貴方が好きなの……っ」

クリフォードは片腕でリオノーラを抱き留め、耳元で含み笑う。

「ああ、知っている。本当に、其方は昔も今も可愛くて仕方ない……」

彼の声が掠れ、ドキッとした瞬間、体重をかけられてベッドに押し倒された。すかさずドレスと下着を引き抜かれ、リオノーラは心細さに瞳を揺らす。

彼はつんと先の尖《とが》った白桃のような胸や平らな腹、薄い色の下生えまで視線を走らせ、満足そうに息を吐いた。

「……もとよりそのつもりはないが、ますます誰にもやる気にならんな……」

身を屈め、首筋から鎖骨にかけてキスを落とされていき、リオノーラの身体から力が抜ける。キス一つ一つに信じられないほどの快感が伴い、吐息が震えた。

「あ、あ……っ」

クリフォードは豊満に育った胸にねっとりと舌を這わし、そのいやらしい様にリオノーラは鼓動を乱す。舌の先で突起を転がされ、甘嚙《あまが》みされると、心地よすぎてびくびくと身体が跳ねた。

「ああっ、あ……！」

「……なんて感度だ……」

言いながら、もう一方の胸は大きな掌で揉まれ、触れられる場所全てが性感帯のように感じた。下肢はすっかり濡れそぼり、リオノーラは淫らな声を抑えられない。

「やあ……っ、ああんっ、あ、あ……！」

「リオノーラ……其方は、誰よりも美しい……」

クリフォードも次第に興奮した息遣いになり、胸から腹へとキスを降らし、ぐっと足を摑まれる。片足を持ち上げ、彼の視線が不浄の場に注がれるのに気づいたリオノーラは、はっと手で覆い隠した。

「み、見ちゃダメ……！」

感じすぎたリオノーラは、シーツまでしっとりと濡らしていた。汚いと思い見られないようにするも、クリフォードは問答無用で手を押しのけ、瞳を妖しい色に染める。

「……み、見ないで……っ。ごめんなさい、私、どうしてか粗相を……」

リオノーラは恥ずかしさのあまり、目に涙を滲ませた。彼に見られている状況に耐えられず、顔を背けて謝罪する。クリフォードは、ぼそっと低い声で応じた。

「……謝る必要はない。あの夜とは比べ物にならないな……。よくできたな、ノーラ」

褒められて驚き、目を向けたリオノーラは、クリフォードの造り物じみた顔が不浄の場に寄せられてぎょっとした。

「え、え……っ？　あの、クリフォード様……あっ」

続けて与えられた快楽に、リオノーラは高い嬌声《きょうせい》を上げる。

「ひゃああっ、んっ、んっ、それ、ダメ……っ、やぁ……っ」

クリフォードは花唇を口に含み、にゅるにゅると舐め転がした。尿意に似た悦楽が襲い、リオノーラは身もだえ、思わず彼の髪を掴む。

「クリフォード様……っ、お願い、やめて……っ、あっ、きゃぅ……！」

彼は舐《な》め回《まわ》すのをやめず、不意に絶妙な加減で花芽に歯を立てた。リオノーラは反射的に足を閉じたが、それはクリフォードの頭を挟むだけで快楽を逃がすことはできず、びくびくと内ももを痙攣させる。クリフォードはそのままきゅうっと花芽を吸い上げ、リオノーラは強すぎる快楽に目を瞠った。

「きゃああ……っ、あ、あ――っ」

下腹の奥がぎゅうっと収縮する感覚がして、また下肢がとろりと濡れる。また粗相をしてしまったと思い、リオノーラは狼狽した。

「ま、また……何か出ちゃ……っ」

クリフォードはやっと顔を上げ、混乱して泣きそうな顔をしている妻に気づく。下肢を濡らして恥じ入る様子に目を細め、頬に甘く口づけた。

「……ノーラ。大丈夫だ。濡れてくれた方が、俺は嬉しい」

リオノーラはどうして、とクリフォードを見返し、彼の指先がぬるりと蜜口を撫でて、びくっと肩を揺らした。

「これは其方が俺を受け入れようとしている証拠だ……ずっと、待ち続けた」

クリフォードはため息交じりに言うと、中指をずぷぷっと中に沈めていき、リオノーラはびくっと腰を反らす。座学で学んだ時、身体を繋げるそこは狭く、往々にして痛みを伴うと学んだ。それなのに、どういうわけか、今日のリオノーラの身体は指先が中に沈められる毎に心地よく、耐えられず声を漏らした。

「あ、あ……っ、ん——っ」

クリフォードは妻の様子を見つめ、ゆっくり抽挿を繰り返す。その度気持ちよくて、リオノーラは感じ切った嬌声を漏らした。

「あっ、あっ、ああんっ、ん……っ」

クリフォードは身を起こし、顔を覗き込む。

「……痛いわけではないんだな……？」

初めてなのに、痛くないなんておかしい。浮気を疑っていたくせに、自身が既に男を知っていたのかと疑われそうな事態に、リオノーラは顔色を悪くした。

「わ、私……不貞などしておりません……だけど、その……」

問われる通り、痛くない。むしろとても気持ちいい。

疑われても証明しようはなく、リオノーラは目を泳がせ、言葉に詰まった。

彼は目を眇め、無言で指を二本にして中に押し込む。ほぼ慣らされていない状態で、リオノーラの身体はすんなり彼の指を受け入れた。

じゅぷぷっと指を埋めていかれるだけで快感が襲い、リオノーラは声を上げる。

「あ……っ、はぁん……っ、ああっ、あ……！」

蜜口からは愛液がとろとろと溢れ、部屋には甘い花の香りが一層濃く充満した。リオノーラの嬌声を聞く毎に、クリフォードの目は興奮の色に染まっていく。

「……なるほどな……成熟するとは、全てを受け入れるために整うという意味か……」

日常的に聞きそうもない「成熟」という言葉に、リオノーラは快楽に思考を染められつつも微かな違和感を覚えた。どこで聞いたのか記憶を巡らせ、庭園でドミニクが叫んでいたのだと思い出す。

――『決して「竜の末裔姫」が成熟なさるまで、お手を出されませぬように……！』

竜に纏わる伝承など関係なく、彼も自分を愛してくれているのだと思っていたリオノーラは、クリフォードの手を押さえる。「ん？」と視線を上げた彼を、睨んだ。

「……まだ、私を『竜の末裔』だなどとお考えなのですか……？　そんなつもりでおられるなら、これ以上は何も致しません……っ」

――私は、奇跡なんて起こせないのに……っ。

身体を弄られて興奮しているからか、やはり愛はないのだと思ったからか、リオノーラの瞳にまた涙が滲んだ。これ以上は何もしないと言ったところで、快楽に体中の力は萎え、身動きは叶わない状態である。意地でのみ強がってみせたリオノーラを見下ろし、クリフォードはやんわりと微笑んだ。

「……リオノーラ。残念だが、其方は『竜の末裔』らしき兆候がある。……だが俺は其方に奇跡など望んでおらぬ。ただ妻でいてくれるだけで、俺は幸せだ」

リオノーラはきょとんとした。彼の言葉を理解しようと努めている間に、片手がベッドに縫いつけられ、カチャカチャと金具が外れる音が聞こえてくる。音に釣られてクリフォードの下腹部に視線を向けたリオノーラは、硬直した。

ずるりと引き出された雄芯は、とてもではないが受け入れられるとは思えぬ太さと長さだった。興奮しきり、先からうっすらと透明な蜜を零すそれから目が離せないでいると、彼は自らの雄芯を摑んで尋ねる。

「……怖いか？」

リオノーラは素直にこくこくと頷いた。

「わ……私、クリフォード様を愛しているけれど……多分……入らないと思います……」

クリフォードはにこっと笑う。

「確かに、通常ならかなり時間をかけて慣らさねばならぬだろうが、俺は入ると思う」

「嘘……嘘です……無理です……っ」

クリフォードがぴとっと蜜口に切っ先を押しつけ、リオノーラは怖気づいてベッドを後退した。ヘッドボードに背が当たり、逃げ道を失うと、無慈悲に距離を詰めたクリフォードが覆《おお》い被《かぶ》さり、提案する。

「では先だけ入れてみよう。それで痛ければ、もう少し慣らす。それでどうだ？」

「……あの……でも……、き、奇跡は、いらないのですね……？」

夫の大きすぎる雄芯に気を取られ、忘れかけていた『竜の末裔』に関わる懸念事項を再度確認する。クリフォードは頷いた。

「奇跡はいらない。俺が欲しいのは、其方だけだ――リオノーラ」

彼は言葉の通り、恋情を宿らせた瞳でリオノーラを見つめ、唇を重ねた。同時にひたっと彼の雄芯が濡れそぼった蜜口に押しつけられ、リオノーラはぎゅっと拳を握る。

「ん、ん……っ」

彼はキスをしたままリオノーラをベッドの上に横たわらせ、何度か雄芯を花唇の上に擦りつけた。

ぬらぬらと愛液を纏った雄芯が花芽を刺激し、心地よさに、強ばっていた身体から力が抜けていく。クリフォードは膝裏に手をかけ、胸まで足を持ち上げると、秘所を露わにした。そしてぬっと先端を小さな蜜壺に押し込んだ。

「あ……！」

圧迫感が襲い、クリフォードは先端を入れただけで心地よさそうに息を吐いた。

「……ノーラ……力を抜くんだ」

「は、はい……でも……」

やっぱり無理だと思う。リオノーラが中断した方がいいと提案しようとした時、クリフォードは自らのそれを、一気に奥まで捻じ込んだ。刹那、経験した覚えのない快感が全身を駆け抜け、リオノーラは嬌声を上げた。

「きゃあああんっ、ああっ、あ……！」

根元まで男根を打ちつけたクリフォードは、何度か奥をぐっぐっと突き上げる。その度得も言われぬ心地よさに見舞われ、リオノーラの胸の先がつんと尖った。悦楽に瞳が潤み、彼が動きを止めると、腰が勝手に揺れそうになる。クリフォードが膝裏から手を離して上から覆い被さり、リオノーラはたまらず彼の首に両腕を回した。

「……痛くないか、ノーラ……？」

彼は興奮を抑えた声音で聞くも、リオノーラは思考もままならず、感情のまま言葉を発する。

「クリフォード様……好き……好き……っ」

甘い花の香りが辺りに濃密に漂い、クリフォードの瞳の奥が獣のそれに変わった。彼は情熱的に口づけ、淫猥に舌を絡め合わせながら、腰を揺らし始める。リオノーラは心地よさに耐えられず、淫らに腰を反らした。

「ああ……っ、ああ……っ」

彼はリオノーラが最も気持ちよく感じる場所をゆるゆると刺激し、興奮を煽っていく。愛液が溢《あふ》れ出《だ》し、ちゅぷちゅぷと水音が響いた。もっと激しく突いてほしい衝動に襲われ、リオノーラの膣壁は妖しく蠢《うごめ》き、男根に絡みつく。

クリフォードは熱い息を吐き、耳元に顔を寄せた。

「……気持ちいいか、ノーラ?」

低く掠れた声は艶っぽく、リオノーラは頷いた。

「……とっても、気持ちいい……っ」

——だけど、もっと気持ちよくして。

本音ははしたなすぎて、口にできなかった。しかし彼女の身体は如実にその欲求を示し、クリフォードの雄芯を締めつける。

クリフォードは情欲にけぶる瞳で、リオノーラを見つめた。

「……やはり、其方は可愛いな、ノーラ。素直で、とてもそそる……」

彼は言い終わるや、ずるりと雄芯を引き抜き、勢いよく突き上げた。そのまま立て続けに腰を打ちつけられ、リオノーラは望んだ快楽に満たされ、乱れに乱れる。

「きゃあああっ、ああっ、あああんっ」

心地よさに腹の底がきゅうっと収縮し、クリフォードは熱い吐息を零す。

「……はあ……っ、リオノーラ……っ、ずっと、こうしたかった……っ」

「ああんっ、クリフォード様……っ、私も……っ、あっ、あ……っ」

じゅぽじゅぽと激しく抽挿を繰り返し、身体ごと揺さぶられる。獣の眼差しが揺れる乳房や嬌声を零す唇に注がれ、リオノーラはそれにまで感じた。

乱される内に腹の底から何かが迫《せ》り上《あ》がってくる感覚に見舞われ、夢中で快楽を追っていたリオノーラは、不意に恐怖を感じる。

「クリフォード様……っ、待って……待って……っ、ああっ、あ……！」

このまま続けるのは怖い。そう思うも、クリフォードは動きを止めず、中をかき混ぜ、奥を何度も穿ち、リオノーラを心地よくさせる。彼は興奮した目でリオノーラを見つめ、荒い息を吐きながら、低い声で囁いた。

「怖がるな……っ、そのまま、感じていろ……！」

得体の知れない感覚が恐ろしく、リオノーラは目尻に涙を滲ませる。

「嫌、いや……っ、何かきちゃう……っ、ああ……！」

「大丈夫だ、怖いことは起こらない」

安心させるように、目尻に、頬に、額にと口づけられ、リオノーラはほっと身体の力を抜いた。その瞬間を狙いすまして、クリフォードは最も心地よい最奥を突き上げた。

「ああん！　ああっ、ああ……っ」

心地よすぎて、リオノーラの瞳から生理的な涙が零れた。頭はだんだん真っ白になって

いき、必死に夫に縋りつく。

「クリフォード様、クリフォード様……っ」

名を呼ぶと、クリフォードはリオノーラの身体を抱《だ》き竦《すく》めた。そしてそのまま一層激しく腰を振り、浮かされたように声を漏らした。

「はあ……っ、ノーラ、ノーラ……っ」

蜜壺が蠕動《ぜんどう》を始め、中で彼の雄芯が一際膨らんだのを感じた。クリフォードはたまらなそうに息を乱し、一点を突く。その瞬間、リオノーラは悲鳴に近い嬌声を上げた。

「いやああっ、ああっ、ん――――!」

「く……っ」

クリフォードは短く呻き、同時に絶頂に達する。雄芯を根元まで突き立て、勢いよく白濁をリオノーラの中に注ぎ込んだ。その後、ゆるゆると腰を揺らして最後の一滴まで精を注がれ、リオノーラは幸福感に包まれながら眠りに落ちていった。

◇◇◇

二年越しでようやく妻を自らのものにできたクリフォードは、深夜に目を覚ました。傍らには、寝息を立てる妻がいる。初めての行為で疲れ切ったのか、クリフォードが起き上がり、ベッドを軋ませても目覚める様子はなかった。

今夜のリオノーラは、これまでと全く違った。放たれる甘い香りも、反応も、全てが男を誘うそれになっていて、クリフォードは愕然とした。

庭園で放たれ始めた香りは、僅かでも気を抜けばその場で彼女を犯してしまいそうな強い磁力があり、居室まで馬車を使うのも憚られた。しかし頭から上着をかけると幾分マシになり、なんとか問題を起こさず部屋に運べた次第だ。

クリフォードはベッドを降り、脱ぎ捨てたシャツを拾い上げる。

――しかし、竜の特性が判然としないのは厄介だな……。

クリフォードはてっきり、竜が放つ甘い香りは伴侶にのみ効くのだと考えていた。だが今夜の様子を見る限り、無差別に男に効くようだ。

リオノーラが香りを放ち出した途端、ドミニクをはじめ、少し離れた場所にいた男達まで、何か気になる素振りで近づこうとしていた。

今後もずっと香りが放たれるならば、生活に支障が出るのは明白である。

悩ましく妻を見下ろし、クリフォードはつい目を細めた。

寝室に注いだ月明かりを受けて煌めく白銀の髪は、昼間よりも青く見えた。肌は透き通るように白く、唇は紅をつけずとも赤い。誰もが目を奪われるだろう美しい外見は、いかにも神聖な女神のようだった。

会う度にクリフォードを虜にした愛らしい内面は、美しすぎる外見には滲んでいない。初めてにもかかわらず、全く痛みを感じずにクリフォードを受け入れた身体。

リオノーラ自身も、一般的な人と違う己に戸惑い、不貞はしていないと狼狽《うろた》えていた。

彼女の行動はつぶさに近衛騎士に報告させており、クリフォードも不貞がないのは知っていた。何より反応でわかる。ドレスを剥がされただけで驚き、男を受け入れるために溢れる蜜を粗相だと勘違いし、感じすぎて怯える。どう見ても、リオノーラは生娘だった。

クリフォードはシャツを身に着け、遙か昔の竜に思いを馳《は》せる。

――竜は、よほど伴侶となる人間を愛したのだろうな……。

彼らは、自らの身体を人間に似せた。

それだけでも十分な努力なのに、他の竜もリオノーラと同じなら、彼らは伴侶の全てを支障なく受け入れられるように身体を作ったのだ。

信じていなかった神話が現実味を帯び、クリフォードは甘く妻を見つめる。どんな時も自分を愛していると態度で示す彼女は可愛く、身体を重ねた今、絶対に誰にも譲りたくなかった。

身を屈め、頬にそっと口づけると、いつものように甘い香りがクリフォードを誘う。だが庭園で放たれていた程の強さはなく、ひとまず安堵した。

「……全く……なぜ最初から竜の末裔だと俺に伝えなかったんだ……？」

クリフォードは困った調子で呟いて、足音を立てぬよう寝室を通り抜けていく。そして扉を開けると、気配を消して部屋前に控えていた男が、軽く頭を垂れた。

シルバーブロンドの髪に翡翠の瞳を持つ近衛騎士、メイナードである。彼は所属こそ近衛騎士団だが、昔から何事も任せられる優秀な人材のため、特異な仕事を任せることが多かった。

クリフォードはやや気だるく前髪をかき上げ、声をかける。

「報告があったのだったな。俺の部屋で聞こう」

宴前に報せがあると告げていたメイナードは、ちらとリオノーラの部屋に目を向ける。

「……よろしいのですか？」

「ああ。お前の脇にいる者の気配が煩くて仕方ないからな。朝にはこちらに戻る」

本来なら朝まで妻の横にいるところだが、メイナードと共に扉前に控えている、もう一人の男の気配が気になり、クリフォードは寝てもいられなかった。

気配が煩いと言われた、あまり見ない青みがかった黒髪に空色の瞳を持つ青年は、びくっと肩を揺らして縮こまる。

リオノーラの結婚を機に、ナハト州から近衛騎士に昇格させた、リオノーラの父方の従兄――セシリオ・アレバロだ。

メイナードは傍らに置いた後輩を横目に見て、クリフォードにすまなそうに言う。

「申し訳ありません。この者も普段はそつなく働いているのですが、私が共に殿下のもとへ来るよう命じて以降、落ち着きをなくしてしまい……」

「構わん。『竜の末裔』に関わる情報を聞くためならば、時間は割こう」

メイナードは、クリフォードの命を受け、『竜の末裔』に関する情報を集めている調査官の一人だった。

既にメイナードからどういった目的で声をかけられたのか、承知しているのだろう。セシリオは額に脂汗を浮かべ、落ち着きなく目を泳がせていた。

東塔の四階にある己の私室に戻ったクリフォードは、ナハト州から召し上げる際に確認した、セシリオの情報を思い起こす。

〝――セシリオ・アレバロ。実直に訓練に取り組み、剣術、馬術共に十分な技量を備える。近衛騎士としての条件を満たす。ただし、気が強そうな外見とは裏腹に、押しに弱く、全てに及第点で対応する能力があるため、方々から使いを頼まれる傾向にある〟

割と能力値が高いはずの青年は、メイナードと共にクリフォードの傍らに直立し、居心地悪そうに辺りを見回した。

クリフォードの私室には、入って真正面に当たる位置に暖炉があり、その手前に長椅子が一脚と、一人掛けの椅子が四脚置かれていた。壁際には書棚がいくつも並び、いくつかの壁面には長剣と短剣が掲げられている。部屋の奥にある窓辺には瀟洒《しょうしゃ》な机と椅子が二脚置かれ、そのまた奥に寝室があった。

火は灯していない暖炉前の長椅子に腰掛けたクリフォードは、机の上に用意された酒を自らグラスに注ぐ。普段なら従者が世話をするが、他人に聞かせられない話なので、セシリオとメイナード以外は下がらせていた。

クリフォードは目線で脇にある椅子を指し示す。

「座れ」

三人以外誰もいない。立ったまま報告させるのもなんだと椅子を勧めるも、メイナードは首を振った。

「いえ、私はこちらで大丈夫です」

生真面目な返答に、無理強いをする気にはならず、クリフォードは頷いた。

「――それで、何がわかった」

メイナードは落ち着いた表情で、セシリオに目を向ける。

「実は、ナハト州に人を送って内密に『竜の末裔』に関して調べていたところ、コーニリアス殿が動きに気づき、接触を図って参りました」

意外な報告に、クリフォードは片眉を上げた。

「コーニリアスか……目敏《めざと》いな。お前もまさか、動きがすぐ露見するような未熟な者を送ったわけではあるまい」

王家が内々に調査しているのだ。資金は潤沢であり、使う人材は全て熟練の者のはず。

確認すると、メイナードは眉尻を下げて頷いた。

「はい。ですがコーニリアス殿は常に領地内を隅々まで掌握しているようで、一週間も経たぬ内にまとめ役である私に直接、連絡がきました」

僅か数日で誰の差し金かまで把握するとは、ナハト州内の情報網を完全に手中に収めているといえる素早さだ。

次期当主としては頼もしい限りの動きに口角を吊り上げ、クリフォードは促す。

「それで、なんと言って来た」

「こちらの目的は把握しているようでしたが、手紙が他者に渡って情報が漏れるのを嫌ったのか、〝リオノーラ王太子妃殿下はいかがお過ごしだろうか。彼女の命綱として、セシリオ・アレバロは必ずお傍に置いて頂けますよう――〟とだけ書かれておりました」

かなり遠回しの文面に、クリフォードは目を眇める。

命綱とは、リオノーラが成熟した際の護衛のために傍に置け、という意味に取れた。彼女の香りは全ての男を誘うのだから、護衛についたところでセシリオとて惑わされるのではと思うが、何か香りが効かぬようにする術でもあるのか――それとも、単純に気になるなら全てセシリオに聞けという意味合いか。

視線を向けると、何事かを知っている様子のセシリオは、ゴクッと喉を鳴らした。

「……セシリオ。回りくどい言い方は面倒だ。単刀直入に聞くが、お前はリオノーラが『竜の末裔』だと知っているのだな？」

クリフォードの問いに、セシリオは背筋をまっすぐに伸ばしてはっきりと答えた。

「――は！」

「なるほどな。では、アベラルド家の者は『竜の末裔』であると自覚しながら、俺に伝えずにリオノーラとの結婚を進めたわけだな」

それは単純になぜ最初から情報を開示しなかったのか尋ねるための前振りだったが、セシリオはなぜか急に顔色を変えた。

「おおお、お待ちください……っ。竜もその血を宿す末裔も、伴侶を定めれば決して心移りしない情の厚い種族でございます！　更には全員ではありませんが、魔力を受け継いだ者と子をなせば、加護も与えられると聞きました……っ。またこの八百年、血族からは一人として竜の姿で産まれた子はおらず、お世継ぎに関しましても問題はないと……！」

いきなり竜の特性についてつらつらと並べ立てられ、クリフォードは目を瞠った。

妻に関わる情報かもしれないからと己に言い聞かせ、辟易《へきえき》しつつもこれまで我慢してドミニクの話に耳を傾けてきた。それが今、セシリオによりあっさりとドミニクすら辿り着いていなかった情報に手が届いたのだ。こうも容易く情報が手に入るなら、もっと早く自分に報せてくれれば——と、クリフォードは実に苦い気分になる。

しかし無念さと共に疑念も生まれ、眉根を寄せた。

「アベラルド家の者は皆、頑《かたく》なに『竜の末裔』であると明言しなかったように思うが……なぜお前はこれほどすぐに認める？」

秘匿する必要はないのか確認すると、セシリオは胸に手を置いて頷く。

「はい。リオが——あ、いえリオノーラ殿下が成熟なさった後は、王家の方とその近侍までには情報を伝えて良いと言われております」

クリフォードは、訝しく首を傾げた。

「なぜ、成熟した後なんだ？　あの香りはリオノーラの身を危険に晒す。成熟する前にせめて俺に伝えるべきだったと思うが」

事前に知っていれば、より多くの安全策を講じられた。

至極まっとうな考えを口にすると、セシリオは言葉に詰まり、再び目を泳がせる。こちらを気にし、しどろもどろに何かを隠すように言い淀んだ。

「それはその……色々と考えがあったようで……」

クリフォードは目を眇め、顎をしゃくった。

「いいから、話せ」

今更何を隠す必要がある。クリフォードが言い逃れを許さぬ調子で命じると、青年は額に汗を浮かべ、こちらの顔色を窺いつつ話し始めた。

アベラルド家は、クリフォードの言う通り『竜の末裔』だ。だが子孫は全て魔力を持つわけでなく、只人もたびたび生まれた。この四代は魔力のない者だけが生まれる時代が続き、その後コーニリアスとリオノーラが産まれた。

現在に至るまでひた隠しにしているが、コーニリアスは人を治癒する力があった。

またリオノーラにも魔力があり、彼女は風の中に未来を見るようだった。

しかしその予言は年に一度あるかないか。ものを浮かせたり、コーニリアスのように傷を癒やしたりと目に見える力があるわけではない。

竜の魔力は、魔力を持つ者同士しか力の大小を測れず、魔力のない両親には彼女の力がどれほどかわからなかった。コーニリアスによれば自分よりは弱いとのことだったので、両親はさしたる魔力はないのだと判断した。当人も魔力持ちの自覚はなく、そこで両親はリオノーラに対しては、『竜の末裔』に関する話は成人後にしようと決めた。

幼い内は、何をきっかけにしてぽろっと『竜の末裔』の生き残りであると話してしまうかもわからない。万が一にも世間に情報を漏洩《ろうえい》しないよう、最善策をとったのだ。

ところが、リオノーラが十三歳になった頃、クリフォードとドミニクがナハト州を訪れた。リオノーラは常と違い、クリフォードに怯え、挨拶もまともにできず逃げ出す。その反応に、アベラルド侯爵は一つの記録を思い出した。

〝時に雛《ひな》の竜は、身体が成熟し切らぬ内に恋に落ちると、恐怖を感じる――〟

アベラルド家に残る、『竜の末裔』の特性を記した書物の中の一節だった。

リオノーラの場合、前日から恐怖を感じている様子で、記録と合致はしない。だが彼女の能力は予知。本人も自覚せぬ内に、本能的にクリフォードと恋に落ちる未来を予知し、出会いに恐怖していたなら――。

アベラルド侯爵も、当初は自身の考えに確証はなかった。しかしリオノーラは仮定が正しいと証明するかの如く、年々クリフォードに夢中になっていく。そこで彼は、方針を転換した。

リオノーラが成人しても、秘密を伝えぬと決めたのだ。

ドミニクは『竜の末裔』を探す伝承学者。彼を連れて来たクリフォードは、竜の加護を期待している可能性が高い。

娘は魔力が弱く、『竜の末裔』として娶られては、幸福になれるかどうか定かでない。クリフォードに国の繁栄を寄こせなどと言われても、応えられはしないだろう。更にそんな理由で娶られては、愛があるのかどうかも定かでない。

アベラルド侯爵は、心から娘を愛する者と結ばれてほしいと願い、クリフォードに全てを隠した。リオノーラ自身も知らなければ、過って『竜の末裔』だと認める危険もない。

そして只人として娶られ、やがて成熟した頃ならば、真実愛ある結婚だといえる。だから今、秘密は開示された。

「ですが成熟した際に万が一があってはいけないと、アベラルド侯爵は俺に『竜の末裔』の秘密を話し、リオノーラ殿下の近衛騎士に推薦されたのです。あの香りは、同じ竜の血が宿る者には効かないので……」

クリフォードは、それでリオノーラは自身が『竜の末裔』だと知らないのか──と、納得した。

セシリオは情けなさそうに笑う。

「アベラルド侯爵家の秘密は、今までずっと本家の妻と嫡子だけにしか伝えられず、親戚筋にも開示されていなかったらしいです。実は俺も、二年前に初めて聞きました。自分にも竜の血が入っていると聞いて、凄く驚きました」

「なるほどな……」

平静な顔で応じつつ、クリフォードは若干後悔の念に苛まれた。

ドミニクを連れ歩いている自分がどう思われるか、クリフォードも想像できなかったわけではない。だが隣国から紹介を受けている以上、蔑ろにもできなかったのだ。

口惜しい気分ながら、ともかく情報が開示されるなら重畳である。

クリフォードは気を取り直し、話を進めた。

「事情はわかった。ではリオノーラのあの香りは、どうすれば収まるんだ?」

セシリオは中空を見上げ、記憶を辿って答える。

「あー……えっと、竜は身体が成熟するまで伴侶を受け入れられず、身体が整うと定期的に強い香りを放つらしく……それは女なら自身が妊娠するまで、男なら伴侶が妊娠するまで繰り返すそうです。香りの濃度は魔力の強さによって変わるらしいですが、リオノーラの魔力は強くなく、さほど影響はないと聞いてます」

「——ん……？」

クリフォードは眉を上げる。ドミニクが再三主張した〝成熟するまで待て〟という情報は正しかったようだが、リオノーラの香りは〝さほど影響はない〟どころではなかったはずだ。理性が緩い者が近くにいれば、確実に押し倒される強さの香りだった。

しかし同じく竜の血を宿すため、彼女の香りに当てられないらしいセシリオは、よくわかっていない顔で続ける。

「あと香りが強くなる頻度は、一、二ヶ月に一度みたいです」

クリフォードは渋面になり、ため息を吐いた。

「そうか。……其方には効かないそうだが、リオノーラの香りは弱くはなかった。ひと嗅ぎすれば、確実に全ての男を獣にさせる力があり、かなり影響はでると思われる」

セシリオは目を瞬かせ、頭を掻く。

「あー……それじゃあリオノーラ殿下の魔力は、結構強いのかもしれないですね。力の量は、同じ魔力を持つコーニリアス殿しか判断がつけられないのですが……あの人の力は尋常じゃないらしくて。彼から見たら弱いけど、一般的に見たら強いのかも……」

あのリオノーラ以上の魔力を持っているとなると、コーニリアスが香りを放ったらどうなるのか、想像を絶した。今に至るまで騒動がないところを見ると、彼はいまだ誰にも懸想していないのか、それとも――。

クリフォードは一縷《いちる》の望みをかけ、やや頼りない情報提供者に尋ねた。

「懐妊するまで香りが放たれるのはわかったが、すぐに子を授かるともわからない。何か香りを弱める術はないのか」

セシリオはきょとんとし、首を傾げる。

「子を十分に授かれば、香りは放たれなくなるとは聞きましたが……」

それ以上何か知っている様子はなく、クリフォードは子を成す以外香りを消す術はないらしいと判断した。

延々耐えてきたのだから、喜んで子作りには取り組ませてもらおう。だが懐妊するまで、あの香りにどう対処すればいいのか。

閉じ込めるのも非人道的。かといって、自分が傍にいない時にあの香りを放たれれば、望まぬ不幸が起きかねない。

クリフォードは考えを巡らせながら、セシリオをまっすぐ見据えた。

「わかった。セシリオ、情報提供に感謝する。事情が事情だ。これまで秘匿した点については咎めない。だが今後、俺以外の誰にもアベラルド家に纏わる秘密を口外してはならないと命じる。特にドミニクには、決して漏らすな」

ドミニクは、現状最もこの事実を知ってはいけない男だ。あの男が情報を手にすれば、やはり『竜の末裔』は実在したと声高に触れ回り、全世界に告知するだろう。そうなるとリオノーラはおろか、アベラルド家やその縁者まで好奇の目に晒され、多くの者の生活が一変する。

クリフォードは妻をはじめ、関わる全ての者を守るため、厳しい表情でセシリオに命じた。

「万一にもこの命令に背けば、たとえリオノーラの縁者であろうと厳罰を与える。心して過ごせ」

不意に鋭い眼差しを向けられたセシリオは、みるみる怯え、青ざめていく。

恐怖で震えだした小心者を前にし、クリフォードは嘆息して言葉を足した。

「セシリオ、怯えるな。お前を脅したいわけではない。この秘密が外に漏れれば、リオノーラだけではなく、アベラルド家に関わる多くの者がこれまでと違う好奇の目に晒される。俺は皆に、これまで通りの日々を送らせたいだけだ。わかるな?」

やや声音を和らげて言い含めると、彼は落ち着いた表情に戻り、胸に手を置いた。

「承知致しました。――決して、他言せぬとお約束致します」

クリフォードはほっとし、黙って話を聞いていたメイナードに視線を戻す。

「メイナード。今後のリオノーラの護衛には、必ずセシリオが入るよう調整してくれるか」

「かしこまりました」

メイナードは穏やかに承り、クリフォードはこれで終《しま》いだと話を切り上げようとした。

するとセシリオが小さく手を上げ、おずおずと尋ねてきた。

「……あのー……それでは、クリフォード殿下は、『竜の末裔』なら気味が悪いから離縁を……といったお気持ちは全くないということでよろしいでしょうか？」

クリフォードは至極奇妙な気持ちで、セシリオを見返した。

「……離縁など考えていないが。俺は、どうすればあの香りが抑えられるのかを知りたかっただけだ。ああ、先に言っておくが、竜の加護やら奇跡やらも求めていない」

――国くらい、自力で治めてみせる。

リオノーラも奇跡が欲しくて自分を娶ったなら離縁してと叫んでいたが、そんなくだらない理由で娶るわけがない。

クリフォードは、あの素直な笑顔と言動に惚れてプロポーズしたのだ。『竜の末裔』に関わる伝承に惹かれたわけではない。

先回りして答えると、セシリオは肩の力を抜き、安堵のため息を吐いた。

「さようでございましたか……。てっきり、異種族の血などいらぬと仰るのではと危惧しておりましたので、そのお言葉を聞けてよかったです」

クリフォードは瞬き、この部屋に来た際、セシリオが急に焦って竜の愛情深い特性をまくしたてた理由を察した。

『竜の末裔』であることは、当事者にとっては諸刃《もろは》だ。

神話は竜と人の恋から始まった創世記。多くの人は竜を神聖な存在と考えているが、本当にその血を宿すと聞けば、異種族だと嫌悪する者が出る可能性もある。

セシリオは、クリフォードが後者であればリオノーラが捨てられると思い、必死に言い募っていたのだろう。

どこか幼い頃のリオノーラを思い出させる純朴な青年に、クリフォードは目を細めた。

「今度リオノーラに俺の行動を報告する際は、俺はいかなる時も妻を深く愛しているから、余計な心配はいらないとつけ加えておいてくれ」

閨では知らぬふりをしたが、クリフォードは妻がセシリオに自らの動向を調べさせているのを知っていた。自分も常に近衛騎士から妻の動向を確認しているので、さして気にしておらず、夫に興味があるなら重畳だとすら考えていた。

上手く尾行していたつもりだったのか、セシリオはぎょっと目を瞠り、冷や汗をかいて頭を下げる。

「しょ、承知致しました……っ」

クリフォードは頷き、今度こそこれで話は終いだと、セシリオを下がらせた。メイナードも労って下げようとしたところ、彼は眉尻を下げ、小声で話しかける。

「もう一つ、ご報告がございます。実は、ヤヌア王国から内々に要請が参りまして――」

懐から隣国の紋章が入った封書を差し出され、クリフォードは届いた手紙に目を通しつつ、今後について思案した。

あの香りは、また放たれる。どうすれば妻を守れるか。

彼はまんじりともせず、明け方まで考え込んでいた。

◇◇◇

純潔を捧げた翌日、初めての経験で疲弊したのか、リオノーラは昼前まで寝入っていた。目覚めると侍女達にクリフォードが居室で待っていると教えられ、すぐに湯浴《ゆあ》みをして、彼のもとへ向かった。

リオノーラの居室は、廊下から扉を開いた正面にバルコニーに繋がる大きな窓があり、その手前にゆったりとくつろげる長椅子が一脚と、一人掛けの椅子が二脚置かれている。

右手を見れば暖炉があり、そこにも長椅子と椅子が二脚あり、寝室へ繋がる扉は左手にあった。

クリフォードは、明るい光が注ぐ窓辺の長椅子に腰掛けていた。昨日の今日で、なんだか落ち着かない心地ながら、リオノーラはそっと声をかける。

「おはようございます、クリフォード様」

既に身支度を整え、銀糸の入る黒の上下を纏った彼は、甘い笑みを浮かべて振り返った。

「おはよう、ノーラ。気分はどうだ？　身体に痛みなどないか」

これまで見た覚えのない極上の笑みに、リオノーラはドキリと心臓を高鳴らせる。手を差し伸べられ、ときめきに頰を染めながら、その手を取って彼の傍らに腰を下ろした。

「は……はい。身体は、大丈夫です……」

初めて彼を受け入れた場所は、まだ少し違和感があった。けれど痛みなどはない。

問題はないと答えると、クリフォードは腰に手を回し、自らの方へ引き寄せた。こめかみに優しくキスをして、やや心配そうに顔を覗き込む。

「そうか。……昨夜は俺も其方の香りに当てられ、箍が外れた。怖がらせてしまっていたら、すまない」

これまでも額や目尻にキスはされていたが、会話をする際にこれほど身体を密着させた記憶はなかった。リオノーラはドキドキし、夫を見返す。

いつもどこか一線を引いていた夫の目は、明らかに愛情に染まっていた。リオノーラは恋心を胸に灯し、はにかんで笑う。

「いいえ。私もずっと望んでいたのだもの、とても嬉しかった」

彼と身体を繋げられ、本当の夫婦になれたのだ。途中少し怖かったけれど、終わってみれば幸福感で満たされていた。

嬉しそうなリオノーラに、クリフォードはほっと目元を和ませ、頬に口づけを落とす。朝から甘く微笑まれるだけでなく、何度もキスされ、リオノーラは夢見心地であった。

タイミングを見計らい、侍女が二人の前に香り高い紅茶を並べて下がっていく。クリフォードは侍女に礼を言い、改めてリオノーラを見下ろした。

「ノーラ。其方に伝えねばならないことがあるんだ。聞いてくれるか」

彼の声音がやや硬くなり、リオノーラは何かしらと居住まいを正す。頷くと、夫は落ち着いた表情で話し始めた。

「……自身が只人だと思って生きてきた其方にとっては、すぐに受け入れがたい内容かもしれない。だが其方は竜の血を宿した『竜の末裔』だ。その証拠に、其方は普段から微かに甘い香りを放ち、こうして間近で話せば、男は誘惑され、触れたくなる。だから俺以外の男には、ここまで近づかせてはいけない」

リオノーラは、ぽかんとクリフォードを見つめる。

彼はリオノーラの返答を待たず、ここに至るまでの話を続けた。

リオノーラは竜の眷属《けんぞく》であり、幼い頃から未来予知をする魔力を持っていた。両親は成人後にその事実を知らせるつもりだったが、クリフォードとの出会いにより、方針は変えられた。リオノーラがクリフォードと出会った際に怯えたのは、予知能力により、無意識にクリフォードと結ばれる未来を知るも、出会いが早すぎたために怯えたのだと判じたのだ。

だがクリフォードと結ばれるにしても、竜の加護を期待して娶られては娘が不憫《ふびん》。そのため、両親は只人として娶ってもらうために、リオノーラ自身にも全てを秘匿した。そして昨夜、リオノーラは竜として成熟し、伴侶を誘う甘い香りを放った。

セシリオにも同族の血が流れており、この事実は彼から伝えられた。

一通り大人しく話を聞いたリオノーラは、疑わしく夫を見上げる。彼の話は、にわかには信じられなかった。誘惑される香りを放っていると言う割に、彼はいたって平気そうな顔で隣に座っている。

「本当に、香っているのですか……？　クリフォード様は、今も普通のお顔をしておられます。それに私が何度誘っても、ちっとも応えてくれませんでしたが……」

二年にわたって不安な生活を強いられたリオノーラは、視線を床へ落とし、悲しい思い出を蘇らせる。

「夜伽をなされぬ理由を聞いた際、貴方は私が『幼く、青い』からだとも仰っていました。だから私、クリフォード様は普段の私の振る舞いにご不満があるのだと思い、いつ何時も淑女として品ある振る舞いをしようと決めたのですが……」

密かに抱いた決意をぽろりと零すと、彼は目を瞬かせた。

「そう言えば、昨夜宴前に顔を合わせた時は、随分と他人行儀だったな……。『幼く、青い』と言ったのは、そのままの意味だ。プロポーズした夜、其方の身体は俺が触れても全く濡れていなかった。覚えていないか？」

「え……」

直接的な言い方をされ、リオノーラはぽっと頬を染める。あの夜の出来事は、よく覚えていた。

彼に体をまさぐられ、何度か下肢も弄られた。それはとても心地よかったが、言われて見れば、確かに昨夜のように蜜が零れ落ちた感覚はなかった。

クリフォードは物憂げにため息を吐く。

「其方に触れたいのは山々だったが、伝承の中に、成熟していない竜は、無理に体を繋げると激烈な苦痛を覚え、中には痛みに怯えて伴侶の元を去る竜もあったと書かれていてな。俺は其方に苦痛を与えるのも、逃げ出されるのも嫌だった。だから手出ししなかったのだが……其方は自らを『竜の末裔』と認識していない。俺としても、『竜の末裔』だから娶ったのだと勘違いされたくもなく、ああ言う他なかったんだ。すまない」

其方を傷つけてしまったなと言う彼の声は、酷く反省しているようだった。

愛情を示すためか、彼はリオノーラを膝上で横抱きにし、そっと腕で包み込む。

これまでにない恋人らしい触れ方に、リオノーラは舞い上がりかけた。しかし不安が胸を過り、表情は沈む。また半信半疑ながら、己に流れる血は、人のそれとは違うのだ。

「いいえ……。ですが、クリフォード様は、それで良いのですか？　人ならざる者を傍に置くなんて、気味が悪くはありませんか」

まして男性を誘惑する香りを放つ妻など、嫌ではないのか。

――〝竜は伴侶を惹きつけるため、甘い香りを放った可能性がある〟

ドミニクからその話を聞いた時、リオノーラはもしも自分にそんな特徴があったら、気味が悪いと思った。クリフォードは、違うのだろうか。そんな者の血を王家に残して良いと、本当に考えるだろうか。

それこそ離縁を望まれる原因になりかねないと、胸が潰される思いで見上げると、彼は朗らかに笑った。

「気味が悪いわけがない。事実か嘘か定かでないが、神話によれば、王族は竜と契りを結んだ者の末裔だ。つまり、俺にも竜の血は流れていると言えるだろう。……できれば俺以外の男は誘惑してほしくないが、其方を愛する気持ちに変わりはない」

――そう言えば、創世記には世界の王は竜を伴侶にし、魔力を注がれたと書かれていた。

安心させるためとはわかっていても、自分も一緒だと言ってもらえ、リオノーラはふっと気持ちが軽くなる。彼の優しさにじわりと胸が熱くなり、一生傍にいたい気持ちが以前以上に強く湧き上がった。

「ありがとうございます、クリフォード様。……どうぞ私を、ずっとお傍に置いてくださいませ。私が愛しているのは、貴方だけです」

クリフォードだけを誘惑したいのに、どうして竜は周囲まで影響するような香りを生んだのかしら。

リオノーラは悩ましく考えながら、甘い眼差しを注ぐ夫にそっと顔を寄せる。彼は艶っぽく瞼を細め、自らも顔を寄せてリオノーラと唇を重ねた。数秒、互いの体温を楽しむ長いキスをした後、クリフォードは唇を離して言う。

「……リオノーラ、俺が其方を娶ったのは、愛らしい笑顔と臆さず俺に好意を寄せる姿、それに領民を思う姿勢に惹かれたからだ。民を思い、王太子妃として凛《りん》と立つ其方も気に入っているが、俺だけに愛らしく振る舞う其方は、この世の何よりも可愛いと思っている。其方が拒まぬ限り、手放す気はない」

これほど言葉を尽くして好意を示されたのは初めてで、リオノーラは嬉しさのあまり、かあっと耳まで赤くした。照れくさくて俯いてしまいそうになりかけるも、ぐっと我慢し、にこっと笑い返す。

「それなら、とても嬉しい」

彼の妻として、これからも公では民意を集める王太子妃として務め、私的な場では素直に振る舞おう。そう心に誓っていると、彼は再び顔を寄せ、唇を重ねた。

「ん……っ」

今度のキスは、先程よりずっと肉感的だった。ちゅっちゅっと何度も唇を吸われ、さりげなく下腹に置かれた手が、意識させるようないやらしい手つきで撫で上げていく。その動き一つにぞわぞわと腹の底が妖しく痺れ、リオノーラは戸惑った。

「ん、ん……っ、ク、クリフォード様……？」

太陽が高く昇り、光が降り注ぐ窓辺の席だ。何をするつもりだと、彼の手を押さえて唇を離す。見返すと、彼は吐息が絡む距離で薄く笑った。

「先程、俺が其方の香りに当てられていないようだと言っていただろう。其方と結婚して以来、毎日のように誘惑されてきたことを証明してやらねばならんと思ってな……」

瞳の奥には既に妖しげな獣の気配が揺らぎ、リオノーラはドキッとする。

クリフォードはリオノーラの返事を待たず、腹を撫で上げ、乳房を大きな掌で包み込んだ。起きた際、クリフォードを待たせていると知ったリオノーラは、すぐに着替えられるシュミーズドレスを選んでいた。女性らしい身体のラインを見せるシンプルなそのドレスは、コルセットもつける必要はなく、とても着心地が良い。けれどこの状況では、全くの無防備。直に触れられているも同然の状態で、淫猥に胸を揉まれ、リオノーラは身じろいだ。

「あ……っ、あ……っ、い、今は、ダメ……っ」

リオノーラの身体はすぐに反応し、胸の先がつんと勃ち上がったのがわかった。このまま流されたい気分が湧き上がるも、ここには主人とその夫を持てなすため、侍女達が侍《はべ》っているのだ。彼女達の前で淫らな真似をするわけにはいかない。

「侍女がいるから……っ」

ここではできない。そう訴えて首を振るリオノーラに、彼は含み笑った。

「気づいていなかったのか？　『竜の末裔』に関する話は、できるだけ多くの者に知られたくないので、其方と話し始めた頃に視線で命じて下がらせた」

リオノーラは、きょとんとして部屋をぐるりと見回す。彼の言う通り、どこにも侍女達の姿がなかった。

「まあ、いつの間に……あっ、ん……っ」

部屋を見るため彼に背を向けたリオノーラの胸に、再び大きな手が後ろから伸ばされ、揉まれ始める。昨夜同様、どこを触れられても敏感に感じるようになっていくのを感じ、リオノーラは身を屈めた。

「……クリフォード様……っ、ま、待って……っ。私、まだおかしいみたいだから……っ」

あっという間に気持ちよくなってしまい、生理的な涙が滲む。彼は耳元ですうっと息を吸い、熱っぽいため息を吐いた。

「ああ……香りが強くなったな……。香りが強くなるのは一、二ヶ月に一度と聞いたが、一日だけではないのか……？」

クリフォードの声には興奮が滲み、その気配にリオノーラはぞくぞくと背を震わせる。

「良い香りだ……結婚以来、抱きたくて仕方なかった……」

耳元で低く囁かれ、腹の底が重くなる。

彼は首筋に舌を這わし、同時に胸の先を指先でくりくりと転がされ、リオノーラは下肢がじわっと濡れるのを感じた。

「あ、あ……っ、待って、こ、こんな場所……っ」

太陽の光が注ぐ明るい窓辺。こんなところで淫らな触れ合いをするのは躊躇われると言うも、彼はドレスの裾をたくし上げ、ゆっくり肌の感触を楽しみながら太ももを撫で上げた。蜜口辺りに指を添え、下着越しにぐりぐりと撫《な》で回《まわ》される。リオノーラは腰が抜けそうに心地よく、ビクンと跳ねた。

「やぅ……！　ああっ……そ、そこ、触っちゃ……っ」

とろとろと愛液が溢れ、下着がじわっと湿った。彼は蜜口から興奮しかけた花唇の上に指を滑らせ、布の上から花芽を撫でる。

「あ、あ……っ」

強すぎない刺激は緩慢な快楽を生み、次第に腹の底に熱が籠もっていった。彼は淫猥な動きで撫で続け、リオノーラは心地よさに抵抗をやめる。花芽がつんと布を押して勃ち上がり、下着が濡れそぼった頃、吐息を乱すリオノーラの耳元でクリフォードが尋ねた。

「……随分、濡れてしまったな。下着を取ろうか、ノーラ？」

蜜口から花芽にかけてじっとりと撫で上げながら尋ねられ、リオノーラはきゅうっと腹の底を収縮させた。身体はもっと強い刺激を求めて疼き、羞恥心で頬が染まるも、我慢できずに頷く。

「は、はい……」

クリフォードは満足そうに笑い、片手で下着を脱がせた。自らも上着を脱ぎ、シャツの留め具を外すと、リオノーラの上に覆い被さる。

「きゃ……っ」

長椅子の座面に仰向けで押し倒されたリオノーラは、まさか本当にここでするのかと驚く。鷹揚で優しい夫は、にこやかに言った。

「今日は午前は仕事を入れていないから、昼まで共に楽しもう」

「はあ……っ、あ、あ……っ、ダメ、ダメぇ……っ」

明るい光が降り注ぐ中、リオノーラは曲げた両足を胸まで持ち上げられ、夫に花芽を舐めしゃぶられていた。ドレスは胸元のリボンを解かれ、緩んだ襟首がずり下がって乳房が覗いている。

「……心地いいのだろう？　素直に言え」

リオノーラの身体は興奮しきり、蜜壺からとろとろとめどなく蜜が溢れていた。

シャツをはだけさせたクリフォードの舌が、ぷっくりと膨れ上がった花唇を這う。それだけで腹の中が熱くなり、リオノーラは悶《もだ》えた。彼は指先で蜜口の周りを撫で回しながら、花芽を舌先で突き、軽く歯を立てる。

「ひゃああ……っ、ああっ、あっ、あ……！」

絶頂に似た感覚にびくりと背を仰《の》け反《ぞ》らせるも、同時に蜜壺に指が二本埋められ、リオノーラは乱れた。

蜜壺は今回も慣らす必要もなくすんなりと彼の指を飲み込み、ちゅぷちゅぷと抽挿される度、全身に快楽が走り抜ける。膣壁はクリフォードの指に絡みつき、彼は花芽から口を離し、満足そうに己の唇を舐めた。

「……気持ちいいか、リオノーラ？　こんなに柔らかくして、偉いな」

リオノーラは、何が偉いのかよくわからなかった。けれど指を抽挿される度、得も言われぬ快感が襲い、声が止まらない。

「あっ、あっ、クリフォード様……っ、はあ……っ、ああっ、あぁん……！」

膣壁は収縮を繰り返し、胸の先はつんと勃ち上がる。

彼はいやらしい視線をリオノーラの口元や首筋、乳房へと注ぎ、薄く笑った。

「……もっと感じろ。乱れる其方は、一層美しい」

蜜が溢れ、彼の指の動きも激しくなっていく。じゅぷじゅぷと蜜壺の中をかき混ぜ、時折にゅぱっと指を開き、膣壁を刺激する。その度リオノーラは嬌声を上げ、びくびくと震えた。感じているのに、身体は貪欲にもっと強い刺激を求め、奥が切なく収縮を繰り返す。

そんな自分をはしたないと思うも、思考は霞がかっていき、本能に染められていった。

「はあ……っ、ああっ、ああっ、クリフォード様、クリフォード様……っ、いい……！」

指だけでどんどん身体は熱くなり、腹の底からぐぐっと何かが込み上がってきそうな感覚に襲われた。昨夜初めて感じた、絶頂が近いのだ。全身はあの悦楽を求め歓喜したが、その刹那、蜜壺から指がちゅぽっと抜かれた。喪失感に視線を向けると、いつの間にかシャツを脱ぎ捨て、軽く汗ばんだクリフォードが、自身のベルトに手をかけている。リオノーラは鍛え上げた夫の上半身にうっとりと視線を這わし、それから、いきり立った男根が引きずり出される様に目を向けた。

昨夜は恐ろしいばかりだった巨大なそれが、どれほどの悦楽を生むか、リオノーラは知っている。胸がドキドキと乱れ、クリフォードは妻の舐めるような視線に喉を鳴らした。興奮した息を吐き、にゅぷっと切っ先を蜜口に押しつける。

「……入れるぞ」

リオノーラは熱いため息を吐いて、頷いた。

「はい……」

彼は膝裏に手をかけ、両足を大きく広げさせると、勢いよく雄芯を打ちつけた。リオノーラは目の前がチカチカするほど強い刺激に襲われ、背を反らした。

「ひゃああっ、ああっ、ああっ、クリフォード様……っ」

クリフォードはリオノーラが落ち着くのを待たず、性急に腰を振る。ばちゅばちゅと中を穿《うが》たれ、リオノーラは心地よすぎてもう何も考えられなかった。快楽を追うことだけに神経が集中し、辺り一帯に濃厚な花の香りが漂う。

「はあ……っ、ああっ、いい……いいの……っ、クリフォード様……！」

クリフォードは獣のように呻き、リオノーラの足から手を離して上に覆い被さる。艶やかな表情で喘ぐ妻と唇を重ね、貪った。

「はあ……っ、リオノーラ、愛している……っ」

「ん、んん……っ、んぅっ、ああ……っ」

クリフォードは淫らに舌を絡め合わせ、口内を犯しながら、腰を揺らす。その動きは次第に激しく変わっていき、リオノーラは堪《は》えられず唇を離し、喜悦の声を上げた。クリフォードは首筋に口づけを落とし、耳朶を食み、荒く息を吐く。

「……っ、リオノーラ……！　くそっ、いい……！」

感じている彼の声に煽られ、リオノーラはきゅうっと中を収縮させた。もっともっととねだるように膣壁が雄芯に絡みつき、クリフォードの背がびくりと震える。瞳を快楽に濡らし、彼は苦しそうに警告した。

「……ノーラ……っ、あまり、締めつけるな。其方の香りで、理性を保つのがやっとなんだ。怖い目に遭いたくないだろう……」

クリフォードは不慣れな妻のため、精一杯理性を保とうと努力しているようだった。だが既に快楽に思考を染められたリオノーラは、とろりと夫を見つめ、ねだった。

「……いいの……っ。もっと、気持ちよくして……！」

彼に揺さぶられながら首に抱きつき、耳朶にキスをすると、クリフォードはたまらなそうに息を吐いた。一度動きを止め、低い声で呟く。

「……誘ったのは其方だぞ、リオノーラ」

暗い情欲に染まった目で見返され、リオノーラは喜びと恐怖の裏腹な感覚を味わった。期待に熱い息を吐くと、彼は雄芯を大きく引き抜き、容赦なく最奥を突き上げた。

「きゃああんっ、ああっ、ああっ、ああ……！」

居室には淫らな水音とリオノーラの嬌声、クリフォードの獣じみた荒い呼吸だけが響き渡った。

リオノーラは彼が与える快楽に夢中になり、クリフォードは妻の細い腰を掴み、獣そのもので激しく身体を揺さぶる。

「はあ……っ、はあ……っ、たまらない……！　リオノーラ……！」

じゅぽじゅぽと雄芯を根元まで何度も打ちつけられ、リオノーラは次第に腹の底から何かが迫り上がるのを感じた。

「ああっ、ああ……っ、クリフォード様……！　くる、くる……っ」

リオノーラの腹の中は妖しい蠕動を始め、クリフォードは薄く微笑んだ。

「ああ、いいぞ……。そのまま、達け……っ」

「やああっ、ああん……！」

リオノーラは大きく腰を反らし、ぎゅうっと足先を丸めた。クリフォードも心地よさそうに呻き、リオノーラが最も感じる場所を狙って突き上げる。

「きゃあんっ、きちゃう、きちゃ……っ、ああっ、あ——っ」

絶頂に達するタイミングで、クリフォードは腰から手を離し、リオノーラの上に覆い被さった。唇を重ねられ、リオノーラは情熱的なキスを与えられながら、びくびくと中を痙

攣させる。

「んぅ、ん、んん――……っ」

「……っ」

クリフォードも同時に達し、リオノーラの中にドクドクと熱い精を注ぎ込んだ。

その後、リオノーラは疲れ果ててくったりし、クリフォードに寝室に運ばれる。そのまま眠りかけるも、夫は笑顔で伸し掛かり、昼過ぎまで熱烈に深い愛を身体に教え込まれたのだった。

四章

『春招きの宴』から十日経ったある日——中央塔四階にある執務室で、クリフォードは頬杖をつき、顔をしかめた。

「……王女の宴に、外務大臣ではなく王太子夫妻を招きたいだと……？」

部屋には立派な執務机があったが、彼はその左手にある窓辺の席に腰を据えている。彼の傍らには騎士服を纏ったメイナードが立っており、彼は上司の呟きに答える形で報告を入れた。

「念のため前回ヤヌア王国から助力の申し出があった後、デツェン王国を調査致しましたが、国境近くに設置された軍施設には、確かに次々に武器が運ばれております。……ただあの施設は開設したばかりなので、必要な道具を揃えているだけなのか、戦の準備なのか、判断しかねる状態です」

リオノーラの騒動の後、メイナードが届けた隣国ヤヌア王国からの手紙は、助力要請だった。

クリフォードは十八歳で国王軍の統括指揮権を与えられたが、父王は年々他の権限も委譲しており、現在では外交も任されている。

それ故対応を求められたのだが、なんでもヤヌア王国の北にあるデッツェン王国が、国境近くに軍施設を置いたらしいのだ。動きが怪しく、戦を仕掛けてくるやもしれないから、牽制のためにメルツ王国との友好関係を強調したいと言う。

ヤヌア王国はメルツ王国の西に位置し、デッツェン王国は北西にある。三国は国境を接し、メルツ王国とヤヌア王国は遙か昔から友好条約を結んでいた。

一方デッツェン王国は現在に至るまでどの国とも友好条約を結んでおらず、戦を起こす可能性はゼロではない。

実際に戦となれば、デッツェン王国とヤヌア王国は領地、軍事力共に同等で、どちらが勝利するか不透明だ。だがそこにこの両二国分の領土と軍事力を誇るメルツ王国が出れば、相手は確実に怯む。

クリフォードは、手紙を受け取った翌日には父王に確認の上で、返答した。

〝友好条約には軍事的協力の項目はないながら、友好の証に、外務大臣を訪問させる〟と応じたのだ。

その後、クリフォード自身でも独自にデッツェン王国を調べさせていたのだが、今日になってまたヤヌア王国から手紙が届いた。前回は外務省からだったが、今回は第一王子のリアムからだった。

リアム曰く、できれば強固な友好関係を示したいので、王太子夫妻に来て頂けまいか。ついては翌月に末姫となる第一王女の成人を祝う宴があるので、そこに出席願えないだろうか――とのことだった。

険しい表情で考え込むクリフォードに、件のデッツェン王国の調査を任せられていたメイナードは首を傾げる。

「旅行がてら、リオノーラ妃殿下と隣国を訪問されるのもよろしいのではありませんか？私見を申し上げれば、デッツェン王国は戦を仕掛けようとしているのではなく、近年軍設備を一新し、軍事力強化に務めているヤヌア王国を牽制するために、国境近くに軍施設を置いたのではないでしょうか。ヤヌア王国側から動かぬ限り開戦の可能性は薄く、万一開戦予定だとしても、当面戦を始められる状況ではありません」

報告を聞く限り、クリフォードもメイナードと同じく、開戦はないだろうと考えていた。それに、外務省に代わって第一王子のリアムが再度手紙を送ってきている。

クリフォードは彼の人となりを知っているが、デッツェン王国の動きを見て、戦を仕掛けるのだと早合点するような人物ではなかった。

しかし隣国内には、デッツェン王国の動きに神経を尖らせている者がいるのは確実。

ヤヌア王国王家は、まだリアムに外交権限などを与えておらず、国王が統括している。

恐らく、最初の依頼文は彼の預かり知らぬところでメルツ王国に送られ、リアムは後になってそれを知ったのだろう。

ほぼ起こらないと想定される戦のために、隣国の外務大臣に訪問させるのは忍びない。ならばいっそ、戦を意識した訪問を願うのではなく、友人として宴に招こう――と考えたのだと受け取れた。

メルツ王国の王太子夫妻が外遊がてらでも訪問すれば、神経を尖らせている内部関係者も安心するし、一石二鳥である。

何よりリオノーラは結婚以来、まだ他国を訪問していない。

リアムは第二王子のカーティスと共にドミニクから散々伝承に纏わる姫だとリオノーラの話を聞かされているはずで、一度くらい直に顔を見たいのだろうとも思われた。

クリフォードも、友人に会いに行くのはやぶさかではない。

「……しかし、リオノーラがいつ突発的に香りを放つかわからないからな……」

場所が他国では、近づく者を全て問答無用で殴り倒すのも憚られる。

かといってせめて友好の証にと、クリフォードが一人で隣国へ向かうのも控えたい。

一人残した妻が気がかりすぎる。

できれば妻が妊娠するまで自国に留まりたいが、妊娠すれば余計に他国には行けなくなるな――と、クリフォードは考え込んだ。

悩ましく眉間に皺を寄せる上官に、メイナードは不思議そうな顔をした。

「リオノーラ妃殿下の香りは、以前に比べかなり収まっているとお見受けしましたが……」

確かに現在は、近くにいれば全ての男を獣にしそうな強い香りは放っていない。

『春招きの宴』から三日間、リオノーラはずっと部屋に籠もっていた。香りが継続的に放たれ、外に出すのは危うかったからだ。

だが三日続けて彼女を抱き続けたクリフォードは、香りが強くなるのは自身が触れた時だけだと気づく。触らないようにすればどうかと試せば、リオノーラは平生通り生活を送れる状態で、むしろ以前より香りは薄れていた。

つまり、無差別に強い香りが放たれるのは一、二ヶ月に一度で、一日限り。それ以外の日は、伴侶が触れれば強い香りが放たれるものの、触れなければ微かに香る程度だった。

このままなら外交も問題ないと言えるが、強い香りが突発的に放たれる周期が一、二ヶ月に一度と範囲が広すぎるのが気になった。

「……無理を押される必要はないかと思いますが、あの香りは馬車など空気を閉ざせる場所に入れれば影響はありません。隣国王宮内の施設については図面を手に入れておりますので、事前に有事の際に逃げ込める場所を把握しておくのは可能です。護衛は特に信頼の置ける者と、影響を受けないセシリオ、可能であればアベラルド侯爵家の嫡男に協力を求められればより安心ではありますね」

メイナードの上げていったアイデアの数々に、クリフォードは外交一つに大仰なことだと内心ため息を吐く。

セシリオに『竜の末裔』の特性を聞いた後、クリフォードは国王夫妻に事実を伝えた。国王夫妻はどこかしらで予感があったのか、全く驚かず、〝これまで通り、彼女を大切にしなさい〟と言った。念のため自らが奇跡を望んでいるわけではないと伝えると、父王は〝当然だ〟と笑い、クリフォードは両親が自身と同じ考えだとわかって安堵した。

その後彼女の生家に自ら手紙を書き、〝竜の末裔であろうとなかろうと、永遠に愛し続けるから安心してほしい〟と改めて伝えた。先方は秘密にしてすまなかったと謝罪し、不明な点があればなんでも答えるとしたが、あの香りをコントロールする術は知らないそうだった。

紙に残さず、口伝される情報も多かったらしく、長く魔力を持つ子孫が産まれなかったアベラルド家は、『竜の末裔』に関わる多くの知識が失われているのだ。

人を誘う香りは妊娠すれば消えるといえど、産んでしばらくすればまた身体は子が産めるようになる。そうなると再び香ると予想され、策を講じる必要はあった。

王族にとって、外交は務めの一つだ。〝十分に子を授かった〟と判断できるその人数もわからぬが、その時まで彼女を引きこもらせているわけにもいかない。

クリフォードは頷き、立ち上がった。

「……そうだな。まあ政と一線を引いている家系故、色よい返事は期待できないが――コーニリアスに声をかけてみよう」

執務机に向かうクリフォードの背に、メイナードが尋ねる。

「アベラルド侯爵家へのご連絡は、クリフォード殿下が？」

「ああ。お前は隣国から滞在予定場所や宴が開かれる館を確認し、有事に備えた行動経路を出しておいてくれ」

言ってから、クリフォードは立ち止まる。優秀な近衛騎士を振り返り、指示を追加した。

「護衛はできるだけ香りに誘惑されぬ、精神の強そうな者が望ましいが……数は通常の倍を用意しろ」

「――倍、でございますか」

他国へ友好的な訪問をする際、通常、護衛はあまり多く連れて行かない。特に王宮を訪ねる時は、武器を携えた他国の騎士と王族の距離が近くなる。訪問先の騎士は、あまりに客人の護衛が多い場合、自国の王族が傷つけられる可能性を危惧して神経を尖らせる。そのため、来訪者側は護衛の数を抑えるのが慣例だった。

それを破るのかと戸惑うメイナードに、クリフォードは真顔で言う。

「リオノーラが本物の『竜の末裔』だと知るのは、俺と国王夫妻、それにお前と一部の近侍のみだ。しかしドミニクが隣国内でどれほど彼女について話しているか、定かでない。噂を真に受ける者が絶対にいない保証はないからな」

ドミニクは大学に所属している学者だ。学内にいる者にもリオノーラについて話していたなら、既に国内のみならず他国にも広まっているかもしれない。多くは伝承を事実とは思わないが、一人でも信じる者があれば、移動中も警戒は怠れない。

「リアム王子は伝承など信じないだろう。しかし他国の王族はわからない。……奇跡を寄こせと妻を奪われては、たまったものではない」

——リオノーラは、竜の末裔云々《しかじか》関係なく、俺の妻だ。

やや鋭い視線でぼやくと、メイナードは合点がいった顔になり、胸に手を置いた。

「承知致しました」

クリフォードは再び執務机に向かい、メイナードには背を向けた状態で呟く。

「もしも奇跡を望んで俺の妻を奪おうとする王族がいたら、俺が国ごと乗っ取ってやる」

自力で国を治める度量もない者に導かれる民も、迷惑だろう。

嘯《うそぶ》いてから椅子に腰掛けると、メイナードは引《ひ》き攣《つ》った笑みを浮かべていた。

「割と本気でそうお考えでしょう……」

クリフォードは、意味深に目を細めた。

◇◇◇

ヤヌア王国の第一王女ケイティの成人を祝う宴に向かう馬車の中から、リオノーラは外を覗き見る。襟足から青みがかった白銀の髪をたなびかせて馬を駆る騎士の横顔を、いまだ信じられない思いで凝視した。

「……本当に、お兄様がいらっしゃる……」

リオノーラとクリフォードが乗る馬車の護衛に、コーニリアスがついていた。しかも州軍の制服ではなく、特例で王家の近衛騎士の制服を纏っている。

王都からヤヌア王国へ向かうには、ナハト州を経由する。そこで兄が合流したのだ。

——ダーラ、きっと食い入るように見ているでしょうね……。

侍女達は後方の馬車に乗っていて様子は見えないが、昔から兄の外見に目を奪われがちだったダーラのことだ。後方から覗き見ているだろう。

ヤヌア王国から第一王女の宴への招待状が届いたと聞いたのは、一ヶ月ほど前だった。ドミニクも同行して帰郷するらしいその旅程に、クリフォードはセシリオとコーニリアスを護衛に入れる予定だと言った。万が一リオノーラの香りが強くなった際に、対応可能な人材だからだ。

兄については先に打診を送っているが、無理だと言われてもナハト州は行程の中にある。

直談判《じかだんぱん》して同行させると聞いて、リオノーラはそれでも無理だろうと思っていた。

アベラルド家の伝統は戒律に近く、父はリオノーラがどう言おうと、決して社交界デビューさせるとは言ってくれなかった。クリフォードとの結婚も、初代国王が残した覚え書きがあったから許されたのであって、なければきっと反対されていただろう。

父や兄が剣技大会に出場するのも、国の一領地を預かる臣下として参加しているだけ。一貫して政には関わらない姿勢を貫いていた。

王太子妃となった妹の護衛なんて、いかにも政権に近く、敬遠するはずだ。

「……どう仰って、お兄様を護衛につかせたのですか?」

隣に座って何かの書類を確認していたクリフォードに、兄を動かした方法を尋ねる。彼は視線を上げず、飄々《ひょうひょう》と答えた。

「〝『竜の末裔』であることを今後も秘匿する代わりに、必要な際はリオノーラの護衛につくようお願いしたい〟と言っただけだ」

「……まあ」

リオノーラは目を瞬かせ、眉尻を下げる。自分のためにあえてそう言ったのだろうが、脅すのは酷い。

非難めいた視線を送ると、クリフォードは横目にこちらを見て、薄く笑った。

「すまない。何があろうと俺は其方らの秘密を暴かぬが、ああでも言わねば、アベラルド家は動かないと思ったのでな。先方もそれは理解した上で応じたはずだ。娘を俺に嫁がせると決めた時点で、こういった事態も多少なりとも想定していただろうしな」

「……そうですね。きっと、そうだと思うけれど」

リオノーラはもう一度兄を見る。いまだに兄と自分に魔力がある実感はなかった。特に兄が持つとされる治癒の力を、リオノーラは今まで一度も見た記憶がないのだ。欠片も魔力を持つと匂わせず、只人同然に接してきた兄の、何者にも秘密を開示しない覚悟は相当なものだ。

視線を感じたのか、兄がこちらに視線を寄こす。リオノーラと目が合うと、柔らかく笑った。

結婚してから顔を合わせていなかった兄の優しい表情に、リオノーラはほっとして笑い返す。手を振ると、クリフォードが咳払《せきばら》いした。

「ノーラ。護衛の気を逸らすのはよくない」

「あ、そうですね。ごめんなさい」

行儀良く座り直したところ、反対側の窓に近づく騎士があった。メイナードだ。

クリフォードが身を乗り出すと、メイナードは窓越しに声を張った。

「間もなくマオルブルフの森に入ります」

クリフォードは頷き、リオノーラを振り返る。

「先に何騎か走らせて安全を確認しているが、あまり窓辺に近づくな」

マオルブルフの森は、ヤヌア王国に隣接したアーベント州へ向かう途中にある、鬱蒼《うっそう》とした森だ。昔から追い剝ぎなどが出没し、安全とはいえない場所だった。

生まれ故郷にある森だが、王都だけでなく他州へも行った経験がなかったリオノーラは、滅多に使わない道である。

リオノーラは木々が生い茂る森を遠目に確かめ、クリフォードに尋ねた。

「……クリフォード様は、マオルブルフの森を時折使われていますよね。危険はなかったのですか？」

「何度か盗賊に遭遇しているが、まともな訓練も受けていない者達だ。討伐に時間はかからないし、毎年ナハト州を訪れる度に返り討ちにしていたら、その内襲われなくなった」

リオノーラは瞳を輝かせ、夫を振り返る。

「それはつまり、盗賊団を一掃なさったという意味ですか？」

毎年討伐すれば、盗賊団の数そのものが減る。盗賊団を皆捕えてしまったのなら安心だ。

そう喜ぶと、クリフォードはふっと笑った。

「この森は州都や街から遠く離れ、人を常駐させるのは難しい場所だ。しかし隣国へ向かうには必ず通らねばならない。残念だが、盗賊がゼロになる日は来ないだろう。俺が率いる視察団が襲われなくなったのは、勝てない相手だと学び、見過ごされるようになっただけだよ」

「……そうなのですか」

　では護衛をつけられない人はやはり、襲われるかもしれないのだ。心配になって外を見ようとすると、クリフォードが頭に手を乗せた。

「クリフォード様……？」

　彼に引き寄せられ、頭を胸に押しつけられる。周りが見えなくなって戸惑っていると、クリフォードが皮肉げに笑った。

「……ほお。王家の紋章が見えぬわけもなかろうに、襲撃しようとは――いい度胸だ」

　彼が呟くと同時に、怒声が上がった。

「――敵襲――！　決して馬を止めるな！　馬車に何者も近づけさせてはならぬ……！」

　咆哮《ほうこう》にも似たその命令は、普段穏やかなメイナードの声だった。続けて荒々しく行き交う馬の蹄《ひづめ》の音、金属がぶつかり合う音、人の怒声と喚《わめ》き声《ごえ》があちこちから聞こえ、リオノーラは身を竦めた。首を巡らせ、外にいた兄が剣を抜く姿を見た直後、クリフォードが掌で視界を覆い隠す。

「クリフォード様……っ」

　手を離してもらおうとするも、彼は耳元で囁いた。

「これから王女を祝いに行くのだ。血など見ては、祝う気も失せる。其方は何も見るな」

「でも……っ」

外で聞き慣れない男の悲鳴が上がり、リオノーラはびくりと震えた。立て続けにあちこちで悲鳴が聞こえ、リオノーラは身を強ばらせる。クリフォードは座席に立てかけていた剣に手をかけ、もう一方の腕でリオノーラの頭を抱え込んだ。自身の胸で妻の視界を塞ぎ、そして腕で耳も塞いだのだ。

それでも怒声や悲鳴は漏れ聞こえ、リオノーラは合間に『白銀の髪だ……っ』と叫ぶ声を聞いた。

その声は驚いたような、目的の人物を見つけたような雰囲気があり、リオノーラは肩を揺らす。同時にガタンと馬車が停《と》まり、リオノーラは嫌な胸騒ぎを覚えた。

あの声は、少なくとも兄が敵の視界に入ったことを意味する。

頭を抱えたクリフォードの腕の力が緩み、リオノーラはすぐ顔を上げた。と、夫が剣を手に腰を上げ、馬車の扉を開けた。

「クリフォード様……？　外へ出られるのですか？」

「少し待っていろ。決して外に出るな」

クリフォードは険しい表情で、喧噪《けんそう》が続く外に躍り出た。

リオノーラは閉じられた扉の窓から、夫の背を目で追う。そして視界に入った光景に、すうっと血の気が下がっていくのを感じた。

兄が敵に取り囲まれ、剣を向けられていた。だが兄の表情は冷静そのもので、メルツ王国の近衛騎士が助勢に回ると、共に一気に敵の首と腕を薙《な》いでいく。馬に乗ったクリフォードも加勢に加わり、兄の背後を狙う敵を次々に薙《な》ぎ払《はら》っていった。

やがて一帯は静まり返り、リオノーラは大きな怪我はない兄と夫の様子にほっとする。その中を辺りに血が広がり、扉は閉じているのに、鼻の奥につんと鉄の臭いがさした。その中を闊《かっ》歩《ぽ》し、クリフォードは生かして捕えた男二人の前に立つと、何事か話し出す。リオノーラは細く馬車の扉を開き、会話に耳をそばだてた。

「誰の差し金だ。お前、ただの盗賊ではあるまい」

「……言えば、命は助けてくれるのか？」

怒気を孕んだクリフォードの声と、方々に怪我を負った男の斜に構えた声が届く。

リオノーラは会話に集中し、自らに近づく者があるとは気づかなかった。細く開いていた扉が突然、勢いよく大きく開かれ、びくりと震える。ドアノブにかけていた手が宙を掻き、それを何者かが摑んだ。

「きゃあ……っ」

リオノーラの悲鳴に、クリフォードや他の騎士達が一斉に身構え、こちらを振り返った。

何者かはとても抵抗できない力でリオノーラを引きずり出し、馬車の後方まで連れ出そうとする。あまりに予期しない動きを強いられ、リオノーラはたたらを踏んだ。

「嫌……っ、何をするの……！」

どこに連れ去られるかわからない恐怖になんとか足を踏ん張ると、殺意の籠もった声が飛んだ。

「――それ以上動けば、ここでお前の首をはねるぞ、ドミニク……！」

クリフォードだった。盗賊の一人に連れ出されたのだと思っていたリオノーラは、自らの手を掴んだ男を見上げ、肩の力を抜く。

あまり趣味がよろしいとはいえないえんじ色の上下に身を包んだ、金髪碧眼《へきがん》の伝承学者――ドミニクが目の前に立っていた。

「なんだ……ドミニクだったの……。びっくりした。どうしたの？」

自分を研究対象として見る姿勢は好きではないながら、五年にわたり顔を合わせてきたのだ。彼が攻撃をする人ではないとはわかっている。

『竜の末裔姫』が関わると見境がなくなるので、突飛な行動も不思議にすら感じず、リオノーラは後方の馬車に乗っていたはずのドミニクに首を傾げた。

ずっと真顔だった彼は、くしゃりと顔を歪めてリオノーラの両腕を掴む。

「ご無事でようございました……！　万が一リオノーラ姫に何かあっては私の研究もここで頓挫するかと思い、気が気でなく……っ」

どうやらリオノーラが五体満足か確認したくて、馬車の外に引きずり出したらしい。こ

の後に及んで研究第一の発言をされ、リオノーラはげんなりした。自分は大丈夫だと答えようとしたところ、後方でひゅっと何かが切り裂かれる音がして、本能的に身を屈める。

振り返ると、クリフォードの周囲にいた騎士達がどよめき、怒声を上げた。

「くそ……っ、暗器だ……！」

リオノーラは目を瞠る。メイナードがとても細いナイフで手を刺され、身を屈めていた。捕えられた男は両手の縄を解き、逃げ去ろうと立ち上がる。男はもう一人いた仲間に手を伸ばし、躊躇《ちゅうちょ》なく首筋を掻き斬って、走りだした。男に首を斬られた者は動物じみた呻き声を漏らし、どさっと地面に倒れ伏す。

助けるのだと思っていたリオノーラは、青ざめ、口を押さえた。

クリフォードが舌打ちし、命令する。

「――逃がすな！」

騎士達が後を追うも、男は猿のように木々の枝を伝い、あっという間に森の奥へと消えていった。森の奥は進めば進むほど視界が悪くなり、潜む者を見つけるのは困難だ。

明らかな失態に、リオノーラは顔色をなくす。ドミニクが、他人事の調子で首を振った。

「おやおや、いけませんねえ。せっかく捕えたのに、逃がしてしまうとは。国一番の技量を誇る騎士様だというのに、情けない有様です」

――私と、貴方のせいよ……。

リオノーラは衝撃の連続に声も出せず、心の中で暗く答えた。

討伐した盗賊達は州軍に後処理を任せ、リオノーラ達は予定通りの行程を進んだ。

ヤヌア王国訪問を取りやめるかとも検討したが、マオルブルフの森はこれまでも多々盗賊が出ていた場所。ほぼ怪我人も出ておらず、何より今回は王女訪問を建前にした、ヤヌア王国とデッツェン王国間の戦を懸念した訪問だ。

両国と隣接したメルツ王国としても、戦が起きれば少なからず自国に影響があり、事態収束のため、予定通り訪問するべきだと判断された。

再び走りだした馬車の中、クリフォードは『其方が無事ならそれでいい』と、リオノーラが勝手に馬車の扉を開けたことを咎めなかった。それよりもドミニクの方に苛立っているらしく『今後ドミニクにはできるだけ近づかないようにしろ』と命じた。

五年もの間頻繁にやり取りしていたのに、まるで敵と見なしたかのような声音で、リオノーラは驚き、申し訳なくなる。自身の行動が起因となって彼の神経が尖り、身内までをも警戒しているのだと感じた。

護衛の騎士達も、ヤヌア王国につくまで神経を張りつめ、辺りを警戒し続けていた。

◇◇◇

ヤヌア王国の王都は、国境を越えて僅か二日の距離にあり、襲撃を受けてから五日後に王宮に到着した。

ヤヌア王国は、領土こそメルツ王国の半分だが、経済的には豊か。大地には多くの貴重な鉱石を抱え、ヤヌア水晶と呼ばれるこの国でしか取れない珍しい水晶も産出されていた。道は整然と石で舗装され、オレンジ色の石で壁面を統一した街並みも美しい。

目的地に着いたリオノーラは、街並みと同じ石が使われた城に入り、ようやくほっとひと息吐いた。いくつもの塔が林立した巨大なメルツ王国の王城と違い、ヤヌア王国の城は要塞のような雰囲気がある。城内を警備する騎士達の制服も黒を基調としており、皆感情がないかのような真顔で職務に当たっていた。

そんな中、リオノーラはメルツ王国以上に注目を浴びていた。国王に到着の挨拶をするため謁見の間に案内される間、全ての騎士が自らを見ているのではと思うほど、視線の嵐が降り注ぎ、恐ろしいほどだった。

隣を歩くクリフォードはリオノーラを守るように腰に手を添え、機嫌悪く呟く。

「……どいつもこいつも、業務に集中しておらんな……」

「それはもう、誰もがリオノーラ姫にお目にかかるのを楽しみにしておりましたから！」

あたかもメルツ王国からの来訪者かのようにリオノーラ達一行に交ざって歩いていたド

ミニクが、嬉々として後方から口を挟んだ。

クリフォードは煩わしげに振り返り、一蹴する。

「独り言に返事をするな。それと、声も抑えろ」

にべもない返答はいつものことで、ドミニクは全く堪えていない笑顔だった。

磨き上げられた石の廊下を進んでしばらく、中央塔一階奥にある謁見の間に案内されたリオノーラは、ずらりと並んだ人々の数に驚く。

あくまで内々の挨拶と聞いていたが、中央に敷かれた赤い絨毯の両脇に諸侯貴族と思しき顔ぶれが揃っていた。

王に謁見するので、身だしなみは整えていたが、方々から値踏みする視線が飛んできて、リオノーラは微かに緊張する。理由の知れない注目に、困惑した。

そろそろ夏の盛りに季節は移ろおうとしている頃、リオノーラは青い花が刺繍された、涼しげな白地のドレスを纏っている。髪は背中に垂らし、耳元にはヤヌア王国特産の水晶を使った髪飾りを挿していた。

「なるほど、あれが『竜の末裔姫』か……」

「〝繁栄を約束する〟と言われずとも、娶りたくなる美しさだな」

ちらっと聞こえた雑談に、リオノーラは内心、唖然《あぜん》とする。散々違うと言い続けたのに、ドミニクはヤヌア王国内で〝リオノーラは『繁栄をもたらす竜の末裔姫』だ〟と触れ回っていたようだ。

すぐにも「私は只人です！」と叫びたい気分になるが、実際、リオノーラは『竜の末裔』で、妙な香りを放つ特性がある。自覚はないが、未来を見る魔力もあるらしい。

噂は案外噂的外れではなく、リオノーラは控えめなため息を吐いた。

——繁栄なんて与えられないことだけは、確かだと思うけれど……。

せめて兄のように治癒力があれば役に立とうが、リオノーラは年に一度作物の実りを占える程度の魔力だ。強制的に男性を誘う香りは有害でしかないし、クリフォードは身体が成熟するまで子作りを我慢させられていた。その上一旦身体が成熟すれば他の男まで誘ってしまう妻に、護衛を増やし、襲う者から守りと、夫には苦労ばかり強いている気がする。

申し訳なく横目に見ると、彼はこちらを見下ろし、柔らかく微笑んだ。リオノーラは思わずドキッと胸を高鳴らせ、周囲はざわめいた。

「おい。『鉄の仮面を被った男』が微笑んだぞ」

「愛人に夢中で、いまだに子ができぬと聞いたが……」

リオノーラは目を瞠る。クリフォードの二つ名は初耳であり、愛人がいる噂が隣国まで広まっていることには驚いた。

——そう言えば、愛人はいないと仰ったけれど、それならどうしてパロマと噂が立ったのかしら……。

パロマの名を出して問いただしたわけではないリオノーラは、少し胸がもやっとした。

そうこうしている間に玉座前に到着し、リオノーラ達は手前にある階段下に跪く。クリフォードは胸に手を置き、玉座に座していたヤヌア王国国王を見上げて挨拶をした。

「お目にかかれ光栄でございます、ヤヌア王国国王陛下。この度は第一王女ケイティ殿下を祝う席にお招き頂き、感謝致します」

リオノーラも続けて挨拶をする。

「お初にお目にかかります、ヤヌア王国国王陛下。メルツ王国王太子クリフォードの妻、リオノーラと申します。お招き頂き大変嬉しく存じます」

挨拶をした二人に、ヤヌア王国国王は穏やかな声をかけた。

「ああ、よく来たね。道中災難もあったそうだが、皆大事ないだろうか？」

顔を上げると、グレーがかった金色の髪に榛《はしばみ》色の瞳をした壮年の国王が、心配そうに二人と背後に控える騎士達に目を向けた。

クリフォードは平然と頷く。

「はい。どうやら窃盗目的の襲撃者だったようですが、幸い誰一人怪我もせず、皆無事でございます」

誰一人怪我人がいないと聞いて、諸侯貴族は感嘆の声を漏らした。

「一人も怪我人がいないとは、さすがメルツ王国の騎士は違う」

「やはり、メルツ王国にご助力願ったのは間違いではなかった」

実際には、メイナードが負傷した。しかしその後兄が密かに治癒したのだ。

〝できるだけ力があると知られたくないから、誰彼構わず助けられるわけではない。治癒を悟られぬよう、治った後もしばらく包帯を巻いていてほしい〟と注文を入れた上で治癒したらしく、念には念を入れる姿勢は兄らしいと思った。

「まあ、生き残らせた盗賊は逃がしたわけですが……」

背後でぼそっと呟くドミニクの声が聞こえ、リオノーラはぴくっと眉を跳ね上げる。

——あれは、私が悲鳴さえ上げなければ捕えられていたわ。

馬車の扉を開いていた自らの過ちが口惜しく、背後に視線を向ける。しかしドミニクは床を見つめたまま、誰の顔も見ていなかった。

クリフォードは全く聞こえていない素振りで気候や経済について話し、そして国王が立ち上がる。

「それでは、後は息子達に任せよう。私もそろそろ年だ。メルツ王国の国王陛下に習い、権限を王太子に委譲しようと考えているところでな」

クリフォードは目を細めた。

「さようでございますか。リアム殿下と同じ苦労を分かち合えるのは、楽しみです」

冗談交じりの返答に、ヤヌア王国国王は朗らかに笑って下がっていく。玉座の背後に控えていた軍服を着た青年らの前を通り抜ける際、王はごく静かな声で命じた。

「無礼のないように案内するのだぞ、リアム、カーティス」

それではあれがヤヌア王国の王子達かと、リオノーラは目を向ける。

玉座に近い青年は、シルバーブロンドヘアに穏やかなそうな青い瞳を持ち、健康的な肌色をしていた。その隣の青年は、いくつか年下だろう。鮮やかな黄金の髪にやや気の強そうな翡翠色の瞳をしていて、肌はとても白かった。

二人は壇上を降り、青い瞳の青年が柔らかく笑って先に声をかけた。

「皆さん、どうぞお立ちください。久しぶりだね、クリフォード。また会えて嬉しいよ」

王が退席し、場の雰囲気が和やかに変わった。立ち上がったクリフォードもまた、柔らかな表情で彼と握手を交わす。

「ああ、久しぶりだなリアム。ケイティ王女殿下の宴に招いてくれてありがとう」

リアムはははは と笑い、クリフォードに耳打ちする。

「すまないな。隣国を恐れる小心者が案外に多く、丸く収める術がこれしかなかったんだ。道中、本当に大事なかったか?」

「ああ、問題はない。こちらが俺の妻の、リオノーラだ」

クリフォードはわかっている顔で頷き、リオノーラを紹介した。リオノーラが視線を上げると、リアムは笑みを深める。

「お初にお目にかかります、リオノーラ王太子妃殿下。クリフォード殿下とは学生時代からの友人関係なのです。王太子妃殿下へのご挨拶も済まさぬ内に少々品のない話し方をしてしまい、申し訳ありません」

手を差し伸べられ、リオノーラは自らの手を重ねる。リアムは品良く、実際には触れぬ形ばかりのキスを手の甲に贈り、紳士の挨拶をした。その所作はとても優雅で、彼の纏う雰囲気や話し方全てにリオノーラは好感を抱いた。

「お目にかかれ光栄です、リアム殿下。また機会がございましたら、学生時代のクリフォード様のお話を聞かせてくださいませ」

リアムは悪戯《いたずら》っぽく瞳を輝かせて頷いた。

「ええ、もちろん。色々と知っておりますので、なんでもお話し致しましょう」

「おい」

クリフォードが嫌そうに突っ込み、リアムは明るく笑ってから、背後を振り返る。

「では弟もご紹介させてください。こちらはカーティス。今年二十四歳になります。武術よりも学問を好み、近頃は伝承ばかり研究していて。私は剣技の相手をしてほしいのですが、すげなく断られております」

余計な情報だと思ったのか、カーティスは迷惑そうに兄を睨んでから、クリフォードに手を差し出す。

「お久しぶりです、クリフォード殿下。またお会いできて光栄です」

「ああ、健勝か？」

「ええ、おかげさまで」

あっさりと挨拶を切り上げ、続いてリオノーラを振り返る。学問好きと言われて見ると、確かに体格は兄よりもほっそりとしていた。差し出された掌も神経質そうに骨張っている。

「初めまして、リオノーラ姫。お会いできるのを楽しみにしていました」

ドミニクと同じ呼び方をされ、リオノーラは面食らった。既に王太子妃である人間を姫と呼ぶのは、かなり珍しい。人によっては間違えていると指摘されかねない呼び方だ。

ドミニクとは以前から親交があった人らしいので、普段からリオノーラについて話す際は、姫と呼んでいるのだろう。

カーティスは疑問も抱いていない表情でリオノーラの手を取り、甲に直接唇を押しつける。微かに濡れた肌を親指の腹で拭い、無言で掌をじっと見つめた。リオノーラは肌質を確認されているかのように感じ、眉尻を下げる。

——鱗がないか、確認しているみたい……。

居心地悪く感じるも、気持ちは顔に出さず微笑んだ。

「初めましてカーティス殿下。私こそ、お会いできて光栄です」

彼はリオノーラの手の甲を指先で尚も撫でながら、視線を顔に向けた。暗い視線でリオノーラをしばし見つめ、ぼそっと呟いた。

「……人並み外れて美しい。その美しさも、人を惹きつけるための竜の狙いなのだろうか」

それはあくまで独り言であって、リオノーラに話しかけた雰囲気ではなかった。研究対象を観察する目つきで顔中を見回され、リオノーラは不快を覚える。

クリフォードが微かに目を眇め、リアムが慌ててカーティスの前に割って入った。

「申し訳ありません。弟が失礼を致しました。王宮内をご案内致しましょう。メルツ王国の王城ほど広くはありませんが、ご滞在中はどうぞゆるりとおくつろぎください」

カーティスは素早く話を変えた兄の背を煩わしそうに見据え、身を翻した。何も言わずどこかへ歩いて行く彼に、リアムが声をかける。

「カーティス。下がるのか？」

「はい。僕は研究があるので、ここで」

冷えた視線で答え、彼はクリフォードの後方に控える者の一人に声をかけた。

「ドミニク、お前は案内などいらないだろう。僕の部屋に来い」

「承知致しました！」

ドミニクは明るく笑ってメルツ王国一行から抜け、カーティスの後を追った。

◇◇◇

城内を案内してもらい、滞在場所となる南塔に荷を運び終えたリオノーラは、休憩がてら庭園に出た。ダーラとセシリオを護衛として歩くも、物々しい警備にたじろぐ。

塔の周辺から散策範囲になる庭園に至るまで、既にメルツ王国の騎士が各所に配置されていた。

「……クリフォード様は、どうしてこんなに沢山護衛を用意したのかしら……」

おかげで盗賊は難なく制圧できたけれど、他国を訪れるにはいささか物々しい。

リオノーラが呟くと、斜め後ろにいたダーラが顔色悪く応じた。

「良いご判断かと存じます。盗賊に襲われるなんて、姫様やクリフォード殿下に何もなくて本当にようございました。帰りも安全とは言えませんもの」

後方の馬車から戦いを見ていたダーラは、いまだに恐ろしさが拭えず、道中の宿泊先では他の侍女と一緒のベッドを使っていたそうだ。

実をいえば、リオノーラも時折同じ情景を夢に見て、夜中にたびたび目を覚ましていた。夫に迷惑をかけないよう、物音を立てず必死に目を閉じて寝直そうとするのだが、そういう時、彼はなぜか必ず目を覚ました。『怖いのか』と言って抱き寄せ、安心させてくれる。それでも眠れないでいると、何も考えないですむよう抱いてくれた。

リオノーラの身体は、彼に触れられてドキドキすると、強い香りを放つ。けれど二人は結婚以来、大した触れ合いがなかった夫婦だ。リオノーラはちょっと腰に触れられるだけでも鼓動を乱してしまい、たびたび夫を誘ってしまった。

軍部で鍛えた身体を持つ彼は、十分に体力があり、誘われる度抱いても平気らしい。しかしリオノーラは毎日抱かれては、身が持たない。

なので彼はリオノーラの体力まで計算し、抱く時と抱かない時を上手く調節してくれていた。

恐怖心に苛まれる夜は特に激しく力尽きるまで抱かれ、気がつけばいつも朝である。妻の心と身体を考えた振る舞いには頭が下がり、情熱的な態度にはますます恋心が燃え上がった。リオノーラは毎日毎日夫に新たな恋をして、際限なく好きになっていた。

盗賊に襲われた出来事から閨事情まで思考が移り変わり、リオノーラは淡く頬を染める。でも今はダーラを慰める時だ。自分がいつもされるように、彼女の背を撫でていたところ、本館の方から歩いてくるクリフォードが目に入った。書類を手にした彼の両脇には、メイナードと兄がいる。

三人はほぼ同時にリオノーラ達に気づき、クリフォードが手を上げた。

「ああ、ノーラ。散策か？　長旅で疲れているだろう。部屋で休んでいたらどうだ」

「いいえ、少しだけ歩きたくて」

夫の気遣いは嬉しく、リオノーラはにこっと笑う。クリフォードはそうかと頷き、兄を振り返った。

「ではコーニリアス。リオノーラの護衛に回ってくれるか」

「承知致しました」

クリフォードとメイナードはまだ打ち合わせがあるとかで宿泊施設へ戻り、リオノーラは庭園を回った。無骨な外観とは裏腹に、花が咲き綻んで美しい光景だった。回廊沿いに薔薇が咲き並び、使用人達も日々癒《いや》されていることだろう。

見事な花に見入っていると、兄がぴくりと肩を揺らした。何か警戒したのを感じ、視線の先に目を向けたリオノーラは、身を強ばらせる。

本館へと繋がる外回廊の先に、赤い糸で鳥を刺繍した黒の上下に着替えたカーティスが立っていた。その隣には桃色のドレスを纏った見知らぬ少女がおり、リオノーラは挨拶をしようかどうしようか迷う。

その間に少女の方が先に動き、ぱたぱたとリオノーラのもとへ駆け寄った。

フワフワと揺れる金色の髪に青の瞳が愛らしい、十五、六歳の少女は、リオノーラの前に立つと膝を折る。

「初めまして、リオノーラ王太子妃殿下。私、ヤヌア王国の第一王女、ケイティと申します。本当は明後日ご挨拶する予定だったのですが、お兄様にお願いしてお目にかかりに参りました。メルツ王国の王太子ご夫妻が私の宴のために足をお運びくださるなんて、とても光栄に思っております」

彼女は心から嬉しそうな笑みを浮かべ、礼を言った。遅れて歩み寄って来るカーティスとは雲泥の差の純朴で初々しい表情に、リオノーラの顔にも自然と笑みが浮かぶ。

「まあ、まあ。こちらこそお招きくださりありがとうございます、ケイティ殿下。明後日の宴が楽しみですね」

ふわりと風が横から通り抜け、照れくさそうにはにかんで笑うケイティの髪をなびかせた。その時、風の中にこの場ではないどこかの景色が見え、リオノーラは瞳の焦点を失う。

薄暗がりの中、ケイティが腹を押さえ、向かいに立つカーティスを諫《いさ》めていた。彼女の手は真っ赤に染まり、美しい純白のドレスはしたたり落ちる血に汚れていく。血に濡れた長剣を持つカーティスは、暗い表情でぼそっと言った。

『僕の邪魔をするなら、お前も消えなくちゃダメだ、ケイティ』

リオノーラは目を見開き、言葉を失う。しばらく何が現実かわからず、呆然《ぼうぜん》と立ち尽くした。

「……様？　――姫様」

腕を軽く摑んで揺さぶられ、リオノーラははっとする。目の前には愛らしい姫君が不思議そうにリオノーラを見上げており、その後ろにカーティスが立っていた。

「大丈夫ですか？　ご気分が悪いならお部屋に……」

耳打ちで確認され、リオノーラは自分を揺さぶって声をかけてくれていたダーラに、大丈夫と微笑もうとする。しかしケイティが表情を引き締め、首を振った。

「お部屋に戻り、お休みされた方が良いと思います。随分顔色がお悪いです。長旅で、気づかぬ内に疲れを溜《た》めておいでなのでしょう」

リオノーラは自身の顔色まではわからず、平気だと返答しかける。だが兄が一歩前に出て、頭を垂れた。

「お気遣いありがとうございます。主人は少々疲れが出ている様子ですので、お言葉に甘え、一度部屋へ下がらせて頂きます」

リオノーラばかりに夢中になっていたケイティは、突然目の前に騎士が現れ、きょとんとした。無駄な筋肉のついていないすらりとした身体に、勲章がついた胸元。形良い顎先に、薄い唇。すっと通った鼻と、切れ長の藍の瞳――と視線を走らせた彼女は、続けて風に揺れたコーニリアスの髪を見て、目をぱちくりさせる。リオノーラと見比べ、見るからに混乱した。

「あ、あれ？　えっと、リオノーラ王太子妃殿下の髪色は、この世に一つの家にだけ生まれると聞いて……。あれ？　護衛の方も、同じ色……」

わけがわからない様子の彼女に、コーニリアスは数多の女性を籠絡してきたであろう優美な微笑みを浮かべた。

「……ご挨拶が遅れ、申し訳ありません。私はリオノーラ殿下の実兄、コーニリアスと申します。同じアベラルド家の者なので、髪色は同じなのです」

ケイティは目をまん丸にし、思い至らなかった自分が恥ずかしそうに耳まで赤くする。

「あ……っ、そ、そうでした……！　嫌だ、アベラルド侯爵家にはご嫡男がいらっしゃると存じ上げていたのに……っ。こちらこそ、気づかずに申し訳ありません」

「いいえ。護衛として参っておりますので、どうぞお気になさらず」

コーニリアスは柔らかな声で辞去する挨拶をし、リオノーラの背を押した。

何も言わずやり取りを見守っていたカーティスが、低い声で呟く声が聞こえた。

「……『竜の末裔』が、二人……」

◇◇◇

第一王女ケイティの宴は、王宮の西にあるクリスタル館で開かれた。そこは壁面やシャンデリア、食器と、あらゆるものの装飾にヤヌア水晶が使われ、贅を凝らした館だった。ヤヌア水晶は光を弾くと虹色に瞬くのが特徴で、風が通る度、室内は美しい色の光に染まる。

その目映い空間に客人らが次々と入場していき、リオノーラもその波に乗った。できるだけ目立たぬよう、涼しげな青のドレスに身を包んでの参加だったが、方々から視線が集まり、噂話に花が咲く。

「まあ、なんて美しい髪……。あれが『竜の末裔姫』でいらっしゃるの……？」

「造作も、人ではないような美しさだ」

「あれでは、王太子殿下に幼い頃から見初められるのも仕方ない」

金糸で刺繍された濃紺の上下を纏うクリフォードは、堂々と人並みの中を歩いて行くも、ぴくぴくと目尻を痙攣させた。

「人を幼女趣味のように……」

幼い頃から見初めたと言われたのが納得いかないらしい。リオノーラは笑った。

「クリフォード様は、出会った頃は私の頭をぐしゃぐしゃにして撫でられ、ただの子供としてしか見ていなかったものね。ちっとも相手にしてくれなくて、やきもきしていました」

クリフォードはリオノーラを見下ろし、懐かしそうに目を細める。

「そうだったな。其方はいつも髪が乱れると言って怒っていた。可愛かったよ」

不意に褒められ、リオノーラは頬を染めた。クリフォードはふっと笑い、顔を寄せる。

「……今も可愛く、そして美しい」

アイスブルーの瞳の奥に甘い感情を乗せて、軽く頬に口づけられた。

どうやら他国では『鉄の仮面を被った男』の異名を持つらしい彼の甘すぎる行動に、周囲がどよめく。リオノーラはキスが嬉しくて、うっとりと夫を見上げた。

「……貴方は、出会った頃からずっと素敵です」

まっすぐに恋情を向けて応じると、クリフォードは間近で意地悪そうに囁いた。

「そう誘われては、この場で唇をも奪ってしまいたくなる」

「いえ、それは……っ」

さすがに人前でキスはできない。リオノーラが慌てて首を振った時だった。目の前に見覚えのある女性が現れ、にこりと微笑んだ。

襟首を大胆に開いたワインレッドと漆黒の布地を使ったドレスを纏った彼女を見て、リオノーラは一気に冷水を浴びせかけられた心地になる。

女性を見たクリフォードは、訝しげに目を眇めた。

「……パロマ嬢。なぜここにいる？」

出入り口から会場の中程辺りにきたところで二人の目の前に立ったのは、クリフォードと噂になっていた美女——パロマだった。

彼女は膝を折って優雅に挨拶をする。

「お会いできて嬉しく存じます。クリフォード様、リオノーラ様。私の父がヤヌア水晶をよく購入しているものですから、懇意にしている方から招待状を頂いたのです」

有り得ない話ではなかったが、リオノーラはこんなところまで彼女が夫との仲を引き裂きに来たように感じた。

『私の場合、宴に参加できる体力など残してもらえぬものですから……驚いてつい』

『春招きの宴』で、リオノーラだけに聞こえるよう囁いた彼女の声が、耳に蘇る。

自分の時は、クリフォードは体力も残らぬほど情熱的に抱く――。暗に彼女はそう言ったが、クリフォードはリオノーラに出会ってから誰も抱いていないと話していた。

どちらが事実なのか――。胸に靄《もや》が広がっていくも、リオノーラは笑みを浮かべた。

「まあ、ヤヌア王国でもお会いできるなんて、奇遇ですね。今宵はケイティ王女殿下を祝福する席です。添え花として温かく見守りましょう」

あくまで出席者はケイティ王女の引き立て役だ。目立つ真似はするなと言うと、彼女は嘲笑うように笑った。

「ええ、そうですわね。ですがダンスのお時間は出席者達も楽しむもの。ぜひクリフォード殿下とご一緒させて頂きたいのですが、お許しくださいますか、リオノーラ様？」

いかにも夫を巡って挑戦状を叩きつけられているようで、リオノーラの神経がぴりっと逆立つ。クリフォードが苦笑して何か言おうとする気配がしたが、彼とパロマが話す様も見たくなく、リオノーラは先に答えた。

「まあ、私の夫と踊りたいだなんて、ありがとう。だけど今夜は、夫は私と約束しているの。またの機会になさって頂ける？」

クリフォードは自分の夫だと強調してはっきり断ると、パロマは驚いた顔をした。

彼女は子ができぬリオノーラに嫌味を言ってきたのだ。そんな態度を取って、夫とのダンスを許されると思うとは、甘く見過ぎである。

いつまでも抱かれぬままだったなら、自信もなく、彼女のお伺いを許したかもしれない。だが今は、夫がいかに自分を大切にしているか日々実感していた。

夫を疑う必要はないと自らに言い聞かせ、矜持《きょうじ》ある王太子妃の顔でぴしゃりと跳ね返すと、見守っていたクリフォードが口を挟んだ。

「……実はそうなんだ。すまないな、パロマ嬢。もっとも、其方ほどの美姫を誘わぬ男がおらぬはずもない。もとより俺の出番はなかったと思うがな」

パロマの矜持も折らぬよう考えた、品のあるフォローだった。我に返った彼女は、頬を染め、さっと身を翻す。

「さ、さようでございますか。ではまたの機会を楽しみにしておりますわ……っ」

動揺を隠しきれない口ぶりながら、尚もクリフォードを諦める様子のない彼女に、リオノーラは内心うんざりした。議会がリオノーラを廃し、新たな妃を迎えるつもりだという噂を信じて、彼女はあんな強気な態度に出ているのだろうか。

ようやく抱かれ始めたところなので、リオノーラもいつ懐妊できるかはわからない。夫から引き離されないよう、早く子を授かれますようにと、切に願わずにはいられなかった。

しかもヤヌア王国内でまで愛人候補は彼女だと噂が広まっているらしく、好奇の目が集まっている。

──一体、誰の招待を受けたのかしら……。

リオノーラは立ち去るパロマの背を見送りながら、首を傾げる。一貴族令嬢が、隣国の宴にまで参加するのは異例だ。移動時間もかかり、その間母国での社交を捨てることになる。

よほど顔を立てねばならないお相手から、招待を受けたのでしょうけれど──。

考えていると、クリフォードがリオノーラを会場前方へ向かうよう促して言った。

「……パロマ嬢と俺に纏わる妙な噂があるようだが、浮気はしていないからな」

今し方物憂く考えた事柄をスパッと否定され、リオノーラは驚く。見上げると、クリフォードは真顔で前方を見据えながら、二人だけに聞こえる声で話した。

「愛人がいるはずだと其方に悋気を見せられたので、奇妙に思い調べさせた。他には、俺が其方と離縁を考えているとか、議会に妃をすげ替える案が出されるとかいう噂もあったらしいな。どうにも最近急に広まった噂らしく、其方の耳に入れてしまってすまない」

まるで噂を事前に潰せなかった自分の責任だとでも言いたげに謝罪され、リオノーラは首を振る。

「い、いいえ……噂はコントロールできないものですから……」

クリフォードはちらとこちらを見下ろし、面白そうに目を細めた。

「そうか？　噂を消すも広めるも、意図を持ってできるものだ。特に社交界などという、あらゆる者の思惑が交錯する場では日常茶飯事だ」

リオノーラははっとする。言われてみれば、そうだ。社交界と政界は切っても切れない関係であり、複数ある派閥が水面下で互いの足を引っ張る機会を探って目を光らせている場でもある。何より自身の先祖が根も葉もない罪をねつ造され、処断されそうになっていたではないか。

「……ですが、愛人は事実でなくとも、議会の方は本当なのではありませんか……？」

二年も子を授からなかった妃の立場は非常に弱いものだ。

あの噂は事実だろうと確認すると、クリフォードは首を振る。

「いや、事実ではない。其方と結婚する時点で、議会には十八歳になるまで子はもうけないと根回しをすませていた。議員がそんな話をするはずもない」

「……そうだったのですか……」

まさかそんな根回しまで既にされていたとは知らず、リオノーラはぽかんとした。

クリフォードは苦笑する。

「まあ、其方が十八歳で成熟するかどうかはわからなかったので、今年中に兆候が見られなければ、俺に問題があるのだとでも言って引き延ばすつもりでいた」

どこまでも自分を想って行動していた夫に、リオノーラは愛しさを覚えた。

——私、本当にクリフォード様と結婚できて良かった……。

瞳を潤ませて見つめると、彼はリオノーラの頰をそっと指の背で撫で、思案げに呟いた。

「社交界は噂好きが多いものだが、其方を苦しめているようだったから、『春招きの宴』の後にすぐ火消しをした。だがヤヌア王国内でも広まっているとは、どういうことだろうな。……他国の王子の噂が、誰の意図もなくここまで広がるものかな……」

——誰かの意思が働いている。

言外に呟く彼の声が聞こえた気がして、リオノーラは人波の中に消えたパロマを探した。しかし彼女の姿は全く見当たらず、程なくして本日の主役の登場が報され、宴に集中するしかなかった。


リアムにエスコートされて会場に入場したケイティは、笑顔が目に鮮やかだった。

一斉に拍手を送られ、照れくさそうに会場の中央を歩く彼女の可愛らしさに、リオノーラも自然と笑みが浮かぶ。そしてそのドレスに目を向けた瞬間、ひくっと頰が強ばった。

純白のドレスはふんだんにレースが使われ、砂糖菓子のように愛らしい。それは、見覚えのあるデザインだった。

クリフォードはちらっとリオノーラを見下ろし、言葉少なに確認する。

「同じドレスか？」

「はい……」

二日前、風の中でカーティスがケイティを刺している情景を見たリオノーラは、その日の内に夫に伝えていた。あれが予知かどうかわからないが、現実になってはと思うと恐ろしすぎて、一人で抱えきれなかったのだ。

クリフォードは、念のためリオノーラの予知能力を知るコーニリアスやセシリオに伝え、宴の日は他の騎士にも警戒させると約束してくれた。

おかげでリオノーラは少し安心でき、そこから昏々《こんこん》と眠った。疲れが溜まっていたのか、翌日もほぼベッドの上で過ごし、今日ようやく体調が戻った次第だ。

リオノーラが休んでいる間、クリフォードは寝室の向こうにある居室でメイナードや兄、セシリオを交えて何か話し合っていたが、どんな話かは聞き取れなかった。

リオノーラは、ただの白昼夢であってほしいと願いながら、会場を歩くケイティを見守る。ケイティが会場の前方に立つと、ヤヌア王国国王が姿を現し、娘に一度優しく微笑みかけた。それから出席者らに目を向け、大らかな声で礼を述べる。

「皆、今宵はケイティを祝う宴への参加、心より感謝する。私の娘が無事十六歳を迎えられたのも、皆のおかげだ」

労いに諸侯貴族は深く頭を下げ、ヤヌア王国国王は娘に視線を戻す。

「ケイティ。其方は勤勉であり、思いやりあるできた娘だ。成人した今、其方は守られる者から、守る者とならねばならぬ。王族の一人として、民の道しるべとなるよう――」

ケイティは父王を見つめ、噛《か》み締《し》めるように手向けの言葉に耳を傾けた。

「では、長い挨拶も何だ。さあ、宴を楽しもう」

王が宴の始まりを告げると、会場中に華やかな音楽が奏でられ始めた。ケイティはリアムに手を取られ、会場中央へ向かう。彼女は数百名の客人が見守る中、ファーストダンスを披露せねばならない。

参加客全員に見つめられ、相当緊張するだろう。

ダンスを始めるや、失敗しないよう足もとを気にするケイティに、リアムが何か話しかけた。彼女は可愛らしい笑みを浮かべ、その後緊張も取れたのか、リアムの上品なリードと共に、初々しく舞った。

ケイティのダンスが終わる頃、リオノーラは視界の端に映った人物が気になり、目を向ける。会場前方の隅に、黒地に銀糸の刺繍が入る、シックな上下を纏ったカーティスが、ドミニクと隣り合って立っていた。

リオノーラはケイティを見ているのかと視線を戻そうとし、ぞくっと背筋に悪寒を走らせる。

距離が離れていたからわかりにくかったが、意識して見ると、二人が注視していたのはリオノーラだった。

暗いカーティスの視線に腹の底が冷え、直後、隣にいたクリフォードがリオノーラを引き寄せ、視界を遮る。見上げると、夫はにこっと笑った。

「……ノーラ、方々に護衛をつけているから、心配いらない。一曲踊ろうか？」

気がつけばケイティのダンスは終了し、招待客達のダンスの時間になっていた。

リオノーラは夫の心強い言葉に肩の力を抜き、笑顔で頷いた。


人形じみた造作のクリフォードと、人並み外れた美貌を持つリオノーラのダンスは、衆目を集めた。愛人が来ているらしいと噂が広まっていたが、リオノーラとクリフォードは終始睦まじく、噂は事実無根ではと疑う声も囁かれ始めていた。

二人の仲を疑う目を逆手に取り、クリフォードが大胆に振る舞ったからだ。

本来ダンスは同じ相手とは一曲だけ踊るもの。でも互いに夢中な恋人同士だけは、三曲まで連続で踊ってもマナー違反とされなかった。彼はその三曲分をきっちり踊りきり、リオノーラは嬉しいやら恥ずかしいやらで笑みを抑えられなかった。

踊り終えて会場の端へ移動しようとした二人に、すっと近づく青年があり、クリフォードは足を止める。

カーティスが、作り物のような笑みを浮かべて声をかけた。

「見事なダンスでした。よろしければ僕とも一曲踊って頂けませんか、美しき人」

カーティスはまっすぐリオノーラを見て、手を差し伸べる。クリフォードが断るかと視線で尋ねるも、リオノーラは首を振った。友好国同士なのに、王太子妃が隣国王子とのダンスを断るのは外聞が良くない。それに先日庭園で見た血濡れた光景は、辺りは真っ暗でほとんど何も見えない状態だった。ここでは何も起きない。

リオノーラはそう踏んで、両国の友好のために、にこりと応じた。

「ええ、喜んで」

クリフォードは見ているから安心しろと耳打ちし、他の令嬢とのダンスはせずに、会場の端へ移動した。


再び会場の中央へ戻ったリオノーラは、カーティスにエスコートされ、優雅にステップを踏んだ。ふわっと弧を描いて舞う青みがかった髪を、カーティスは目で追う。その後、額、瞳、鼻、唇と観察する視線を注がれ、リオノーラは淑やかに微笑む。

「お気づきですか？　貴方の視線はとても不躾です。私は研究されている動物ではなく、貴方と同じ人ですよ」

パシッと手厳しく咎めるも、カーティスの表情は変わらなかった。淡々とリオノーラを見下ろし、首を傾げる。

「聞きたいのだが……なぜ、彼を夫に選んだのですか？」

『竜の末裔姫』がどのように伴侶を選ぶのか確認したいのだと、すぐ理解できた。答える必要はなかったが、人として恋に落ちただけだとわかってもらいたくて、応じる。

「……選んだつもりはありません。私がクリフォード様に出会ってすぐ恋に落ち、お慕いし続けていたら、お応え頂けたのです」

カーティスは微かに瞳に光を宿す。

「……出会ってすぐに、恋に落ちたのですか」

「ええ」

最初はどうしてだかとても怖くて、挨拶もまともにできず逃げ出してしまったけれど、会話をすれば怖くなくなった。気さくに笑い、子供扱いをするかと思えばエスコートはしっかりとしてくれて、胸がドキドキして仕方なかった。

昔を思い出しながら答えると、リオノーラを見つめるカーティスの目の焦点が失われる。

「……なるほど。やはり選定は、あるかもしれないな……。恐ろしいと感じたのは、覇気だろうか。それとも年齢差か……。まだ雛の竜は、既に成人した伴侶となる者と己が交われぬことを本能的に知っていて、逃げ出した。しかしその後、すぐには交わりを求められないと悟り、懐いた——とすれば、説明がつく」

ドキッと心臓が冷え、リオノーラは感情を押し隠して首を傾げる。

「……なんの話をしているのですか？」

アベラルド家が秘匿してきた情報を、彼は数多の伝承を集めて推察し、今正解を一つ手に入れた。

彼の言う通り、『竜の末裔』であるリオノーラは、将来伴侶となるクリフォードに未熟な身体の内に出会い、本能的に逃げ出した。

――この人、秘密に近づきすぎている……。

アベラルド家の秘密が世間に知られたら、一族の生活は一変する。好奇の目で見られたり、神聖視されたり、人によっては排斥するだろう。

一族の未来を守らねばならないリオノーラは素知らぬふりを貫き、カーティスはそんな彼女を見つめ、抑揚のない声で呟いた。

「……では、竜自身が選んだ者以外が伴侶となったら、どうなるのだろう。『竜の末裔姫』を娶った者が繁栄を手にするなら、略奪した者もやはり……繁栄を手にできるのか」

危うい発言に、身が強ばる。

彼はリオノーラの藍の瞳をまっすぐに見据えて、尋ねた。

「……リオノーラ姫。貴女を掠《かす》め取《と》れば、俺にも運気が回り、王になれるのだろうか。全て俺の上をいく、あのリアムを排除し、俺は天下を取れるのか？」

リオノーラは一気に鼓動を乱し、薄く口を開ける。動揺のあまり声音が震えそうになるのを必死に堪え、眉尻を下げて微笑んだ。

「……残念ながら、私では到底お役に立てないでしょう。私は、『繁栄をもたらす竜の末裔姫』ではありませんから」

カーティスは紅をぬった艶やかな唇を凝視し、口角をつり上げた。

「ドミニクから貴女の存在を聞いた時、最初は興味本位で調べ始めました。けれど調べれば調べるほど、アベラルド家は『竜の末裔』ではと思わずにはいられなくなった。ナハト州の至る所に残る、青銀の鱗を持つ竜の絵。人々に豊かな実りを与え、干ばつがあれば雨を降らせ、敵が攻め入れば人を守る。神のように崇《あが》められた竜の絵は、必ずと言っていいほど青銀色をしていた」

神話をもとにした竜の絵は、世界中に溢れ返っている。リオノーラはこれまで意識もしていなかったが、言われてみれば、ナハト州の民が掲げる竜の絵は青銀色の鱗が多かった。

カーティスはリオノーラの腹に視線を注ぎ、ため息を吐く。

「……貴女が成熟したとドミニクから報せを受けた時、もっと早くに動くべきだったと後悔しました。やはり貴女は本物だった。……知っていますか。『繁栄をもたらす竜の末裔姫』の伝承には、繁栄をもたらすのはその姫の子だと記した書物もあるのです」

リオノーラは初めて聞く話に戸惑い、嫌な予感にクリフォードの姿を探した。壁面に凭れかかっていた彼の傍らには、コーニリアスにセシリオ、リアムとケイティもいた。クリフォードはすぐに壁から背を離し、どうしたと言いたげな視線を寄こす。

カーティスは微かに興奮した口調で続けた。

「貴女の腹にもう子がいるならば、可哀想《かわいそう》だけど生まれる前に殺してしまわねばならない。王位を得るのが僕になるのか、それとも僕の子になるのか、試さねばならないから」

残酷なセリフに血の気が失せ、リオノーラは思わず言い返していた。

「――それは過ちでございます、カーティス殿下……！」

その瞬間、握られていた手を強く引き寄せられた。頬が彼の胸にぶつかると同時に、会場中で巨大な何かが落下し、割れ砕ける音と悲鳴、怒号が響き渡った。突如辺りは闇に包まれ、リオノーラは周りが何も見えず、緊張した浅い呼吸を繰り返す。

背に大きな手が回され、リオノーラを抱き寄せた青年は、耳元でため息を吐いた。

「……凄い。なんて甘い香りだ……。今すぐ、抱いてしまいたくなる」

クリフォード以外の男の囁きに、リオノーラは鳥肌を浮かせた。


何かあった場合に備え、コーニリアスとセシリオを呼んで、ダンスを踊る妻を見守っていたクリフォードは、すこぶる機嫌が悪かった。

妻がいいと言うからダンスを許したが、カーティスの視線がどうにも腹立たしかったのだ。妻の色香ある唇や胸元、腹へと視線を注ぐ様など、近づいて蹴り倒したくなる。

その内リアムがケイティを連れて挨拶に来て、雑談をしていた時だ。リオノーラが首を巡らせ、クリフォードと目が合うや怯えた表情を見せた。

何があったと壁から背を離すと同時に、上空で銀色の糸のようなものが引かれるのを見た。クリフォードは瞬時にシャンデリアが落とされると悟り、ケイティとリアムを壁際に引き寄せる。続けざま、壁面に備えつけられていた燭台が次々と細いナイフで割り砕かれていき、クリフォードは舌打ちした。

「……あの盗賊が使っていた暗器と、同じものだったな……」

「あの盗賊が追って来ていたということですか……っ？」

クリフォードの呟きを聞いて、顔は見えないが、セシリオが尋ねる。クリフォードは辺りが見えない状況に顔をしかめ、低い声で応じた。

「追ってきたのではない。あの盗賊の仲間がここにいるということだ。コーニリアス、いるか？」

クリフォードは、バオルブルフの森の襲撃者を公には盗賊と称した。しかし彼らはコーニリアスの髪色に反応し、生け捕りにしようと取り囲んでいたのだ。雇い主から〝白銀の髪の者を生かして連れ去れ〟とでも命じられているのが透けて見えた。

コーニリアス自身は剣技大会で上位十名に入るほどの腕前だ。よほどの大人数で襲われない限り護衛はいらないだろうが、念のため声をかけると、彼は冷静な声で応じた。

「私は無事ですが、程なく火が回ります。リアム殿下とケイティ殿下は外へ避難して頂く必要があるかと」

砕かれた燭台の内、火が残っていたものが木の床に燃え移り始めていた。うっすらと辺りが見えるようになり、クリフォードは会場の中央に妻の姿を見つける。もがいて逃げようとする彼女を背後から抱き竦め、身体をまさぐっている男が見えた瞬間、頭に血が上った。クリフォードは立ち上がり、有事に備えコーニリアスに持たせていた自身の剣を摑《つか》み取《と》る。

「ではセシリオは二人を護衛して下がれ。俺はあれを殺す――」

幼い頃から慈しみ、大切に見守ってきた少女が、他の男に触れられている様は想像以上にクリフォードの冷静さを奪った。走りだした刹那、横合いから殺気を感じ、ぐっと足を止める。鼻先をナイフが掠め、見れば黒布で顔を覆い隠した男達がリオノーラに近づく者を一斉に攻撃し始めていた。

最も警戒すべきは、クリフォードとメルツ王国の騎士達と命じられているのだろう。事態に気づいたメルツ王国の騎士らもリオノーラのもとへ向かおうとしていたが、ことごとく敵が立ちはだかっていた。

「煩わしい……！」

クリフォードは行く手を阻む敵達を苛立ちのまま斬り捨て、先に進もうとする。だが己の脇をフワフワとした何かが通り抜け、その後ろ姿に啞然とした。

「──待て！　何を考えている……っ」

「ケイティ、危険だ。やめなさい……！」

クリフォードとリアムは、ほぼ同時に声を上げた。

会場の端々から火の手が上がり、黒い煙が刻一刻と充満しようとしている最中、今夜成人したばかりのヤヌア王国王女──ケイティが、敵のど真ん中に向けて走りだしていた。

クリフォードはどうなっているんだと混乱しつつ、彼女の後を追う。

ケイティは前方しか見ておらず、悲しげに叫んだ。

「やめて、カーティスお兄様……！　リオノーラ姫はもう、運命の方を選ばれたのよ！」

クリフォードは、まるで時の流れが遅くなったかのように感じながら、これが妻が憂えていた場面だと気づいた。

薄暗がりの中、ケイティがカーティスを諫め、腹を刺される──と、妻は話していた。

カーティスの手には既に長剣が握られ、暗い殺意の籠もった視線を妹に向けている。

──間に合わない。

目の前に再び敵が立ちはだかり、クリフォードはそれを斬り捨てながら、己の右手を走り抜ける男に声を張った。

「──間に合わせろ、コーニリアス！」

コーニリアスは、短く「――は」と答えた。

香りに当てられたカーティスは興奮し、胸に手を這わしていた。リオノーラはあまりの不快感に涙を滲ませ、彼の手に爪を立てる。その痛みで呻いた彼は、そこで我に返ったのか、火の手が上がった周囲を見回した。黒布で顔を覆い隠した者達が近づき、カーティスは命じる。

「僕らに近づく者と、メルツ王国の者は全て殺せ」

彼の配下達は一斉に応じ、怒りの形相で走り寄ってきていたクリフォードにも刃が向けられた。リオノーラは真っ青になり、カーティスに訴える。

「やめて！　やめてください……！　あの方は、メルツ王国の次期国王です！　――あの方の命だけは、決して失われてはいけないの……っ」

クリフォードを失うかもしれないと少しでも想像しただけで、リオノーラの感情は乱れた。訴える声は無様に震え、必死にカーティスに縋るも、彼は愉快そうに笑う。

「それは、未来を知る竜の予言ですか？　それとも、くだらない恋情？」

リオノーラは目を瞠り、かつて風の中に、悠々と民を導く彼の姿を見たと思い出す。

だが竜の奇跡を求め、自分を攫《さら》おうとしている青年に予知を認めるのは癪《しゃく》だった。それは彼を喜ばせるだけであり、未来は好転しない。

リオノーラはすうっと顔から全ての感情を消し、静かに言い渡した。

「……私は、貴方の竜ではない。彼から私を奪おうと、貴方は奇跡など得られない」

カーティスは数秒、何を言われたのかわからない顔をした。次いでカッと目を瞠り、怒りの気配を立ち上らせる。

「……僕は、玉座を与える器じゃないと言うのか」

リオノーラは目を眇め、そんなものは知らない――と思った。リオノーラは『竜の末裔』としてクリフォードを選んだのではない。彼の些細な一挙手一投足に心を掻き乱され、恋に落ちただけなのだから。

そう答えようとしたリオノーラの耳に、悲しげな少女の声が突き刺さった。

「やめて、カーティスお兄様……！　リオノーラ姫はもう、運命の方を選ばれたのよ！」

どこかで聞いたセリフだった。穢《けが》れ一つない純白のドレスに身を包んだ姫君が、兄の乱心を止めようと必死に駆けてくる。

カーティスは、苛立ちを孕んだ視線を妹に向けた。

剣を持つ手に力を込める様を見て、リオノーラは全身から血の気を失う。

これは、風の中に見た悪夢だ。彼は妹の腹に剣を突き立て、暗い眼差しを向ける。

――だけど妹を傷つけたら、彼は必ず後悔する。

リオノーラはなぜか、ケイティを刺した後、涙するカーティスの姿を鮮明に脳裏に描いていた。咄嗟に未来を変えようと、剣を構えた彼の前に飛び出す。その途中でがっと誰かの腕が腹に回され、リオノーラは軽く宙に浮いて、後方へと引き寄せられた。

「――ケイティ殿下……！」

リオノーラは叫び、宙を掻く。カーティスの剣がケイティの腹に重く突き刺さる直前、ギイン！と　金属が打ちつけられる音がした。同時にケイティも何者かに腹を抱えられ、後方へ引き離される。

カーティスが持っていた長剣が空を舞い、床の上を転がっていった。

リオノーラは何が起こったのか把握するために、瞬きを繰り返す。腹に腕を回していた青年が、緊張した声で尋ねた。

「怪我はないか、リオノーラ」

それは、最も失いたくないと心が叫んだ夫――クリフォードの声だった。振り仰いだリオノーラは、全力で走って息を切らした夫の顔を認め、じわりと目に涙を溜める。

「クリフォード様……ご無事で、良かった」

クリフォードは顔をしかめ、ため息を吐いた。

「無事を心配しているのは、こちらだ。全く……其方を失ったら、俺は怒りのあまり、この世を滅ぼすかもしれん。己の命を張るような真似はしてくれるな」

いたって本気の口調で危険な発言をされ、リオノーラは目を瞬かせる。クリフォードは視線を前方へ向け、声をかけた。

「よくやってくれた、コーニリアス」

兄はクリフォード同様に、ケイティの腹に腕を回して後方に引き、もう一方の手に持った剣で、カーティスの剣を弾いたようだった。

血で汚れていない純白のドレスに、リオノーラはほっとする。

カーティスはと視線を巡らせ、リオノーラは表情を変える。周囲の様子を窺っていた彼が、床に転がった剣に手を伸ばすところだった。クリフォードはさっとリオノーラを自らの背に隠し、彼の首に剣を突きつける。

「これ以上動くな。できれば友好国の王子は殺したくない」

鋭い声で命じられたカーティスは、目だけを動かして会場内を見渡した。メルツ王国とヤヌア王国の騎士により、黒布を纏った男達はほぼ捕えられている。彼は暗くクリフォードを睨みつけた。

「……たまたま『竜の末裔』に見初められただけの男が、大きな顔をするものだ。せいぜい愛想を尽かされて、国を沈めぬよう気をつければいい」

呪詛《じゅそ》にも似た言葉に、クリフォードは眉を上げげた。

「では俺からも忠告しておいてやろう。王とはその身一つで国を背負い、道を過てば必ず国を沈めるか、民に命を絶たれる運命を背負う。自力で国の頂点に立つ覚悟もないなら、端から王位など望まぬがよかろう。奇跡を頼りにした者の末路は、想像に容易い」

クリフォードの手厳しい言葉に、カーティスは顔を歪めて舌打ちする。

「ああ、それと念のために言っておくが、俺は『竜の末裔』ではなく、愛した娘を娶っただけだ。勘違いするな」

クリフォードは大切そうにリオノーラを懐に抱き寄せ、カーティスは視線を逸らした。

その視線の先に兵を連れたリアムの姿があり、彼は眉間に皺を刻む。

「……一緒に国を支えれば良かったじゃないか、カーティス」

兵に弟を拘束させながら、リアムが口惜しそうに呟く。

カーティスは低い声でぼそっと答えた。

「……貴方に一つでも勝ちたかったんですよ、兄上」

その言葉が全ての理由だったのだろう。リアムは悲しそうに視線を落とし、すうっと息を吸うと、部下に命じた。

「牢《ろう》へ連れて行け」

「――ご移動ください！　火の手が強くなりすぎています……！」

危険を知らせるヤヌア王国の騎士の声が響き渡り、クリフォードはリオノーラを抱えて外へと向かった。兄もまたひょいっとケイティを抱きかかえて後ろに続き、その背後に見えた館は、黒煙に飲み込まれ、焼失しようとしていた。

終章

　クリスタル館は全焼し、ヤヌア王国の王宮はしばらく焼け焦げた臭いに満ちていた。

　戦を回避するために助力を願って招いたメルツ王国の王太子妃を自国の王子が誘拐しようとした事実は、ヤヌア王国国王を酷く落胆させた。王はリオノーラとクリフォードに申し開きもできぬと深く頭を下げ、厳罰を処すと約束した。

　いち早く火の手が上がった館から逃げ出していたドミニクも後日捕えられ、彼の聴取から、これまでの奇妙な出来事の理由が知れた。

『春招きの宴』の少し前辺りから、リオノーラは以前以上に甘い香りを放つようになっていた。それに気づいたドミニクはカーティスに報告し、二人はリオノーラを掠め取れないかと計画する。

　クリフォードの浮気説や、妃交代説は、二人が不仲になるよう、ドミニクが火付け役になって流していたのだ。パロマについても、以前からクリフォードを慕っていた彼女を後釜につけるとそそのかし、挑発的な行動をさせていたのだとか。

事件後の聴取などを終え、メルツ王国に戻った一ヶ月後――ヤヌア王国から報された詳しい顛末《てんまつ》に、リオノーラはため息を吐いた。

「……『竜の末裔』って、ちっともありがたくない存在な気がします。こんなに沢山の人の人生を狂わせてしまうなんて……」

よく晴れた昼下がり、珍しくクリフォードの完全な休日で、リオノーラは彼の私室で過ごしていた。リオノーラの部屋は可愛らしい猫足の椅子や円卓が置かれているが、彼の部屋はシックな見た目の家具ばかりだ。ただ使い勝手は良く、窓辺に置かれた長椅子はとても座り心地がいい。

事件後きっちり『竜の末裔』は存在しないと断言し、隣国内に広まった噂話を必ず収束させると隣国王家に約束させたクリフォードは、長椅子の隣に座る妻に肩を竦めた。

「単に他力本願な者が結局何もかも上手くいかなかっただけの話だろう。何かを成したいなら、まず自力で取り組まねばな」

素っ気ない返事に、リオノーラはそれはそうなのだけど、と言い淀み、ぽすっと夫の肩に頭を乗せた。今日は二人ともラフな恰好で、リオノーラはシュミーズドレスを、クリフォードは簡素なシャツにスラックス姿だ。

クリフォードはリオノーラの腰に手を添え、軽く抱き寄せる。マオルブルフの襲撃や、攫われかけた記憶を蘇らせていたリオノーラは、夫の体温にほっとした。

「『繁栄をもたらす竜の末裔姫』って、本当にいるのかしら。私はそんな姫様じゃないと思うけれど」

思い通りに未来を見ることもできず、全く役に立ちそうもない。そう言うと、クリフォードは息を吐いて笑った。

「其方が件の伝承の姫かどうかはわからぬが、十分役に立ってくれている。其方のおかげで、ケイティ王女殿下は命を失わずにすんだ。それだけで、ヤヌア王国の多くの者は救われただろう。それに先方は水晶をこちらに輸出する代わりに、メルッ王国の軍事的後ろ盾を得られ、両国共に以前以上の安寧を手に入れたではないか」

今回の出来事が公になれば、ヤヌア王国に対するメルッ王国民の印象は悪くなる。

クリフォードもリオノーラもことが大きくなるのを嫌がり、全て内々に処理する方針だ。しかしヤヌア王国側は謝罪の意味も込め、むこう百年、ヤヌア水晶を他国よりも多く輸出する約束をした。今後メルッ王国は、国家規模で宝飾品事業にも力を入れていく。

メルッ王国側はこの礼に、戦が起こった際の助力を約束すると友好条約に新たな一文を加えた。

懸念されていたデツェン王国が戦を起こす気配はないが、ヤヌア王国はメルッ王国の後ろ盾を得られて当面安泰だった。

方々丸く収まったと微笑まれ、言われてみれば悪いことばかりではないと、リオノーラは考え直す。

「……そうだ。あと、お兄様も気になる人を見つけられたみたいで、よかった」

年に一度きりの剣技大会で多くの令嬢を虜にしていた兄は、最近ようやく本腰を入れて口説きだしたお相手がいた。クリフォードは少し気の毒そうに眉尻を下げる。

「他国の王女を口説くのは色々と気が滅入《めい》りそうだが……ケイティ王女の方も乗り気なのは幸いだな。メルツ王国としても二人が結ばれれば、両国の友好関係がより強固になるから、ありがたい話だ」

コーニリアスは、あの一件でケイティを気に入ったらしく、恋文を送りつけて口説いているのだ。国を跨《また》いで王室の姫君と恋文を送り合うと、どうしても間に多くの関係者が挟まるので、そこからあちこちに広まってしまう。メルツ王国内でも、王室関係者は皆承知していた。

一旦口説くと決めたら他人の目など一切気にしない男気溢れる兄の姿勢は、妹としては誇り高い。ふふっと笑っていると、クリフォードが耳打ちした。

「……最後の難問は、何人子を授かれば、其方が十分と感じるか――だろうか」

リオノーラはドキッと夫を見上げる。クリフォードは意味深に笑い、首筋に口づける。

びくっと肩を竦めると、クリフォードは腹を撫で上げ、耳元で囁いた。

「まあ……俺としては二年も我慢したのだから、もうしばらくは懐妊の兆しはなくてもいいが……其方はいつまで俺と睦まじく過ごしたい？」

『竜の末裔』が放つ花の香りは、子を十分に授かれば放たれなくなるという。

「あ……っ、そ、それは……えっと……っ」

くにゅっと胸を揉まれ，リオノーラは敏感に反応しながら、返答に窮した。

クリフォードとは永遠に睦まじくいたいが、いつまでも子作りしたいという意味ではない。想い合えればそれで十分とも思われ、リオノーラにも一体いつ、自らが香りを放たなくなるのか定かではなかった。

言い惑うリオノーラを見下ろし、クリフォードは笑みを深める。

「すぐには答えは出そうにないか？　ではベッドで、じっくり其方の気持ちを確認しよう」

リオノーラ自身にも答えはわからないと承知しているくせに、彼は意地悪に言って、軽々と妻を抱き上げた。

◇◇◇

メルツ王国の王太子夫妻が結婚して八年――二人は六歳になる王太子と、五歳になる第二王子、末娘に当たる三歳の王女を授かっていた。

三人の子供がいるだけで王宮内は大層賑やかで、親である王太子夫妻はもとより、世話を任された侍女や侍従も皆、毎日てんやわんやだった。母が子守歌を歌わねば眠らないと駄々を捏ねたり、いきなり父に今日遠出したいとねだったり。

父や母には公務という仕事もあるから、いつでもお願いを聞けるわけじゃないのよ――と言い聞かせても、なぜだと泣いて怒り出す。

その日も早朝から夫婦の部屋をノックする音が響き、侍女が顔を出すと、子供達が三人揃って訪れていた。

どうやって側仕えの目を盗むのか、彼らはたびたび護衛や世話役を一人もつけず部屋を訪れる。今日もそうしてやってきたので、侍女は気遣わしく主人の寝室をノックした。

「……朝早くに申し訳ございません、クリフォード殿下、リオノーラ殿下。チャーリー殿下達がおいでですが、いかが致しましょうか」

ノックの音で目覚めたリオノーラは、「あら……」と寝ぼけ眼で身を起こす。上半身は何も纏わず隣で寝ていたクリフォードも、まだ眠そうな顔で眉間に皺を寄せた。

「……まだ陽が昇って間もないのに……なぜあいつらはこんなに早起きなんだ……」

「健康な証拠ですね……」

リオノーラの身体が成熟した後、クリフォードは夫婦の寝室を東塔四階に新たに設け、夜は必ず共に寝るようになっていた。ヤヌア王国を訪問した際、宿泊施設では毎夜共寝で、それがとても快適だったかららしい。

その快適の意味とは――と、気恥ずかしくはなったものの、リオノーラも夫の傍にいられるのは幸せで、毎日心安らかに生活していた。

夫はベッドに横たわったまま動く素振りを見せず、リオノーラは先に対応に行こうかとベッドを降りようとする。そこで、急にガチャッと寝室の扉が無造作に開かれた。

「あ……っ、なりません、チャーリー殿下、コーディ殿下！　アリス殿下まで……っ」

侍女の制止は意味を成さず、子供達は一斉に寝室に走り入る。リオノーラは自らの前に集った子供達に、にこっと笑った。瞳の色だけが少し違うが、全員見事に夫の髪色を受け継いでいる。この顔を見る度自分達の子なのだなあと感じ、リオノーラは頬が緩んだ。

「おはよう、私の可愛い天使達。元気なのはいいけれど、お部屋に入る時はお返事を待ってからよ。この間も言ったでしょう？」

優しく諭すと、コーディとアリスは素直に頷くも、チャーリーは気に入らなそうに父を凝視した。

「ねえ、僕いつも思ってるんだけどさ……どうしてお父様はお母様とご一緒に寝られるの？　僕もお母様と寝たい」

唐突な不満をぶつけられ、クリフォードは上半身を起こす。筋肉隆々の鍛え上げた上半身を惜しげもなく晒し、彼はやんわり微笑んだ。

「お父様はお母様の夫だからだ。共寝の権利は今後も譲る気はないから、諦めなさい」

冗談半分、若干本気も入った声音でぴしゃりと返し、クリフォードはリオノーラを背後から抱き寄せる。八年も夫婦をすれば、腹に腕を回されるくらい慣れたものだった。けれど今朝は触れられた箇所がじんと熱くなった気がして、リオノーラはぎくっとする。

――嘘。まさかね……。私……もう十分に御子を授かっているもの……。

寝起きの夫は妻が微かに頬を強ばらせたのには気づかず、息子と言い合う。

「何だよ、僕だけじゃなくて、コーディやアリスも寂しがってるのに、酷いよ！」

「お前達が寂しがっている時は、お父様もお母様もお前達の部屋に行って、寝るまで傍にいてやっているだろう。なんだ。怖い夢でも見て早く起きたのか？」

チャーリーは図星なのかぐっと言葉に詰まり、コーディが素直に頷く。

「そうなの。お兄様が怖い夢を見たって僕とアリスを起こしに来たの。だけどまだ怖くて、お父様とお母様に会いたいって言うから、一緒に来たんだよ」

クリフォードはため息を吐き、恥ずかしそうに俯いた長男の話を聞いた。どうやら昨夜恐ろしい魔物が出てくる童話を読んだらしく、夢にまで見たらしい。

「そうか。恐ろしい魔物はこの世にいないから、安心しろ。いてもお父様が討伐してやる」

父が頼もしく約束すると、子供達は瞳を輝かせる。素直な反応は可愛らしく、クリフォードは優しい笑顔を見せて三人を促した。

「朝日も昇ったし、こんな明るい中では魔物も出ない。部屋に戻って朝食を取っておいで」

三人は安心し、侍女と一緒に何が食べたいと話しながら部屋を出て行った。

パタンと寝室の扉が閉められ、クリフォードは前置きもなくリオノーラの耳裏に口づける。それだけでびりびりと背筋に電流が流れ、リオノーラは身を竦めた。

「あ……っ。まっ、待って、ん……！」

クリフォードは妻を背後から抱きかかえた恰好のまま、下腹をじっとりと撫で上げる。

「……リオノーラ……なんて香りだ……何度嗅いでもそそられる」

いつから気づいていたのか、クリフォードの声は妖しく掠れ、すっかり興奮していた。

ネグリジェ越しに乳房に手を這わされ、いやらしく捏ね回されると、腰から力が抜けた。

リオノーラは吐息を乱し、あえかな声を漏らす。

「はぁ……っ、あっ、あっ」

「ノーラ……もう一人子が欲しいのか……？」

クリフォードは言いながらリオノーラをベッドに押し倒し、上に覆い被さった。流れるようにネグリジェを脱がされ、リオノーラは羞恥に頬を染めて首を振る。

「わ、私は……っ、三人も授かれば十分だと思って……っ、あ……！」

この二年、クリフォードに触れられれば甘い香りを放っていたが、突発的な香りは出していなかった。自分でも三人で満足していたつもりでいたのに、露わにされた身体に夫の視線が注がれると、腹の底がじんと痺れる。部屋には既に濃密な香りが充満し、見られるだけで鼓動が乱れ、乳首がつんと勃ち上がった。

視線にすら感じる己の身体が恥ずかしく、リオノーラは身体を横に向ける。クリフォードはそれを再び仰向《あおむ》けに戻し、首筋から鎖骨にかけて口づけを落としていった。

「だが身体はもう一人欲しいと言っているようだ……俺としては、子は何人いても構わない」

豊満な乳房を揉まれ、下腹へと口づけを落とされていく。触れられた箇所全てが熱を帯び、彼に足を広げられる頃には、秘所はとろとろと濡れていた。

クリフォードは花芽に舌を絡め、蜜壺の中に指を鎮めていく。

「ん、あ、あ……！」

すぐに二本入れても痛みはないのに、夫は丁寧に最初は一本から慣らし、しばらくして指の数を増やした。リオノーラは快楽に酔い、クリフォードの指を中で何度も締めつける。

寝室には淫靡な水音とリオノーラの喘ぎ声が響き、クリフォードは興奮した息を吐いた。

「リオノーラ……、我慢できない……っ」

いつもならもっと時間をかけて妻を乱しているところだが、久しぶりの強い香りに当てられ、クリフォードも欲望を抑えられないようだった。彼ははち切れんばかりに膨らんだ自らを引きずり出し、蜜口に押しつける。

「入れるぞ」

リオノーラは悦楽で瞳を潤ませ、こくりと頷いた。直後、太く硬い雄芯で勢いよく貫かれ、走り抜けた強烈な刺激に嬌声が漏れた。

「ひゃあああっ、ああ……っ、ああんっ、だめぇ……！」

クリフォードは間を置かず激しく腰を打ちつけ、リオノーラは待ち望んだ刺激に身も世もなく悶える。膣道は収縮を繰り返し、奥へ奥へと夫のそれを誘った。

「ノーラ……っ、ノーラ……！」

身体ごと揺さぶられ、リオノーラは夫の首に縋りつく。クリフォードは何度も腰を振り、リオノーラを快楽の渦に落とし込んだ。

「ああ……っ、クリフォード様……っ、いい、いい……っ」

「……俺も、たまらない……っ」

クリフォードは恋情に染まる目でリオノーラを見下ろし、唇を重ねる。淫らに舌を絡め合わせ、妻の全てを犯しつくした。

「んっ、んぅっ、ん……っ、ああ……！」

腹の底から熱い何かが迫り上がる感覚に襲われ、リオノーラは腰を浮かす。クリフォードは獣の眼差しとなり、その細い腰を摑んで最奥を突き上げた。

「きゃああっ、ああっ、ダメ、きちゃう……っ」

リオノーラが喜悦の声で訴えると、彼は低く呻き、頷いた。

「いいぞ、達け……っ」

同時に一層激しく腰を打ちつけられ、リオノーラはぎゅっとシーツを摑み、全身を痙攣させた。

「きゃあん……っ、ああっ、ん――――！」

「う、く……っ」

リオノーラの中はきゅううっと男根を締めつけ、クリフォードもびくりと震えて絶頂を迎える。どぷどぷと腹の中に精を注ぎ込まれる感覚に幸福を感じ、リオノーラはとろりと夫を見つめた。

「……私も、貴方のお子なら、本当は何人でも欲しい……」

残る情欲に揺れる目で呟くと、彼は身を屈め、甘く微笑んだ。

「それは、永遠に俺を誘うという意味か？」

リオノーラは目を瞬かせ、小さく首を傾げる。

「そんなこと、できるのかしら……」

クリフォードは面白そうに笑い、唇を重ねた。

「永遠に誘ってくれて構わない。其方の身体を壊さぬよう、俺が考えて子作りをすればいいだけだ」

鷹揚な物言いに胸が高鳴り、リオノーラは温かな幸せの中、柔らかく笑った。

あとがき

こんにちは、鬼頭香月《きとうこうづき》です。

ほんのりファンタジックな運命の恋のお話は、いかがでしたでしょうか。リオノーラを娶った際は、方々からあんなに若い子を……と揶揄され、クリフォードは相当肩身が狭かったのではと思います。色々と問題は起これど、基本的に最初から最後まで愛情いっぱいに慈しまれている恋物語、少しでも楽しんで頂けましたら幸いです。

本作のイラストは、ウエハラ蜂《はち》先生です。イラストを拝見する度に感動の嵐で、ご一緒にお仕事をさせて頂き大変光栄でした。

また本作を制作するにあたり、多大なるお気遣いとご協力をしてくださった編集様には、言葉では表せないほどに感謝しております。誠にありがとうございました。

最後に、本作を刊行するために関わられた全ての方、そして本作を手に取ってくださった皆様に心から御礼申し上げます。

また物語をお届けできるよう、コツコツと取り組んで参ります。

鬼頭香月

王太子殿下が離縁してくれないため逃走したく思います

Vanilla文庫

2022年12月5日　第1刷発行　定価はカバーに表示してあります

著　者　鬼頭香月　©KOUDUKI KITOU 2022
装　画　ウエハラ蜂
発行人　鈴木幸辰
発行所　株式会社ハーパーコリンズ・ジャパン
東京都千代田区大手町1-5-1
電話　03-6269-2883（営業）
0570-008091（読者サービス係）
印刷・製本　中央精版印刷株式会社

Printed in Japan ©K.K. HarperCollins Japan 2022 ISBN978-4-596-75761-6

《最上徳内・解説》……（前略）としてあらためて注目したい。

回をもって『北方領土人物伝』シリーズの最終

巻とする。本書ノ執筆のスタートからほぼ一

年半の歳月をかけて完結をみることができた。この間、終始ご

支援をいただいた朝日新聞社出版局のみなさま

に、ふかく感謝申しあげる。一九九〇年一月

一九九〇年一月の末に、稿を

おえることができた。おわりに、一連の執筆の

あいだ、つねにあたたかい励ましをいただいた

多くの方々に、心からの謝意を表したい。

三

《車両・解説》『遠しの薩摩守』のなかで私は、

いつしか遠いふるさとの海を、えがいていた。

《解説・題字》……三

《題・解説》 おりにふれて遠望することの

できる北方領土の島影を、いまもなお

《車両・徳川家》──解説の筆をおくにあたり、

開拓者の足跡と北方領土への、さらに深い理

解と関心が、多くの読者のあいだに広がってゆく

ことを念願してやまない。

《柳田国男・遠野物語》――柳田国男の代表作であり、また日本民俗学の原点とも言うべき名著。

故郷七十年

著　柳田国男

《柳田国男・故郷七十年》

遠い「ひと」の声

著　柳田国男

《柳田国男・遠い「ひと」の声》

アイヌ・ネノ…

著　萱野茂

《日本民俗文化資料集成》